보이스피싱과 대포통장의 정체

보이스피싱과 대포통장의 정체 하

초판 1쇄 인쇄 2014년 02월 10일
초판 1쇄 발행 2014년 02월 17일

지은이 이 기 동
펴낸이 손 형 국
펴낸곳 (주)북랩
출판등록 2004. 12. 1(제2012-000051호)
주소 153-786 서울시 금천구 가산디지털 1로 168,
우림라이온스밸리 B동 B113, 114호
홈페이지 www.book.co.kr
전화번호 (02)2026-5777
팩스 (02)2026-5747

ISBN 979-11-5585-150-0 04810(종이책)
979-11-5585-152-4 04810(세트)
979-11-5585-151-7 05810(전자책)

이 도서의 국립중앙도서관 출판시도서목록(CIP)은 서지정보유통지원시스템 홈페이지(http://seoji.nl.go.kr)와 국가자료공동목록시스템(http://www.nl.go.kr/kolisnet)에서 이용하실 수 있습니다.
(CIP제어번호 : 2014003775)

보이스피싱과 대포통장의 정체

하

이기동 지음

book Lab

저자의 말

이 글은 제가 경험한 실화를 바탕으로 쓴 소설입니다.

이 책을 펴내기에 앞서 저는 부족한 부분이 정말 많은 사람입니다.

하지만 국민에게 좋은 지혜를 드리기 위해 제가 경험했던 것, 눈으로 보았던 것, 제가 느꼈던 것을 거짓 없이 모든 것을 말씀드릴 테니 국민 여러분은 마음속에 지혜를 챙겨놓으셔서 두 번 다시는 사기범의 날카로운 칼날에 우는 사람들이 없었으면 하는 바람에서 글을 써 내려가겠습니다.

생각지도 못한 정황에서 자고 일어났는데 내 통장에서 돈이 사라져버렸다.

생각지도 못한 정황에서 핸드폰 요금을 이렇게 많이 쓴 적이 없는데 핸드폰 요금이 폭탄 결제되어 청구서가 집에 날아온다.

생각지도 못한 정황에서 판사가 돈을 갚으라고 배상 판결을 내린다.

생각지도 못한 정황에서 판사가 벌금을 내라고 선고한다.

생각지도 못한 정황에서 판사가 징역을 선고해서 전과자라는 낙인이 찍힌다.

내가 분명히 큰돈을 사기 당했음에도 불구하고 분명히 경찰에 신고를 했는데도 누가 내 돈을 가지고 갔는지 알 수도 없고, 사기를 당하고도 마음고생을 한다.

왜 이런 현상이 자꾸 반복되는 것이고 주위에서 일어나는 것인지 이제부터 제가 하나하나 펼쳐 드리겠습니다.

저는 2007~2008년 중국 보이스피싱 총책들에게 수천 개의 대포통장을 양도하고 전자금융거래법위반으로 징역형을 선고받아 지금은 형을 종료하고 복숭아농사를 지으면서 짬짬이 글을 쓰고 있는 이기동입니다.

아직도 보이스피싱은 물론이고 파밍, 스미싱, 인터넷사기, 카드 복제, 불량식품, 인터넷 불법마약 유통, 사행성 도박, 불법 성매매 등 온갖 금융범죄가 기승을 부리고 있는데 나라에서는 확실한 대책방법이 없는 것 같아 제가 경험한 지혜를 가르쳐드리고자 이렇게 글을 쓰게 되었습니다.

신문이나 뉴스를 통해, 또는 주위 사람들에게 보이스피싱 당하는 정황, 사기 당했던 얘기 한 번 쯤은 보거나 들었을 겁니다.

그럴 때마다 어떤 생각을 합니까?

'저 사기당한 사람 진짜 바보네.'

'저 사기당한 사람 진짜 멍청하네.'

누구나 이러한 생각을 해보았을 겁니다.

하지만 이 사람들은 바보라서, 부족해서 사기를 당하는 것이 아닙니다.

사기범들이 공공기관을 사칭해서 개인정보를 들여다보고, 전화발신 조작하고, 정교한 팀워크를 짜서 피해자의 맥을 짚어서 전화를 거는데 그 누가 사기를 안 당하겠습니까?

예전에 어눌한 조선족 말투로 소포가 반송되어왔다는 식의 보이스피싱은 이제 구 버전이 되어버렸습니다.

반면에 피해자들은 수화기 너머 들려오는 사기범들의 목소리가 누구의 목소리인지 판단할 수 없습니다.

그렇기 때문에 돈을 지키려는 사람(피해자)과 돈을 빼앗으려는 사람(사기범) 사이에는 동등한 게임 자체가 안 된다 이겁니다.

한해에 적게는 1만 명, 많게는 17만 명이나 되는 엄청난 피해자들이 1,100억 원이 넘는 엄청난 피해금액을 사기당하고 있는데 이제는 정말 남의 일이 아닙니다.

내가 이 17만 명 중에 포함되지 않는다는 보장이 없기 때문입니다.

우리나라도 우리나라지만 지금 전 세계는 보이스피싱으로 골머리를 싸매고 있습니다.

자, 그럼 이 알고도 당하는 보이스피싱의 정체는 무엇인가?

그리고 사기와 대포통장으로 인한 보이스피싱 사기의 차이점이 무엇인가?

보이스피싱 조직 계보와 구성요원은 어떻게 되어 있는 것인가?

무엇을 대포통장이라 하는가?

또 무엇을 대포폰이라고 하는가?

대포폰과 대포통장은 누가 만들어주는 것인가?

대포폰과 대포통장을 만들어준 사람은 어떠한 처벌을 받는가?

대포폰과 대포통장이 얼마에 거래되어 보이스피싱 인출책에게 얼마를 받고 어떻게 올라가게 되는가?

인출은 도대체 누가 하며, 얼마의 배당을 받고 어디서 누구의 지시를 받고 이렇게 움직이는가?

그리고 개인정보는 하나에 얼마가 거래되며, 어떻게 개인정보를 빼내어 어떻게 해서 총괄하는 기관에게 올라가는 것인가?

한국에서 총괄하는 기관은 어느 기관이며, 누구의 지시를 받고 움직이는가?

이렇게 기승을 부리는 무궁무진한 보이스피싱은 누구의 머리에서 나오는 것인가?

해외에서 총지휘를 내리는 기관은 어느 기관이며, 어떻게 전화발신 조작해서 어떻게 피해자를 현혹시켜 돈을 가로채가는 것인가?

이제 제가 상세히 하나하나 가르쳐 드리겠습니다.

보이스피싱은 누군가를 타깃으로 삼고 범죄를 저지르는 것이 아니라 전 세계 사람이 범죄표적 대상이니 여러분은 마음속에 좋은 지혜를 챙겨놓으시길 바랍니다.

이 글을 읽고 혹시 피해자가 나라면 핸드폰을 만들어주었겠느냐?

피해자가 나라면 통장을 만들어주었겠느냐?

피해자가 나라면 인출했겠느냐?

피해자가 나 자신이라면 사기를 당했겠느냐?

스스로 자가진단을 내려 보시기 바랍니다.

특히 어린 자녀를 둔 부모님들,

그리고 대학 입시철을 맞이해서 입학서류를 넣어놓고 합격을 기다리는 학생들,

남녀노소 할 것 없이 결혼을 준비 중인 사람들,

그리고 목돈이 필요해서 대출서류를 넣어놓고 대출 승인을 기다리는 서민들,

초등, 중등, 고등, 대학생들,

은행 계좌를 가지고 있는 사람들,

체크카드, 현금카드, 신용카드를 가지고 있는 사람들,

신용불량자들, 노숙자들,

힘든 경제에 일자리 구하려는 청년실업자들,

전업주부들, 생활비가 없어 고생하고 있는 아버지들,

사리분별이 흐릿한 할머니들과 할아버지들.

모든 국민에게 꼭 필요한 지혜이니 꼭 한번 들어 봐주시길 바랍니다.

사기를 당한 사람만이 피해자가 아니라 범죄에 쓰일 줄 알고 통장이나 핸드폰을 만들어주었든, 범죄에 쓰일 줄 모르고 통장이나 핸드폰을 만들어주었든, 범죄수익금인 줄 모르고 인출했든 모든 국민이 피해자라는 것을 꼭 기억해주시고 부모들은 자녀에게, 자녀들은 나이 많으신 어른들에게, 선생님들은 학생들에게 꼭 가르쳐주셨으면 합니다.

이것이 이 책의 핵심이고 제일 중요한 부분입니다.

사기라고 생각했을 때는 이미 늦습니다.

더욱더 지능화된 수법으로 당신의 지갑을 노리고 있습니다.

더욱더 지능화된 수법으로 당신의 통장 매입을 노리고 있습니다.

더욱더 지능화된 수법으로 당신의 핸드폰 매입을 노리고 있습니다.

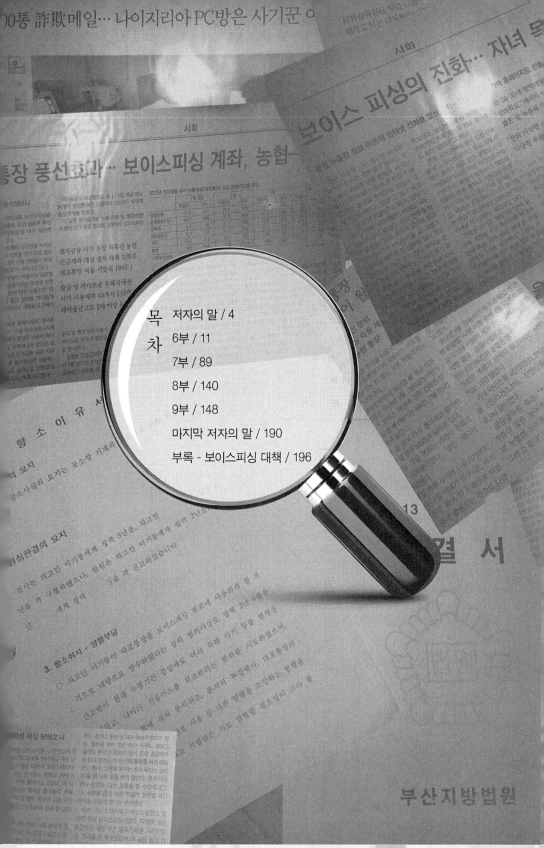

목차

보이스피싱과
대포통장의
정체

6부

"기동아, 사람은 한 가지 일을 경험하면 나쁜 일이든 좋은 일이든 한 가지 지혜를 챙겨놓아야 한단다. 경험 속에서 만들어진 지혜야말로 지혜 중에 으뜸이고 그것은 살아가면서 두고두고 큰 힌트를 주게 되는 것이란다. 잘못하고 또 똑같은 잘못을 저지르는 것은 지난번의 실수에 지혜를 챙겨놓지 않았기 때문이다."

정말로 아버지께서 해주신 말씀이 명언이자 맞는 말이었다.

나는 수많은 국민에게 피해를 수없이 입히고 반성하고 뉘우치기는커녕 또 교도소에서 재차 범죄자들과 2차 범죄를 계획하고 마음 따로 몸 따로 행동하는 그런 두 얼굴을 하고 있었다.

부모님과 판사 앞에서는 잘못했다고 사죄하는 모습을 보이고 돌아서

서 범죄를 계획하는 두 얼굴의 사람 말이다.

이런 행동을 하는 것은 아버지의 말씀대로 지난번에 실수에 지혜를 챙겨놓지 않았기 때문이라고 나는 깊이 생각해보았다.

'한 방울의 물이라도 젖소가 먹으면 우유가 되고 뱀이 먹으면 독이 되듯이 지혜 또한 생각하기 나름이 아니겠나.'

지혜 또한 지혜를 어떻게 쓰느냐에 따라 세상을 어지럽히는 도구가 되고 세상에 이로운 도구가 될 것이라는 생각에 내 마음도 잠시 긍정으로 돌아서서 180도 바뀌어본다. '이제는 이렇게 살아서는 안 되겠구나.'라는 생각으로 말이다.

역시 보이스피싱 조직원들은 목표물을 정해놓지도 않고 불특정 다수에게 전화를 걸기 때문에 우리 가족 또한 모든 국민이 범죄대상이었다.

국민이 경험하지 못한 보이스피싱의 세계, 수사기관인 검찰, 경찰에서도 이 보이스피싱 범죄가 어떻게 돌아가는 범죄인지 잘 모르기 때문에 수사기관은 물론 범죄에 쓰일 줄 모르고 통장을 만들어준 피해자, 그리고 그 통장으로 인한 제2, 제3의 피해자까지 우리나라 국민은 위기를 맞고 있다.

아직까지 나라에서도 확실한 대책이 없어 항상 스스로 조심하라는 그런 대책밖에 없었다. 반전의 계기 사람은 태어날 때부터 큰 범죄자가 아니다.

나 또한 그렇고. 나도 범죄를 하게 된 동기가 달수 형이 통장을 만들어주면 돈을 준다는 감언이설에 범죄인지 모르고 수단과 방법을 가리지 않고 통장을 매입하다 보니 결국에는 보이스피싱 공범이 되어 엄청난 범죄를 저지르고 있었다.

나 또한 이렇게 되었듯이 다른 국민도 이런 일을 안 한다는 보장이 없었다.

애들이나 어른이나 통장 만들어주는 행위가 범죄행위인 줄 모르기 때문이다.

더 충격적인 것은 검찰, 경찰 조사 과정에 피해 입은 피해자들이 하루 하루 힘들게 살아가는 서민이라는 점에 대해, 그리고 그 피해자 일부 중에는 이번 사건이 원인이 되어 목숨을 끊은 사람이 있다는 점에 대해 내 마음이 너무 죄책감이 들었다.

내가 도대체 국민을 위해 무엇을 해줄 수 있을까?

적어도 똑같은 방법으로 두 번 다시는 똑같은 피해를 입는 국민이 없어야 한다고 결심한다.

나는 윗선에서 국내 총괄 역할도 해보았고, 해외 총괄하는 사람들과 범죄 계획도 세워보았기 때문에 다른 사람들보다는 내가 경험해서 아는 것도 많기 때문에 거꾸로 생각해보면 또 막을 수 있는 길도 내가 잘 알 수 있지 않을까 하는 생각으로 보이스피싱을 막을 수 있는 대책에 대해 남은 석 달의 출소 기간 동안 연구를 해보았다.

지금까지 나라에서 보이스피싱 대책 방법으로 방안을 내놓은 것들은 소 잃고 외양간 고치는 식으로 항상 정부가 뒤따라가는 그런 대책이었다.

1. 공공기관에서는 전화상으로 계좌이체, 개인정보 등을 요구하지 않는다고 했다.
   당연히 이런 정보를 알고 있는 사람들이라면 보이스피싱 사기를 당하지 않겠지만 대부분 피해를 입는 사람들이 이런 정보를 모른다는 점 그것은 조금 대책방법에 도움이 되긴 하나 보이스피싱 대책이 아니다.

2. 전기통신사업법이 시행되어 전화발신 조작을 금지해야 한다고 했다.

이렇게 되면 공공기관을 사칭하는 보이스피싱 범죄는 조금 줄어들 겠지만 앞에 본 것과 같이 자녀를 납치하고 있다, 딸과 사위를 납 치하고 있다, 그리고 인터넷 사기 등등 대포폰만 있으면 얼마든지 사기를 칠 수 있기 때문에 이것 또한 보이스피싱 대책에 도움이 되 긴 하나 확실한 대책이 아니다. 사기범들은 손쉽게 대포폰을 구할 수 있기 때문이다.

3. 300만 원 이상 입금이 되면 지연 인출제도를 사용하여 10분 뒤에 돈이 인출되는 그런 제도를 실시했다.

이것은 보이스피싱 사기 당하는 사람들이 대부분 10분 안에 피해 를 입은 지 알아채며 10분대기를 해놓으면 사기범이 돈을 출금하기 전에 피해자들이 출금 정지를 해놓으면 인출할 수 없기 때문에 조 치를 해놓은 대책이었다. 이것 또한 300만 원 이상이 입금되면 출 금하기까지 10분을 기다려야 하지만 295만 원이나 290만 원을 사 기 치면 10분을 기다리지 않아도 되며, 앞에 본 것과 같이 자녀를 인질로 잡고 있다고 하고 딸과 사위를 납치하고 있다고 하는데 10 분이 아니라 1시간도 잡아 놓을 수 있을 것이다. 이것도 도움이 조 금 되기는 하나 보이스피싱 대책이 아니다.

4. 대포통장을 만들어주는 사람은 강력하게 형사 처분해야 한다고 했다.

이것 또한 보이스피싱뿐만 아니라 범죄에 쓰일 줄 알고 통장을 양도 했다면 강력하게 처벌 받아야 마땅하나 앞에 보신 거와 같이 대부 분 통장을 만들어주는 사람들이 대출 또는 범죄에 쓰일 줄 모르고 자기도 사기당한 서민들이기 때문에 이런 사람들을 강력하게 처벌 해야 한다면 없는 사람을 두 번 죽이는 그런 결과를 가져다 줄 것이다. 제대로 된 범인 10명을 놓치더라도 한 명의 무고한 피해자가 나와서는 안 될 것이다. 이것 또한 확실한 대책이 아니다.

5. 공인인증서 절차를 까다롭게 해서 공인인증서 재발급을 못하게 만든다.

6. 카드론 대출 시 대출 승인이 떨어지면 승인 후 2시간 뒤에 대출금을 입금해준다.

이 방법 또한 카드론 피싱 피해자들이 사기를 당하면 2시간 뒤에 신고를 한다는 점을 활용해 뒤늦게 소 잃고 외양간 고치기 식으로 만들어놓은 대책이다. 이것은 카드론 피싱 대책이지 보이스피싱 대책이 아니다. 카드론 피싱은 줄어들겠지만 더욱더 지능화된 수법으로 또 다른 보이스피싱이 활개를 치고 있을 것이다.

7. 수상한 전화가 오면 가까운 경찰서에 신고하라고 했다.

이것은 수상한 전화인지 제대로 된 전화인지는 수화기 너머로 들려오는 음성만으로 알 수 없다. 이것 또한 보이스피싱 대책이 아니다.

8. 마지막으로 정부에서 발표한 보이스피싱 대책

이 방법은 대포통장을 뿌리 뽑는다며 정부에서 발표한 대책이다. 나의 경험으로는 지금까지 내놓은 대책 중에서는 제일 활용 가치가 있고 제대로 된 대책인 것 같다. 은행에서 개수에 상관없이 무작정 통장을 만들어주는 그런 제도로 인해 대포통장의 개수가 너무 많아 이제부터는 1인당 한 달에 2개 이상은 개설해주지 않는다고 했다. 이것 또한 통장 만드는 개수가 줄어들어 대포통장 양도 개수가 줄어드는 것은 사실이지만, 요즘에는 더욱더 지능화되어 대부분 사기범들이 법인사업자를 내어 대량으로 통장을 만들고 있고 개인 또한 1명당 2개의 대포통장이 탄생할 것이다. 이것도 내 생각으로는 확실한 대책이 아니다.

그럼 도대체 보이스피싱을 막으려면 어떻게 해야 하나?

지난 시간들 내가 현역에서 보이스피싱 조직에 가담해 있을 때 정황들을 생각하며 하나하나씩 떠올려보았다.

콜센터 대장을 맡고 있었던 달수 형 말이 생각났다.

대포통장이 없어 보이스피싱 일을 할 수 없다.

통역을 맡고 있던 최진광의 말이 생각났다.

다른 라인도 그렇고 아난, 아마이들 인출대장들이 대포통장이 없어 일을 못하고 있다는 말.

아난, 아마이 또한 대포통장이 귀해서 한두 개 가지고 서로 목숨을 거는 것을 내 눈으로 똑똑히 보았다.

문제는 대포통장이었다.

지금까지 나라에서 제시한 보이스피싱 대책은 국민이 운 좋게 이리저리로 피해가는 그런 대책이었다.

우리 친누나의 경험처럼 "기동아, 보이스피싱 사기를 당하고 안 당하고 그것이 중요한 게 아니라 한 주가 시작되는 월요일 자녀가 납치되었다는 전화 자체가 짜증나는 것이고 전화 오는 자체가 스트레스"일 것이다.

입장을 바꾸어놓고 생각해봐도 내가 피해자 입장에서도 이런 전화를 받으면 스트레스에 짜증이 날 것이다.

국민이 운 좋게 이리저리로 피해가는 그런 보이스피싱 대책이 아닌 예전과는 다른 확실한 무언가가 나와야 할 것이다.

내 경험으로는 보이스피싱 범죄가 사라지려면 문자 피싱, 메신저 피싱, 펜션 피싱, 카카오톡 피싱, 카드론 피싱, 보이스피싱, 그리고 나라에 문제가 되고 있는 인터넷 사기, 스포츠 불법 토토, 인터넷 PC포커, 인터넷 불법 마약거래, 불량식품 모든 금융범죄에 인출도구로 사용되어 가는 대포통장이 사라져야 모든 금융범죄가 사라질 것이다.

앞에서 본 것과 같이 범죄에 쓰일 줄 알고 통장을 만들어주는 사람 그리고 범죄에 쓰일 줄 모르고 통장을 만들어주는 사람으로 인해 대포통장이 100% 사라지지 않는다는 것도 잘 알고 있다.

그러면 대포통장이 나라에 존재하더라도 무용지물로 만드는 것이 이제는 정말 나라에서 해줄 일이다.

나는 그 지혜를 알고 있다. 경험해본 자만의 지혜이다.

중국에서 한국으로 보이스피싱 전화 자체를 오지 못하게 막아야 한다.

그럼 중국에 있는 전화기 자체를 전부 고장 내면 되느냐? 그것이 아니라는 말이다.

사업이든, 공부든, 범죄든 준비된 사람만이 좋은 결과를 얻을 수 있다.

보이스피싱 범죄에 최고의 준비물은 바로 대포통장이다.

준비되는 대포통장을 막아야 할 것이다.

이제는 더 이상 똑같은 방법으로 인해 피해를 입는 국민이 생기지 않았으면 하는 바람에서 하나하나 준비해서 금융감독원 위원장에게 보이스피싱 막을 수 있는 지혜를 가르쳐주어야겠다는 생각을 하고 또 한다.

하루하루 시간이 흘러감으로 인해 출소 날이 점점 다가왔다.

동생들이며 교도소에서 제2의 범죄를 계획했던 대부업 사장님들까지도 먼저 출소해서 나의 출소만을 손꼽아 기다리고 있었다. 보이스피싱 범죄를 위하여……

죄를 지은 것이 부끄러운 사람이 아니라, 죄를 짓고도 반성하지 않고 또 죄를 짓는 사람들이 진정 부끄러운 사람이 아닐까 생각한다.

하루아침에 사람이 180도 변하면 동생들 그리고 함께 범죄를 계획했던 사람들에게 증오스러운 사람들로 남을 것이다.

그래서 서서히 하나씩하나씩 정리하기로 했다.

이제는 법이 개정되어 통장 파는 사람들도 징역이 많아져서 안 될 것 같다.

"일단 분위기가 좋지 않으니 출소해서 다시 얘기하자. 조금만 기다려 봐라."

동생들, 범죄 계획했던 사람들이 접견을 와서 범죄 얘기를 할 때마다 예전과는 달리 대충 대충 범죄와는 멀게 김새는 소리를 하곤 했다.

그리고는 멀고먼 징역생활, 2년 6월이 끝이 나고 이제 밤이슬을 맞으며 만기 출소를 했다.

세상이 얼마나 변해 있을까?

교도소 철 대문을 나와 담배 한 개비를 물며 중국에 있는 최진광에게 전화를 했다.

뚜뚜~ 신호가 간다.

한참 있다가 누군가 전화를 받는다.

"웨이?"

중국말로 '여보세요?'라는 뜻이다.

중국이라서 그런지 최진광이 중국말로 대답한 것이다.

"인마! 기동이 형이다."

"어! 형님, 언제 출소했습니까?"

"이제 막 나오자마자 새벽이슬 맞고 전화하는 거다."

"몸은 건강하시지요."

"그래. 당연한 거 아니가? 니는 몸은 건강하나?"

"저도 잘 지내고 있습니다. 요즘 하얼빈에는 세계적인 얼음축제를 한다고 떠들썩합니다. 좋은 여행거리가 될 것이니 형수님 모시고 빠른 시일에 꼭 오시길 바랍니다."

"요즘 뭐하고 지내노?"

"배운 게 도둑질이라 보이스피싱 계속하고 있습니다."

"요즘에는 어떤 식으로 보이스피싱 범죄를 하는데?"

"가짜 홈페이지 만들어서 낚는 보이스피싱입니다. 파밍, 스미싱, 신용카드, 체크카드, 현금카드 복제로 재미 좀 보고 있습니다."

"일은 좀 되나?"

"일이야 뭐 노력하는 사람들이 이렇게 많은데 안 되고 배기겠습니까? 일은 잘되는데 대포통장이 부족해서 애로사항이 있긴 있습니다. 빨리 예전처럼 형님께서 합세하셔서 통장 좀 시원하게 유통시켜주십시오. 서울에서 통장 받는 곳이 있긴 한데 하루에 20개도 안 됩니다. 대한민국에는 역시 형님만큼 통장을 유통하는 사람이 없습니다."

"일단 형도 오늘 출소했으니 정리할 것 정리하고 빠른 시일에 합세하도록 할게."

나는 죄를 범할 마음도 없었으면서 선의의 거짓말을 했다.

"용가리 형님과 달수 형님은 잘 계시나?"

"너무 잘 계십니다. 안 그래도 어제 술 먹는 자리에서 형님 얘기가 나왔습니다. 기동 형님만큼 통장을 유통하는 사람이 없다며 빨리 기동이가 나와야 한다며 보고 싶다고 얘기하시던데 전화 한번 해보십시오. 많이 반가워하실 겁니다."

"진광아!"

"예, 형님."

"도대체 이 일 보이스피싱은 언제까지 하는데?"

"이 일은 대한민국이 사라지지 않는 한 절대 사라지지 않는답니다."

그러고는 조금 있다 전화를 다시 한다며 전화를 마쳤다.

나는 막을 수 있는 지혜를 알고 있다.

☀ 인생 후반전

나는 경북 청도에 있는 할머니 댁에서 아버지와 복숭아농사를 지으며 열심히 살고 있다. 미향이도 시집갔다는 소리까지 들리고 이제 나도 건강하고 성실한 배필을 만나 열심히 살려고는 계획을 짜고 있었다.

중국에 최진광, 그리고 달수 형이 수시로 전화를 걸어와서 통장 물량이 딸려 일하는 데 어려움이 많다며 자꾸 나를 유혹한다. 진광이에게서 전화가 왔다.

"형님! 그래, 진광아!"

"요즘 통장이 없어 일을 못하고 있는데 빨리 재정비해서 합세 한 번 해주십시오."

"일단 요즘 한국 분위기가 좋지 않으니 좀 있어봐라."

나는 범죄를 저지를 마음도 없으면서 선의의 거짓말을 했다.

"벌써 형님 출소하신 지 석 달이 지났습니다. 계속 기다리라고 하고선 도대체 언제까지 기다려야 합니까?"

"마! 최진광. 일도 중요하지만 안전하게 해야 할 것 아니가? 지금 일 들어가면 잡혀 간다니깐! 좀 기다려라."

"알겠습니다. 중국 쪽에서 형님만 기다리고 있다는 거 기억하시고 빨리 재정비해서 일어나시길 바랍니다."

달수 형도 마찬가지로 일거리는 많은데 통장이 없어 일이 못 들어가고 있다며 나에게 예전처럼 일 좀 해보자며 재촉한다.

하루아침에 사람이 180도 변하면 무서운 적으로 남기 때문에 나는 일할 마음도 없었으며 연락이 잠잠해지기만을 기다렸다.

그리고 치용, 태성, 봉진, 승찬, 원창, 수식, 동생들까지도 통장장사 일 들어가자고 재촉한다.

"마, 지금 분위기가 이런데 그래가 되나? 기다려봐라. 형이 알아서 할 때까지 그만 좀 쪼아라. 돈도 중요하지만 일단 안전이 제일 아니가? 요즘 신문이고 뉴스에 일주일에 두 번씩은 계속 보이스피싱 보이스피싱 때리는데 걸리면 징역 두 배씩이다. 나는 2년 6월 살고 나왔기 때문에 누범 1/2 가정해서 4년 출발이다, 알겠나?"

"안 걸리면 되죠."

"그게 그래 마음대로 되나?"

"일단 형님은 예전처럼 지시만 내려주시고 빠져 계십시오. 저희들이 다 움직이겠습니다."라며 치용이가 얘기한다.

"일단 생각 좀 더 해보자."

"알겠습니다. 기다리고 있겠습니다."

그러고는 전화를 마쳤다.

시간이 자꾸 지체되어 중국에서도 많이 답답했는지 달수 형이 치용이에게 전화를 걸어 기동 이는 일할 마음이 없는 것 같다며 통장모집책 대장을 시켜줄 테니 예전에 기동이가 했던 대로 움직여서 통장 매입할 수 있겠냐며 감언이설로 꼬신다.

"통장 모집책 대장을 시켜주면 저한테는 정말 둘도 없는 기회이지만 일단 기동 형님께 물어 보아야 할 것 같습니다. 혼자 결정 내릴 일이 아니라 일단 형님께 물어보고 또 전화 통화합시다."

치용이는 예전에 미향 형수님과 어린아이 상대로 개인정보를 빼냈던 일을 해보았기 때문에 달수 형에게도 신임이 두터운 자로, 통장 모집책 대장을 시켜도 별 의심치 않았기 때문에 달수 형이 자꾸 꼬셨다. 문제는 통장이였다.

일은 계속 돌아가는데 통장이 없어 사기 친 금액을 받을 계좌가 없었기 때문에 예전에 경험이 있었던 나의 동생들 그리고 나에게 연락하여 자꾸 유혹한다.

치용이에게서 또 전화가 온다.

"치용입니다! 형님!"

"그래."

"형님! 다름이 아니라 중국에 있는 달수 형님한테서 전화가 와서 저보고 통장 모집책 대장 한번 하라고 하시는데, 형님 생각은 어떻습니까?"

"치용아! 지금 분위기 안 좋은데 괜찮겠나?"

"이것저것 다 따지면 세상에 되는 일이 있겠습니까? 배운 게 도둑질이라 돈맛을 알았는데 스톱이 되겠습니까? 동생이 총대 멜 테니 일 한번 들어가시죠?"

"형은 일단 생각 좀 더 해봐야 하니 일단 너희들 일은 너희가 알아서해라. 형은 신경 안 쓸 테니. 일도 중요하지만 사고 안 나게끔 신경 바짝 쓰고 안전하게 해라. 형 생각은 안했으면 하는데 니 생각이 그렇다면 알아서 해라."

내가 치용에게 선택권을 주었다.

치용이는 또 한 번 넘지 말아야 할 선을 넘고 만다.

그것이 범죄자가 새로운 인생을 살아가기 힘든 이유다. 지난 시간 범죄를 하면서 큰돈을 만져보았고 주위 사람들이 계속 유혹하기 때문에 그 유혹을 뿌리치기란 결코 쉬운 일이 아니었다.

예전 멤버들과 통장 매입하기로 결심한다. 태성, 치용이는 대전 유성에 오피스텔을 잡고 예전에 나에게 배웠던 지혜로 사무실을 얻고 사람이 생활할 수 있는 사무실 모양새를 갖추었다.

최진광 또한 중국으로 강제 추방이 되었기 때문에 한국으로 정상적인 절차를 밟아서 비자를 발급받고 올 수 없었다.

이길복이라는 중국 시민권을 사서 여권 위조를 한 다음 다시 최진광까지 합류한다.

치용이도 문제는 통장이었다.

나처럼 통장 물량을 확보할 능력이 될지 안 될지 그것이 문제였다.

수식, 승찬, 원창, 봉진이가 자신감이 넘쳐 통장 매입은 자기들이 알아서 할 테니 걱정하지 말라며 치용이를 안심시키며 힘을 넣어준다.

그리고 예전처럼 신용불량자도 대출해준다는 광고 방식으로 통장 매입 그리고 인터넷 포털사이트로 통장 매입한다는 광고 그리고 중·고등학생들에게 통장을 매입한다는 방법으로 통장 매입에 들어갔다.

통장 매입하는 과정에서 또 빨간불이 들어왔다.

예전과 바뀐 점이 무엇이냐 하면 예전에는 한 사람당 통장을 여러 은행에서 여러 개 개설해 주었는데 나라에서 대포통장을 뿌리 뽑는다며 은행들이 모두 통합하여 한 사람당 한 달에 2개 이상은 개설되지 않아서 그것이 문제였다.

이것은 은행에서 무궁무진하게 통장을 개통해주어서 대포통장 개수가 늘어나 피해가 확산되는 그런 악순환을 막기 위해 대책을 내놓은 것이다.

이 대책이 보이스피싱 조직들에게는 정말 큰 타격이었다.

통장 개수가 줄어들면 그만큼 벌어들이는 수입이 줄어들기 때문에 좋은 현상은 아니었다.

하지만 그 대책은 보이스피싱 대책이긴 하나 확실히 뿌리를 뽑지는 못했다. 왜냐하면 한 사람당 2개의 대포통장이 또 탄생하기 때문이다.

진광에게 이런 정황을 얘기하니 "그럼, 어쩔 수 없지."라면서 1인당 통장을 2개씩 매입하라고 지시를 내린다.

될 수 있으면 사랑은행과 다정은행으로 통장을 신규 가입하라고 했다.

꼭 사랑은행과 다정은행으로 개통해야 될 이유라도 있냐고 물으니 사랑은행과 다정은행은 해외에서도 하루에 600만 원 인출이 가능하기 때문에 일이라는 것은 어떻게 될지 모르고 혹시 해외에서도 인출할 수도 있으니 하루에 인출 출금 한도가 높은 사랑은행과 다정은행을 매입 잡으라고 한다.

다른 은행들은 한국에서는 모르겠지만 중국에서는 하루에 100만 원밖에 인출이 되지 않기 때문에 일해도 어려운 부분이 많아 돈이 안 된다고 한다.

예전처럼 하루에 200개씩은 매입하지 못했지만 봉진, 수식, 승찬, 원창이도 예전에 일해보았던 내공들이 있었기 때문에 한 사람당 20개씩 80개씩은 꾸준하게 통장 물량이 올라왔다.

그것을 최진광을 통해 인출대장 아마이에게 1개당 100만 원씩 받고 1박 2일 결제를 통해 양도를 했다.

최진광도 역시 너희들밖에 없다며 실망을 시키지 않는다면서 환한 웃음을 지었다.

통장 물량이 어느 정도 확보되면서 조직의 체계가 잡혀 갔다.

아마이 또한 프로 인출대장답게 그 긴 시간 동안 경찰, 검찰 조사도 한 번 받지 않은 채 계속 인출하고 있었다.

파밍은 '농사'와 '피싱'의 합성어로 해외에 있는 해커들이 불특정 다수 한국 사람들에게 메일이나 SMS 핸드폰에 동영상, 음악, 문서 파일들을 유포시킨다.

평범한 가정주부 이은미 씨는 며칠 전 메일에 온 음악 파일을 다운로드했다.

이것은 중국에서 해커들이 악성코드를 심은 파일이었는데, 이은미 씨는 이것이 악성코드가 심은 파일인 줄 알 턱이 없었다.

파일을 내려 받는 순간 이은미 씨 컴퓨터에 악성코드에 감염되어 해킹 프로그램이 깔려 버렸다.

며칠 뒤 여섯 살짜리 아이가 있는 이은미 씨는 유치원 회비를 입금해 주기 위해 인터넷뱅킹에 접속했다.

사랑은행 홈페이지에 들어갔다. 평소에 종종 이용하던 인터넷뱅킹이라 예전과 동일한 창이 떴고 인터넷뱅킹을 시작했다.

다음 페이지로 넘어가는 순간 개인정보가 유출되었을 수도 있으니 보안강화 서비스에 등록해야 한다며 팝업창이 떴다.

조금 시간이 바빠서 다음에 신청하려고 했지만 보안강화 서비스를 신청하지 않으면 다음 페이지가 열리지 않았다.

그래서 팝업창을 클릭했다.

보안강화 서비스를 등록해야 하니 인터넷뱅킹에 필요한 계좌번호, 통장 비밀번호, 이체비밀번호, 그리고 보안카드 번호 35자리를 입력하라고 했다.

바빠서 조금 짜증이 났지만 보안강화 서비스 신청이라는 얘기에 요즘 금융 사고가 기승을 부리고 있었기 때문에 언젠가는 꼭 해야겠다는 긍정적인 생각으로 페이지가 시키는 대로 정보를 입력했다.

봉진이는 수식이와 같이 구인구직 광고를 벼룩신문 그리고 인터넷 구직광고에 낸 다음 사무실을 하나 차려놓고 울산에서 사람을 모집하고 있었다.

사무실 자체도 위조 신분증으로 얻은 대포 사무실이고 책상이고 직기며 어느 정도 사무실 틀을 갖추었다. 돈을 벌기 위해서는 이 정도 투자는 해야 했다.

요즘 같이 어려운 경제에 일자리 구하기가 어려운데 일자리를 제공한다는 미끼로 피해자를 유혹해서 통장을 만들어 달라는 유혹을 하고 있었다.

어차피 은행에서도 통장 2개 이상은 개통해주지 않았기 때문에 이런 식으로 매입하는 것도 좋은 아이템이었다.

구인구직에 '사무직, 노동직 누구나 환영하며 장애인 우대'라는 광고를 내놓고 ○○중공업 협력업체에서 나왔다며 많은 연락 부탁드린다며 광고를 냈다.

이어 여자, 남자 할 것 없이 청년, 나이든 사람, 하다못해 장애인들도 면접을 보기 위해 사무실을 찾았다.

남자든 여자든 웬만해선 노동일을 하기 싫어하기 때문에 사무직을 무제한으로 구한다는 공고를 내놓고 면접 보러 온 사람들에게 전부 감언이설로 사무직에 추천한다며 달콤한 말로 면접을 보았다.

"PC 자격증이나 캐드 자격증 있나요?"

대충 물어보고 있어도 되는 쪽으로 없어도 되는 쪽으로 했다. 처음부터 봉진이와 수식이는 일자리를 제공해줄 의사나 능력이 없는 사람이었다.

목적은 통장이었다.

"저희 회사가 협력업체가 몇 군데 더 생기는 바람에 인원이 좀 필요해서 그러니 채용이 된다면 성실하게 일할 수 있겠습니까?"

지푸라기라도 잡을 심정으로 면접을 보러 온 천지용, 이준우 씨는 무조건 열심히 하겠다고 한다.

한 일주일 정도 뒤에 통보가 갈 것이라며 이력서를 놓고 가라고 한다.

이런 식으로 하루에 방문하는 사람이 100명 가까이 되었다.

그리고 구인구직 광고를 보고 계속 전화가 온다. 통장 매입을 계속 해야 하기 때문에 거짓으로 아직 채용이 끝나지 않았다며 계속 사무실에 방문해 달라며 유혹한다.

이어 대충 면접을 보고 일주일 뒤 통보를 해준다며 이력서를 내려놓고 돌아가라고 한다. 이런 구인구직 광고를 보고 면접을 본 사람들은 합격만을 기다리고 있었다.

일주일 뒤 봉진이가 전화를 건다.

"천지용 씨 핸드폰 맞습니까?"

"네."

"여기는 ㅇㅇㅇ중공업, 저는 담당자 ㅇㅇㅇ입니다."

"며칠 전에 저희 ㅇㅇㅇ중공업 원서 넣으셨죠?"

"네."

"축하드립니다."

"저희 회사에 채용이 되었는데 ㅇㅇ월 ㅇㅇ일까지 울산 방어진 ㅇㅇ중공업으로 출근해주셔야 합니다. 회사 위치와 약도는 상세히 집으로 우편을 통해 보내드릴 테니 우편물을 보시고 마음의 준비를 하시면 됩니다. 이력서에 쓰인 주소로 우편물 발송하면 됩니까?"

"네, 그쪽으로 보내주시면 됩니다."

"그리고 회사에 입사하려면 급여 통장과 입사 출입증 겸용 카드를 만들어야 하니 사랑은행 통장 카드 신규로 개설해서 내일까지 사무실로 방문해주시길 바랍니다."라며 전화를 마친다.

천지용은 대학을 졸업하고 3년 동안 취직하지 못해 부모님께도 죄송하고 마음고생을 하고 있었는데, 회사에 채용이 되었다는 소식에 부모님께 자랑하며 앞으로는 더 열심히 해서 부모님께 효도하겠다며 기뻐서 눈물까지 흘린다.

그리고 다음날 사랑은행에서 통장 1234-01-01-1234 천지용을 개설해서 면접을 보았던 사무실에 올라갔다.

천지용이 봉진에게 인사를 한다.

"팀장님 그동안 안녕하셨습니까?"

"네, 지용 씨도 안녕하셨습니까?"

"네, 여기 통장 개설해서 가지고 왔습니다."

"통장에 카드 비밀번호 적어주시고 책상에 두고 가시면 됩니다. 통장은 저희들이 입사증 겸용 카드를 만들어서 약도의 회사 소개서 동봉해서 자택으로 보내 드리겠습니다."

"비밀번호도 가르쳐줘야 하나요?"

"입사증 만드는 데 IC 정보에 비밀번호를 입력하니 필요합니다. 신규통장이라 통장에 잔액은 없으시죠?"

"네."

"지금 업무가 바빠서 그러는데 조금 실례하겠습니다. 또 뵙겠습니다."라며 통장을 두고 가라고 재촉한다.

"그럼, 다음에 첫 출근 때 뵙겠습니다."

그리고 궁금한 것이 있으면 전화 드리겠다며 사무실을 나간다.

이런 식으로 매입하는 통장이 하루에 30개씩 수식이와 재미를 보고 있었다.

이준우 또한 이런 방법으로 통장을 만들어주었다.

그러고는 한 달 뒤 사무실의 문을 닫아버린다. 사무실에 혹시 지문이 남아 있을 수도 있어 수건으로 장갑을 끼고 군데군데 청소하며 결국 완전범죄를 한다.

한 달 동안 구인구직 광고로 인해 통장 물량이 700개 가까이 되었다.

그 말은 700명이 일자리를 구하기 위해 찾아왔다는 얘기다. 이런 힘든 경제에 일자리를 구하기 위해 지푸라기라도 잡을 심정으로 열심히 살아가는 서민들이 피해를 보고 있다.

면접 본 사람들이 전화가 종종 온다. 언제부터 일을 시작하면 되는지, 회사에 사정이 조금 있어 곧 정리될 것이니 조금만 기다려 달라고 한다.

이렇게 매입한 통장은 KTX 화물을 통해 대전에 있는 치용에게 보내졌다.

치용이는 태성이와 최진광을 통해 인출대장 아마이에게 또다시 100만 원에 양도한다.

통장 물량이 줄어든 대신에 통장 값 20만 원을 더 받기로 서로 약속했다.

아마이는 받은 통장을 가지고 아르바이트 인출책 2명을 데리고 경기도 인천으로 인출하러 갔다.

예전에 일이 한창 많을 때는 인출 아르바이트생을 네 명이나 데리고 다녔는데 요즘에는 국민들이 많이 당하지 않는 것은 사실이었다.

예전에는 하루에 인출을 2억에서 3억씩 했다면 요즘에는 1억에서 1억 5천이니 거의 절반 수준이었다.

아르바이트생은 한 명은 여자, 한 명은 남자였다.

여자 이름은 장웬, 남자이름은 왕취엔이었다. 학교 앞 커피숍에서 일하고 있는 것을 복권성이라는 중국에서 한국에 공부하기 위해 유학생으로 왔다가 아마이의 감언이설에 쉽게 돈 벌수 있다는 유혹에 보이스피싱 인출 일을 하게 되었다.

택시를 타고 인천 구월동에 모텔과 은행이 많은 곳을 선택해서 최진광, 치용에게 받은 통장과 카드에 이상이 없는지 검사 단계를 마쳤다.

지금 시각은 오전 8시 30분이었다.

아마이가 준비가 다 되었다며 이상이 없는 계좌번호를 메일로 중국 총괄하는 용가리 형에게 보내준다. 인출 준비가 다 되었다는 뜻이다.

해커들이 악성코드를 깔아서 인터넷뱅킹에 필요한 보안번호, 이체번호, 계좌번호, 비밀번호를 인지해서 공인인증서를 재발급받아 조금 전에 아마이가 메일로 보내주었던 계좌번호에 이체하기 시작한다.

이은미 씨 계좌를 포함한 악성코드에 감염된 불특정 다수 고객들이 피해 대상이 되었다.

1,000만 원이 이은미 씨 계좌에서 두 번에 걸쳐 2천만 원이 이체되어 대포통장에 입금이 되었다.

용가리 형이 아마이에게 전화를 건다.

"천지용 사랑은행 계좌, 이준우 사랑은행 계좌에 천만 원씩 입금이 되었다. 출금 준비를 해라."

재빨리 은행에서 20미터 떨어진 곳에 대기하고 인출 아르바이트생에게 돈을 찾아오라고 지시를 내린다.

계속해서 입금이 된다. 총책에서 또 전화를 걸어온다. 사랑은행 ○○○계좌에 천만 원, 사랑은행 ○○○계좌에 천만 원.

이렇게 해서 계속 출금하고 있을 때 쯤 행복은행 직원(청원경찰)이 외국인이 많은 돈을 출금한다는 점을 수상하게 여기고 장쉔을 바라보며 뭐라고 한다. 무조건 고객을 의심하면 안 된다는 것을 알고 있는 청원경찰도 조심스레 "뭐 도와드릴 것 없나요?" 하고 물어보았다.

겁에 질린 장쉔이 긴장하기 시작했고 무언가 구린 냄새가 난다는 것을 안 청원경찰은 장쉔과 왕취엔을 검거한다.

20미터 지점에서 지켜보고 있던 아마이가 사고가 났다는 걸 알아채고 택시를 타고 바로 튀어버린다.

아마이가 총책 용가리에게 전화해서 일단 인출책에 지금 사고가 났으니 이체하지 말라고 스톱시킨다.

그리고는 대전까지 안전한 곳으로 가서 일단 한시름 놓았다.

장쉔과 왕취엔은 인천 연수경찰서로 인계되어 조사를 받았다.

한족 사람들이라 대화도 되지 않았고 경찰들도 수사하는 데 어려움이 많았다.

장쉔과 왕취엔은 무엇 때문에 잡혀가는 줄도 모르고 일단 경찰들이 가자고 해서 경찰차를 타고 무작정 따라왔다.

경찰관이 대화가 통하지 않자 통역을 달고 와서 수사를 시작한다.

누구의 지시를 받고 무엇 때문에 아까 거기서 보이스피싱 돈을 출금했냐고 추궁에 들어갔다. 사기혐의로 긴급 체포되어 피의자 신분으로 조사를 받는다고 말해주었다.

경찰관은 중국말로 묵비권 행사를 할 수 있으며 변호사 선임할 수 있다며 미란다 원칙을 고지한다.

장쉔: 변호사 없이 조사 받겠습니다.
성명: 장쉔
국적: 중국
주소: 중국 ○○○ ○○○ ○○○
직업: 학생

"인천시 구월동 행복은행 지점에서 ○○○의 다정은행 현금카드로 인출하다가 알마니(가명)라는 사람이 돈을 찾아 주면 쉽게 돈 벌 수 있다고 해서 찾은 겁니다."

"알마니라는 사람은 지금 어디 있습니까?"

"지금은 어디 있는 줄 모르겠고 아까 잡혔을 때 그 옆에 있었습니다."

"지금 장난합니까?"

"아까 분명히 당신들 두 명 말고는 아무도 없었는데 거짓말 자꾸 할 것입니까?"

"아닙니다. 분명히 옆에 있었습니다."

"알마니라는 사람은 본명 맞습니까?"

"본명인 줄은 잘 모르겠고 '알마니라고 불러.'라고 했습니다."

"그 사람은 어떻게 만났습니까?"

"용인대학교 앞에 호프집에서 서빙하다가 손님과 알바 사이로 만나 중국 사람이 한국 땅에서 만나 반가웠고 돈만 찾아주면 쉽게 돈 벌 수 있다고 해서 이렇게 돈 찾다가 잡혀 온 것입니다."

"이 돈이 보이스피싱 돈인 줄 알았습니까?"

"아니, 정말 몰랐습니다."

"언제부터 언제까지 돈을 찾았으며 대충 얼마나 인출했습니까?"

"3일 동안 둘이서 한 3억 정도 인출한 것 같습니다."

"그 돈을 어떻게 했나요?"

"알마나라는 사람에게 주었습니다."

"아르바이트비로 돈은 얼마나 받았습니까?"

"하루 일당 50만 원씩 150만 원 받았습니다."

"제 생각으론 장쉔 씨는 몰랐다고 하나 지금 사건을 숨기기 위해 거짓 진술을 하고 있는데 아닌가요?"

"정말 있었던 그대로 얘기했으며 사실입니다."

"부정한 돈을 인출하고 대가를 받으면 벌을 받는다는 사실을 알았나요?"

"정말 죄가 되는지 몰랐고, 저는 보이스피싱 조직과는 아무 상관이 없습니다."

"마지막으로 할 말 있습니까?"

"저는 아무것도 모르고 정말 억울합니다."

결국 장쉔과 왕취엔은 똑같은 정황으로 똑같이 누명을 쓰고 유치장에 구속수사로 재판까지 받게 된다.

○○월 ○○일 인천지방법원에서 심리가 잡혔다.

매섭게 생긴 판사가 입을 연다.

"먼저 장쉔."

"네."

본적: ○○○ ○○○

주민번호: ×××××××

주소: ××××××

판사: 맞습니까?

장쉔: 네, 맞습니다.

왕취엔 또한 본적과 주민번호, 그리고 주소를 물어본다.

"공소 사실 인정합니까?"

판사가 물어본다.

무슨 돈인 줄 모르고 돈을 인출했긴 했으나 정말 이것이 죄가 되는 것인 줄은 몰랐고 보이스피싱 조직과는 아무 상관이 없다며 억울하다고 한다.

"검사 측 심문하세요."

판사가 말한다.

"장쉔과 왕취엔은 2012년 ○월 ○일 일명 가명 중국인 알마나라는 사람이 돈을 인출해주면 쉽게 돈을 벌 수 있다고 제안하자 허락하여 인천 구월동 오산터미널 시흥 이마트 부근에서 3일에 걸쳐 약 3억 원을 인출하여 사기 방조한 사실 있죠?"

왕취엔과 장쉔은 "네."라고 대답한다.

"그래서 하루 일당으로 50만 원씩 3회에 걸쳐 150만 원 부당이득 챙긴 사실도 있죠?"

"네."

"존경하는 판사님. 피고인들은 죄가 되는 줄 몰랐다고 주장하고 있으나 지금 사회에 보이스피싱이 끊이지 않고 기승을 부리고 있고 대부분 피해자들이 하루하루 힘들게 살아가는 서민들이라는 점을 감안하여 중형이 선고되어야 마땅합니다. 피고인 장쉔에게 구형 3년, 피고인 왕취엔에게 구형 3년에 처한다."

"변호사, 변호하세요."

나라에서 지정해주는 국선 변호사가 일어서더니 변호를 한다.

"장쉔과 왕취엔은 지금까지 범죄하고는 정말 거리가 먼 일반 학생들입니다. 중국 복권성에서 공부하러 한국에 왔고, 지금 용인대학교 ○○과에 재학 중인 자로서 구속되기 전까지 학생 신분이었습니다. 한국 땅에서 학교를 다니다 중국에 있는 부모님의 짐을 조금이나마 덜기 위해 ○○

호프집에 알바를 하던 중 가명 알마니라는 중국인을 만나 낯선 한국 땅에서 중국 고향 사람을 만나 너무 행복했고 그래서 한두 번 만나다가 친구가 되었는데 돈만 찾아주면 쉽게 돈을 벌 수 있다는 유혹을 뿌리치지 못하고 죄가 된다는 것을 모른 채 실수하고 말았습니다. 인출을 3억 했다고는 하나 이 돈이 정말로 범죄 수익금인 줄 몰랐고 150만 원을 제외한 나머지 범죄 수익금은 알마니가 다 가지고 간 점, 그리고 초범이라는 것과 학생인 점을 꼭 참고 해주시길 바랍니다."

"장쉔, 마지막으로 할 말 있습니까?"

"정말 잘못된 일인지 모르고 실수한 것입니다. 용서해주십시오."

"왕취엔, 마지막으로 할 말 있습니까?"

"저는 보이스피싱 조직과는 아무 상관이 없습니다. 공부를 해야 하니 학교로 돌아갈 수 있게끔 허락해주십시오."

"판사가 2주 뒤에 선고하겠습니다."라며 심리를 마친다.

"먼저 장쉔, 앞으로 나오세요. 판결하겠습니다. 피고인 장쉔은 중국 국적으로 한국에 공부하러온 유학생에도 불구하고 가명 알마니라는 보이스피싱 조직을 만나 쉽게 돈 벌 수 있다는 유혹에 빠져 몇 회에 걸쳐 범죄 수익금 3억 원을 인출한 점 그리고 범죄 수익금을 인출해주고 150만 원의 금전적인 이득을 취한 점을 고려해보면 중형이 선고되어야 마땅하다. 하지만 초범인 점, 그리고 학생인 점, 그리고 인출한 돈이 범죄에 사용되는지 몰랐던 점을 참작하여 피고인을 징역 10월에 처한다."

왕취엔 판결도 똑같았다.

"범죄에 사용된 돈인 줄 몰랐기 때문에 양형을 낮추어서 판결한 것입니다. 모르는 것도 죄가 됩니다. 모른다고 해서 다 용서되는 것이 아닙니다. 억울하면 항소하세요."

항소, 상고 재판을 해보아도 판결은 변함이 없었다.

며칠 전까지만 해도 학생 신분이었던 사람이 한순간의 잘못된 선택으로 전과자라는 낙인과 마음의 상처 그리고 징역을 살고 중국으로 추방되는 현실이 닥쳐왔다.

장쉔 부모님 그리고 왕취엔 부모님은 공부하러 없는 돈에 빚까지 내서 한국에 보내놓았는데 이런 정황을 듣고 나서 기절하고 만다.

보이스피싱으로 인한 피해자들은 도대체 어디까지가 피해자인가? 사기당한 사람에 이어 통장을 만들어준 사람 그리고 인출한 사람까지도 피해자가 된다.

지금 이 시각에도 원창이와 승찬이는 노인정에서 노인들을 상대로 통장 매입하고 있었다.

아무 노인정에나 찾아가서 사리분별이 흐릿하고 지식이 없는 할머니와 할아버지를 상대로 통장 매입에 들어갔다.

신분증만 있으면 쉽게 통장을 개통해주는 그런 정황을 또 악용했던 것이다.

아파트 단지에 있는 ○○노인정에 빵과 우유를 사가지고 봉사활동 나온 것처럼 꾸며 노인정에 들어갔다.

할아버지, 할머니에게 친절하게 다가가서 안마도 해주고 손도 잡아주고 고스톱도 쳐주며 재미있게 놀아주었다.

그러고는 원창이가 할머니께 작업에 들어간다.

"할머니, 열심히 살려고 그러는데 일하려면 급여 통장이 있어야 합니다. 신용불량자라서 통장개설이 안 되서 그러는데 통장 하나만 만들어주시면 안 됩니까?" 묻는다. 할머니는 그것이 꼭 있어야 되냐고 묻자, 아버지는 교통사고로 돌아가셨고 어머니는 아파서 누워 계시는데 동생 두 명과 생계를 유지해야 해서 일자리를 구해야 한다며 가슴 아픈 소리를 한다. 승찬이 또한 다른 할머니를 유혹하며 사정사정한다.

열심히 살아보려고 하는데 지난 시간 사업하다가 신용불량자가 되어 자기 통장으로는 거래할 수 없다며 거절하지 못하게 가슴 아픈 정황을 만든다. 젊은 사람들이 열심히 살아보겠다고 가슴 아프게 말하고, 통장 만드는 데 돈도 들어가지 않고 그렇게 힘든 일도 아니라 월급통장으로 쓴다고 하자 범죄인 줄도 모르고 할머니들은 통장 만들어주기로 결심한다.

그러고는 할머니는 신분증을 들고 가까운 은행에 장 한 개씩을 개설하러 들어갔다. 신분증을 꺼내 정상적인 절차를 밟아서 통장을 만들었다. 은행에서도 별 의심을 하지 않고 통장을 개설해주었다. 통장과 현금카드 비밀번호를 건네받고 2주에 한 번씩은 할머니께 놀러 온다며 감언이설로 마음을 부풀려놓았다. 할머니께서는 바쁘면 자주 오지 않아도 좋으니 열심히 살라며 따뜻한 말을 해주셨다.

노인들은 한 명이 1개씩 통장을 만들어 왔다. 이순득, 박점덕.

대포폰 전화번호를 가르쳐주며 보고 싶으면 언제든지 전화하시라고 통장 정지를 못하게 확실한 믿음을 주었다. 열심히 살겠다며 환한 웃음을 지으며 ○○노인정을 빠져나왔다.

그러고는 오늘 매입했던 통장은 치용에게 보내지 않았다.

왜냐하면 이 몇 개의 통장을 인출책에게 바로 넘겨버리면 이제 이 노인정 근처에 형사들이 잠복근무하고 있을 정황을 생각했기 때문에 힘닿는 대로 통장 매입할 수 있는 대로 한 다음 양도하기로 마음을 먹는다.

이 아파트 단지는 주공아파트였기 때문에 몇 개의 동마다 노인정이 있었고, 아파트 동네의 작업이 끝날 때까지 계속 매입을 했다. 50명에 걸쳐 일주일 동안 50개의 통장을 매입했다.

그러고는 더 이상 아파트 단지에는 통장 매입할 노인들이 없을 것 같아 KTX 화물 편으로 대전에 있는 치용이에게 보냈다. 이렇게 무궁무진한 방법으로 매입이 되고 있으니 보이스피싱이 사라질 리 없었다.

보이스피싱이 사라지려면 이렇게 통장 만들어주는 사람부터 사라져야 할 것이다.

파밍을 당한 이은미 씨는 며칠 뒤 통장정리를 하다가 통장 잔액이 0원이 되어 있는 것을 보고 깜짝 놀라 경찰에 신고했다.

경찰이 어떻게 된 일인지 사기당한 정황을 얘기해보라고 한다.

사기당한 정황이라고는 언제, 어디서, 누가, 어떻게 돈을 인출해갔는지 알 수 없었다.

경찰이 혹시 출처가 불분명한 음악 동영상 메일을 다운로드 받은 사실이 있는지 묻는다.

"메일이야 제가 검색을 수시로 하니깐 그럴 수도 있을 것 같은데, 그거랑 무슨 상관이 있나요?"

"해외에서 해커들이 메일이나 문자를 통해 악성 코드를 심어 감염되면 이은미 씨가 정상적인 인터넷뱅킹을 시도해서 홈페이지에 접속해도 악성 코드 때문에 가짜 사이트로 들어가 인터넷뱅킹에 필요한 개인정보를 빼내어 가서 공인인증서를 재발급받아 돈을 이체해 가버립니다."

"그럼 제 돈은 어떻게 되는 겁니까?"

"일단 저희들도 수사를 해보아야 하니 기다려보세요. 따로 연락드리겠습니다."

"일단 기다려보라는 게 아니라 제 돈을 찾아 주셔야죠. 그게 무슨 돈인 줄 압니까? 제가 10년 동안 정말 알뜰하게 살림하며 안 쓰고, 안 먹고, 안 입고 모은 피 같은 돈입니다."

"그러니깐 조심하셨어야죠. 사기는 그쪽이 당하고 짜증은 왜 경찰서에 와서 냅니까? 이런 사건 한두 번 조사하는 것도 아니고, 조사를 해보았자 주범들 검거하기가 정말 힘든 사건이니 인터넷뱅킹으로 사라졌던 계좌번호 적어주시고 은행 가서 입출금 내역 뽑아주시고 돌아가 계세요.

따로 수사하는 대로 연락드리겠습니다."

수사를 해보니 이체된 금액이 천만 원씩 2회에 걸쳐 2천만 원이었다.

천지용, 사랑은행으로 천만 원, 이준우 다정은행으로 천만 원 이렇게 이체되어서 돈이 출금되어 있었다.

천지용과 이준우가 경찰서로 소환해서 추궁에 들어간다.

이 사람들은 구인구직 광고 보고, 그리고 학교 앞에서 보이스피싱 사기범들의 감언이설에 통장을 만들어준 사람들이다.

"천지용 씨, 이준우 씨. 지금 사기 혐의 때문에 피의자 신분으로 조사할 테니 본인들은 불리한 진술을 거부할 수 있고 변호사 선임해서 조사를 받을 수 있습니다."라고 형사가 말한다.

2명은 변호사 선임할 돈도 없었고 잘못한 게 없었기 때문에 그냥 변호사 없이 조사를 받는다고 얘기한다.

"천지용 씨. 사랑은행 계좌 ××××-××××가 지금 보이스피싱 금융사기에 범죄 수익금을 가로채가는 계좌로 사용되었는데 어떻게 된 것입니까?" 형사가 묻는다.

"저는 잘 모르겠는데요."

무슨 말을 하는지 잘 알아들을 수 없었다.

경찰이 이체된 천지용 씨의 계좌 거래내역을 보여주면서 "이 통장 천지용 씨 통장 아닙니까?" 하고 묻는다.

자세히 보니 일자리를 구하기 위해 며칠 전에 개설해준 통장이었다.

"네, 맞습니다."

"이 통장이 지금 보이스피싱 범죄 수익금 돈을 인출해가는 계좌로 사용되었다고요. 어떻게 된 겁니까?"

"저는 벼룩신문에서 구인구직 광고를 보고 ○○○중공업 일자리를 구하기 위해 회사 입사증과 현금카드 겸용 카드를 만들어야 한다고 해서 주었는데요."

있었던 정황을 그대로 얘기한다.

형사도 참 어이없다는 표정을 지으며 되묻는다.

"사무실이 어딘지 알고 있습니까?"

"네, 알고 있습니다. 그 사람 전화번호까지 알고 있습니다."

그리고 수사에 필요한 모든 정황을 얘기해주었다.

같은 사기를 당한 이준우 또한 정황은 똑같았다.

"이 진술이 사실입니까?"

"네, 사실입니다. 이에 한 치의 거짓이라도 있으면 어떠한 처벌이라도 받겠습니다."

"전자금융거래에 있어 내가 만든 통장을 다른 사람에게 양도·양수하면 형사, 민사 처벌 받는다는 사실을 몰랐습니까?"

"네, 몰랐습니다."

이준우 또한 몰랐다며 자기들도 사기를 당했다고 하소연한다.

"우리는 어떻게 되는 것입니까?"

"죄가 있는지 없는지는 판사나 검사가 판단할 일이니 우리 경찰은 있었던 그대로를 수사하고 조사해서 보고하는 것이 전부입니다."

이준우, 천지용 또한 재판을 받게 된다.

1심, 2심, 3심 우리나라의 3심 제도인 대법까지 재판해보아도 판결은 똑같았다.

이준우, 천지용이 주장하는 것은 "일자리를 구하기 위해 구인구직 광고를 보고 입사증과 현금카드 겸용을 만들어주었을 뿐인데 왜 내가 형사, 민사 처벌을 받아야 하느냐?"는 것이었다. 자신들은 보이스피싱 조직과는 아무 관련이 없다. 자신들도 사기를 당한 피해자라는 것이었다.

검사가 묻는다.

"이준우, 천지용은 ○○월 ○○일 벼룩신문 구인구직 광고를 보고 ○○중공업의 가명 팀장 사기범에게 통장을 하나씩을 개설해줘서 통장을 양도한 사실 있죠?"

"네."

"이 통장으로 인해 불특정 다수 서민의 피해자가 사기를 당했고 아직 피해금이 변제되지 않고 상선들이 검거되지 않아 피해자들이 마음고생을 하고 있습니다."

판사의 판결도 냉정했다.

"전자금융거래에서 내가 만든 통장을 다른 사람에게 양도·양수해서는 아니 된다. 그 목적이 범죄에 쓰일 줄 알고 만들어주었든 모르고 만들어주었든 양도한 자체가 불법행위이고 범죄행위이다 이겁니다. 열심히 살기 위해 일자리를 구하기 위해 통장을 범죄에 쓰일 줄 모르고 통장을 양도한 점, 그리고 범죄 전력이 없고 열심히 살겠다는 각오가 확실한 점을 참작하여 이준우, 천지용에게 각각 벌금 500만 원에 처한다."

그리고 통장을 만들어준 과실이 인정되어 사기당한 금액의 50%까지 갚으라는 배상 판결까지 내린다.

"한 통장으로 천만 원씩 이체되었으니 500만 원씩 갚으라."는 얘기다.

천지용과 이준우는 열심히 살기 위해 일자리를 구하러 다녔던 것이 전부인데, 그리고 몰랐다는 것이 전부인데 하늘이 너무나도 엄청난 벌을 주었다. 울고불고 억울하다고 하소연해보아도 대법원에서 확정되었기 때문에 판결을 뒤집을 수 없었다.

판사 말대로 모르면 배우고 익히고 와서 나 자신은 물론이고 다른 사람에게 피해를 주지 말아야겠다는 생각으로 열심히 살아야겠다는 마음이 들었다.

그것은 그렇고 부모님께는 뭐라고 말씀을 드려야 할지. 일자리 구해놓았다고 큰소리 뻥뻥 치고 그나마 요 며칠 행복한 표정을 짓고 계셨는데, 일자리도 구하지 못한 채 사기 당하고 소송에 져서 벌금에 배상판결까지 갚아야 한다면 쓰러질 수도 있는데 하는 생각도 머릿속에 스쳐

지나 갔다.

정말로 도대체 누굴 믿어야 할지 희한한 세상이었다.

이순득 씨, 박점덕 씨도 경찰서에서 소환한다.

결과는 똑같았다.

이순득 씨, 박점덕 씨가 주장하는 것은 모르는 청년들이 노인정에 봉사활동 와서 급여 통장이 필요하다고 해서 통장을 만들어준 것은 인정하나 보이스피싱 공범과는 아무 상관이 없고 범죄에 쓰일 줄 몰랐다는 주장이다.

나이가 고령인 70대 할머니들에게도 재판부는 똑같은 판결을 내려버린다. 나이가 많다고 몰랐다고 하는 것은 이유가 되지 않는다.

이순득 씨 또한 벌금 500만 원에 통장 만든 과실이 인정되어 500만 원 배상판결을 받고 만다. 이순득 씨 아들과 가족들은 기절을 하고 만다.

무슨 통장 하나 잘못 만들어주어서 이런 엄청난 불이익을 받는지 울고불고 억울하다 해도 재판 결과는 똑같았다.

이런 사람들이 계속 늘어나기 때문에 보이스피싱이 끊이지 않고 기승을 부리는 것이다. 소송에 져서 울고, 사기를 당해서 울고 두 번 우는 서민들이 계속 늘어나고 있다.

이런 사람이 늘어나는 것은 보이스피싱도 늘어나고 있다는 결과를 보여주는 것이다.

교도소에서 출소해 복숭아농사를 지으며 열심히 산 지 8개월이 흘러갔다. 우리 어머니도 열심히 사는 아들 모습이 보기가 좋은지 요즘 얼굴이 환해지셨다. 이것이 바로 행복 아니겠는가? 가족이 행복하려면 일단 자식이 아무 일 없이 잘 커줘야 할 것이다.

어머니는 일정한 직업이 없는 가정주부이다.

누나는 결혼한 지 6년 차에 매형과 맞벌이하는 부부였다. 아파트도 어머니가 살고 계신 바로 옆 동에 살고 있으며, 누나와 매형 사이에는 상범이라는 남자 조카가 있었다.

맞벌이를 하느라 누나와 매형이 상범이를 돌볼 시간이 없어 한 달에 100만 원을 받으며 상범이를 돌보아주는 것이 어머니의 일이었다.

오늘도 상범이를 어린이집 봉고차에 태워주고 밀린 집안일을 하고 있는데 딩동~ 하면서 식탁 위에 올려진 어머니의 핸드폰에 문자가 들어왔다.

문자를 확인하니 문자 내용은 이러했다.

'○○리아 치킨버거 세트 무료쿠폰 도착'

쿠폰을 받으시려면 인터넷 주소를 클릭하라고 했다.

어머니는 상범이가 햄버거도 잘 먹고 공짜라는 생각에 얼른 문자 창에 떠 있는 인터넷 주소를 클릭했다.

그러자 다른 창이 떴고 본인 절차를 받기 위해 핸드폰 가입자 주민번호와 핸드폰 통신사, 그리고 핸드폰 번호를 입력했다.

그래서 주민번호 ○○○○○○-○○○○○○○, 통신사 ○○, 폰번호 ○○○-○○○○-○○○○ 확인 버튼을 눌렀다.

하지만 실행되지 않았고 몇 차례 반복해보아도 결과는 마찬가지였다,

'뭐고? 공짜가 다 그렇지.' 하고 '공짜쿠폰 못 받으면 뭐 어때?' 생각하고 그냥 지나갔는데 한 달 뒤 핸드폰 요금 청구서를 보니 3회에 걸쳐 핸드폰 소액결제로 30만 원이 결제된 것을 보고 사기라는 생각에 통신사에 상담을 요청했다. 상담원은 가까운 경찰서에 신고하라며 공짜쿠폰, 모바일 청첩장, 동창회모임, 택배 왔다는 문자 경품에 당첨되었다는 그런 출처가 불분명한 문자는 스스로 조심하라는 말밖엔 별 소득이 없었다.

사기 당한 핸드폰요금 청구서를 들고 불이익을 받았다며 경찰에 신고했지만 경찰들도 한다는 소리가 범인이 해외에 서버를 두고 이런 사기를

치는 것이니 검거도 하기 어렵고 스스로 조심하라는 말밖엔 특별한 방법이 없다며, 일단 저희들이 수사를 할 테니 연락처나 남겨두시고 집으로 돌아가라고 해서 별 소득 없이 집으로 돌아왔다.

사위와 딸에게 오늘 있었던 정황을 말하니 그런 사기도 있냐며 눈이 똥그래졌고 "세상 참 무섭다며 문자도 함부로 확인하면 안 되겠네."라면서 이런 분야는 기동이가 잘 알고 있으니 청도 가면 기동이에게 얘기해 보라고 했다. 경찰에서도 해결 안 되는데 기동이가 어찌 해결하느냐며 한숨을 쉬었다.

어김없이 나는 청도에서 복숭아농사를 지으며 좋은 생각, 좋은 마음을 가지고 주어진 일에 최선을 다하고 있었다.

오랜만에 부산에서 부모님께서 오셨다.

환한 웃음을 지으며 "우리 아들 열심히 잘하고 있네. 할 만하냐?"면서 걱정을 해주신다.

복숭아농사를 지어서 첫 해에 2천만 원 벌었다며 1년 동안 고생한 결과를 어머니께 말씀드렸다.

복숭아 몇 개를 따서 복숭아를 먹으면서 오랜만에 어머니, 아버지와 대화를 나누었다.

"복숭아 정말 달다."

"당연한 거 아닙니까? 아들이 아버지와 정성으로 키운 것인데."

그리고는 며칠 전 어머니가 사기 당한 정황을 얘기한다.

"핸드폰 문자 하나 잘못 클릭했다가 한 달 뒤에 핸드폰 청구서를 보니 소액결제로 30만 원이 청구되어 날아왔더라." 하는 것이다.

"무슨 문자를 클릭했는데요?"

"상범이 주려고 햄버거 당첨 공짜쿠폰 받으려다가."

"어이구! 어머니도 참! 일단 어머니 피해금 사기 당한 거 냈습니까?"

"그래, 자동이체 되어 벌써 빠져나갔지."

교도소를 출소해서 좋은 습관이 하나 생겼다. 하루에 신문 2부를 정독하며 세상 돌아가는 현상을 익히고 있었다. 며칠 전 신문을 보다가 스미싱 사기당한 피해자들에게 이동통신사와 게임업체가 환급해준다는 신문기사를 읽은 적이 있었다.

"사기 당한 것은 사기 당한 것이고 앞으로도 똑같은 피해를 안 입는다는 보장이 없으니깐 핸드폰 이리 줘보세요."

그러고는 어머니의 핸드폰을 건네받아 114를 눌렀다. ○○통신사 고객센터를 연결했다.

"무엇을 도와드릴까요? 고객님."

"핸드폰 명의 ○○○씨의 아들입니다. 어머니께서 지난 7월 스미싱 사기를 당했는데, 사기당한 내용증명 보내주면 환급해주는 걸로 알고 있는데 맞습니까?"

"네, 사기사건이 확인되면 게임업체와 통신사와 합의해서 환급해주고 있습니다."

"7월 소액결제 서비스로 저희 어머니가 30만 원 사기를 당해서 ○○은행계좌 통장주 ○○○ 자동이체되어 30만 원이 빠져나갔으니 빠른 시일에 돌려주십시오. ○○경찰서에 신고도 해놓았기 때문에 확인 가능하실 겁니다."

"네, 확인하고 돌려 드리겠습니다."

"앞으로는 이런 일이 없도록 소액결제 서비스 완전 차단해주십시오."

"소액결제 서비스 차단해 달라는 말씀이죠?"

"네, 그렇습니다."

"실례지만 본인절차가 없으면 실행되지 않기 때문에 어머니 한번 바꾸어주시겠습니까?"

"어머니, 전화 한번 받아보세요."

"네, 전화 바꾸었습니다."

"저는 고객센터 상담원 ○○○입니다. 아드님이 소액결제 서비스 차단해 달라고 하는데 그렇게 해드릴까요? 본인 절차를 위해 주민번호 부탁드리겠습니다."

"주민번호 ××××××-×××××××입니다."

"네, 본인 확인되셨구요. 소액 결제 차단되었습니다. 더 불편한 점 없으시죠?"

"30만 원 사기 당한 거 그거나 빨리 처리해주십시오."

"그것은 빠른 시일 내에 정리해서 보내드리겠습니다. 감사합니다. 저는 상담원 ○○○였습니다."

"앞으로는 이런 어이없는 일 없을 것이니 걱정 마십시오."

그러자 옆에 계시던 아버지도 소액결제 차단해달라고 한다. 그래서 똑같은 절차를 밟아 소액결제를 차단했다.

소액결제 차단이란 핸드폰으로 인터넷상의 물품 아이템 등을 구입하는 그런 시스템을 말하는데, 사기범들은 감언이설로 여러 종류의 문자를 보내기 때문에 이것이야말로 최고의 스미싱 차단방법이다. 차단해놓으면 아무리 감언이설로 문자가 오더라도 결제되지 않기 때문이다.

어느덧 파밍과 스미싱이라는 무서운 피싱도 조금 하락세를 보이고 있었다.

은행이 엄청난 피해를 입고 뒤늦게나마 소 잃고 외양간 고치기 식으로 정부가 대책을 마련한다.

보안카드 35자리를 모두 요구할 경우 100% 파밍을 의심해보아야 된다고 했다. 그리고 출처가 불분명한 파일은 내려 받지 말라고 했다.

공인인증서 재발급 절차를 까다롭게 한다고 했다. 이것은 인터넷뱅킹을 하기 위한 절차에 공인인증서 재발급을 막으면 인터넷뱅킹을 할 수 없는 대책이다. 보안카드에서 OPT 카드로 바꾸라고 했다.

그리고 스미싱에 대해서는 모바일 청첩장, 동창회모임, 음악 무료 다운로드, 공짜쿠폰, 연평도 포격, 경품에 당첨되었다는 문자 등 출처가 불분명한 문자는 확인하지 말라고 했다. 이것이 정부의 대책이다.

내가 생각할 때는 이것도 제대로 된 대책이 아니다. 이것이 시행될 경우 파밍, 스미싱은 사라지겠지만 또 다른 보이스피싱이 지능화되어 기승을 부릴 것이다.

왜냐하면 인출도구로 사용되는 통장이 무궁무진하게 유통되고 있으니 범죄를 막으려면 통장을 일단 없애야 할 것이다.

이런 억울한 피해자들이 계속 늘어나는 줄도 모르고 진광, 치용, 태성, 승찬, 봉진, 원창, 수식은 계속해서 통장 매입방법을 연구하며 통장을 매입하고 있었다.

⚙ 카드 복제

해외 총책들, 용가리 형, 달수 형, 보이스피싱 연구원 팀들이 또다시 새로운 피싱 연구에 들어갔다.

왜냐하면 파밍은 앞에서 본 것과 같이 사람들이 벌써 예방방법을 인지하고 있기 때문에 어느 정도 불이 꺼진 상태이다.

간혹 가다가 사기를 당하는 사람도 있지만 이슈가 되면 정부가 대책에 들어가기 때문에 이제 보안을 뚫는 것은 보이스피싱 연구 팀에서 할 일이다.

전기통신사업법이 시행되어 전화 발신 조작을 금지했기 때문에 요즘 신형 인터넷 전화는 전화발신 조작 기능이 되지 않는다. 그나마 구형 인터넷 전화는 전화 발신 조작 기능이 되지만 해외에서 전화 발신 조작해도 전화상으로는 공공기관에서 계좌이체 비밀번호 등을 요구하지 않는다는 것이 이슈가 되었기 때문에 사기도 잘 당하지 않았다.

그리고 갤럭시 S4 삼성 핸드폰 기능에는 전화 발신 조작이 되면 핸드폰에 전화 발신 조작이 되었다는 표시가 뜨는 기능을 개발해놓았기 때문에 그것 또한 공공기관을 사칭하는 보이스피싱 범죄가 줄어들었다.

파밍 또한 소액결제 서비스를 차단하는 방법으로 피해자가 줄었다. 획기적인 수법으로 피해자를 감쪽같이 속였지만 보안카드 번호 35자리를 요구할 경우 무조건 파밍을 의심해보아야 한다는 이슈와 보안카드에서 OTP카드로 교환하는 방법 그리고 인터넷뱅킹에서 가장 중요한 공인인증서 재발급이 까다로워지면서 또 한 번 보이스피싱 조직들이 위기를 맞게 된다.

연구원 팀에서 며칠 연구 끝에 공인인증서 보안카드가 없는 계좌이체를 상상하게 된다. 그것은 바로 카드 복제였다.

카드 복제는 쉽게 할 수 있는데, 그 카드에서 돈을 인출하기 위해서는 비밀번호를 아는 것이 문제였다. 결국 비밀번호까지 빼내는 연구에 성공한다.

카드정보를 빼는 기계를 '스키머'라고 하는데 스키머 기계에 카드 마그네틱을 통과시키면 그 카드에 정보가 입력되는 것이다. 그 정보를 공 카드에 입력하면 카드 복제가 완성되는 것이다

카드 복제에도 두 종류가 있다. 업소용 카드 복제기가 있고 현금지급기용 카드 복제기가 있다.

업소용은 복제기계가 엄지손가락 만하여 목걸이를 해서 목에 차고 다니다가 서비스 직업인 주유소, 슈퍼마켓, 술집 등 손님들이 신용카드 결제를 원할 때 카드 승인하기 전에 살짝 한번 스키머에 지나갔다가 카드 승인하고 원주인에게 돌려주면 카드 주인은 카드가 복제되었다는 사실을 절대 인지할 수 없다.

카드 복제는 이렇게 정말 쉬운데, 그 카드의 비밀번호 알아내기는 쉬

운 일이 아니었다.

업소용은 대부분 고급 술집, 룸살롱, 노름방 이런 손님들이 비밀번호를 가르쳐주며 웨이터 문방에게 돈을 인출해오라고 많이 시킨다. 대부분 룸살롱에서 카드 결제는 세금 때문에 현금으로 계산하면 DC가 되고 기혼인 사람들은 술값을 카드로 결제하면 카드 거래 내역서가 집으로 날아오기 때문에 마누라에게 들킬 확률이 많다.

그렇기 때문에 웨이터에게 비밀번호를 가르쳐주며 술값을 찾아오라고 한다. 웨이터는 돈을 찾으러 가기 전에 화장실에 들러 스키머 기계에 한 번 지나가서 카드정보를 빼낸 다음 손님이 원하는 금액을 인출해서 돈과 카드를 손님에게 준다. 손님은 자기 카드가 복제되었는지 알 수 없다.

노름방 하우스에도 대부분 노름을 하다 보면 돈을 잃는 경우 새벽 시간이 끝나고 오전 8시, 9시 결제 시간에 노름방 선수들이 창고장에게 돈을 결제하기 위해 카드를 문방에게 비밀번호를 가르쳐주며 출금을 원한다.

이때도 마찬가지로 돈을 인출하기 전 스키머 기계에 지나가서 카드정보를 빼낸 후 돈을 인출해서 원주인에게 카드와 현금을 갖다 준다.

카드정보를 빼낸 후 돈을 인출해서 원주인에게 카드와 현금을 준다.

카드정보를 빼면 메모지에 비밀번호를 차례대로 적어놓아야 나중에 헷갈리지 않는다.

비밀번호를 알아야만 잔액조회 후 현금을 인출할 수 있기 때문에 더욱더 엄청난 범죄가 일어난다는 것을 보이스피싱 연구 팀에서 연구한다.

주유소, 슈퍼마켓, 호프집 등 이런 곳에서 비밀번호 없이 카드 복제되어 오는 것은 금이나 명품가방 같은 것을 사서 다시 물건을 되팔아 돈으로 현금화시켜야 하기 때문에 현금화하는 과정에 무조건 사고가 많이 난다. 그리고 이 카드는 한도를 알 수 없기 때문에 쓰는 과정이 너무 어려움이 많다.

그러니 비밀번호 없는 신용카드나 체크카드보다는 비밀번호가 일치하는 체크카드, 신용카드, 현금카드를 복제하기 위한 연구 단계가 끝난 상태다.

그리고 이 업소용 스키머로 정보를 빼내는 것은 물량이 너무 작기 때문에 많은 정보를 빼내려면 현금지급기에 스키머 장치를 달아야 한다는 연구도 끝이 났다.

전국에 그 많은 현금지급기가 있는데 보안이 허술한 현금지급기에 카드 밀어 넣는 입구에 새끼손가락만 한 스키머 기계를 덧씌워놓은 다음 조그만 무선 캡을 현금지급기 박스 옆쪽에 감쪽같이 설치해놓고 카드 이용자가 은행 업무를 보기 위해 현금지급기에 카드를 밀어 넣으면 스키머에 정보가 수집되고 비밀번호 누르는 것을 무선 캠이 찍고 있기 때문에 이것이 정말 무서운 범죄였다.

이것 또한 시운전을 끝내고 이제 파밍을 대신해서 한국을 향해 공격할 준비가 다 되어 있었다.

이런 사실을 금융회사, 국민, 그리고 정부가 알 턱이 없다. 항상 소 잃고 외양간을 고쳤기 때문이다.

이 정보를 총책에서 최진광에게 오더를 내리고 현금지급기용 스키머 2개, 업소용 스키머 2개를 최진광에게 준다.

복제와 인출은 우리 인출책에서 할 테니 치용이와 친구들에게는 스키머로 카드정보 그리고 통장을 될 수 있으면 최대한 매입해 달라고 지시를 내린다.

이어 치용이가 궁금한 것이 있는지 최진광에게 카드를 복제하는 데 왜 통장이 필요한지 물어본다.

요즘에는 카드를 쓰면 대부분 사람들이 SMS 입출금 거래내역 핸드폰 문자 서비스를 신청해놓기 때문에 복제된 카드에 돈이 몇 천만 원 들어 있어도 출금하는 과정에 자신도 모르게 돈이 빠져나가 버리면 카드회사에 카드 정지를 걸어버린다. 그러면 돈도 안 되고 무용지물이다. 카드 이체가 3천만 원까지 가능하므로 많은 돈이 든 통장은 카드 이체로 승부를 봐야하니 이것이 카드 복제에서 쟁점이 될 것이다.

카드 복제는 쉽지만 많은 돈을 인출하기 위해서는 통장이 많아야 한다는 것이 최진광이 말이었다.

내가 생각해도 연구원 팀들, 보이스피싱 조직원들은 보통 머리가 아니었다.

피해가 일어나면 어떠한 정황이 일어난다는 것을 미리 인지하고 다음 수까지 내다보고 있었기 때문에 완전범죄가 가능했다. 최진광이 치용이를 만나 모텔에서 스키머 기계를 손에 들고 자기가 가지고 있던 체크카드를 든 채 시운전을 해 보인다.

"잘 봐라."

카드가 스키머를 지나간다. 그러자 스키머 기계에 빨간불이 깜박였다.

"이렇게 빨간불이 들어오면 정보가 빠져나갔다는 뜻이다."

최진광이 치용이를 보며 말한다.

다시 한 번 스키머로 카드를 지나갔다. 역시나 빨간불이 깜박이며 들어왔다.

이번에도 정보가 빠져나왔고 다시 한 번 스키머로 지나갔다. 이번에는 초록불이 들어왔다. "이 초록불이 들어왔을 때는 정보가 빠져나오지 않았다는 결과이니 재차 스키머로 지나가서 빨간불이 들어올 때까지 그어주면 된다."

최진광이 진지한 표정을 지으며 얘기했다.

최진광이 스키머 기계와 체크카드를 치용에게 건네며 다시 한 번 시험해보라며 치용이를 쳐다본다. 치용이가 카드를 들고 스키머로 지나간다. 빨간불이 깜박였다.

"그래, 이렇게 되면 카드에 정보가 빠진 것이란다. 한 번 더 해봐라. 또 역시 빨간불. 초록불이 들어오면 빨간불이 들어올 때까지 그어주면 된다. 무슨 말인지 알제?"

"이거 정말 간단하네!"

치용이가 웃으면서 말한다.

그러고는 최진광이 노트북을 꺼낸다. 노트북에 개인정보 수집 프로그램 CD를 넣고 다운을 받아 파일을 내려 받았다. 스키머 기계를 잭에 연결해서 USB 꽂는 곳에 꽂았다.

그러자 비밀번호 네 자리를 누르라고 하는 창이 떴다.

최진광이 "비밀번호는 ××××이니 이것을 누르면 된다."고 지시를 내린다.

비밀번호를 누르는 순간 조금 전에 최진광의 카드로 정보를 빼낸 특수 기록 문자가 수집되어 있었다.

"자, 보이제? 이것이 카드정보란다. 이것만 메일로 중국에 보내주면 치용이 니 쪽에서 할 일은 끝이니깐 신경 좀 써주라. 카드 복제에 이어 인출까지 우리 쪽에서 할 테니 너는 복제가 다 되어 가서 인출할 때쯤 보안이 허술한 동네 은행이 밀집되어 있는 동네 물색해서 오토바이 타고 가방 모찌만 쫌 해주면 된다. 술집에 위장 웨이터로 정보 빼내러 가는 사람은 의리가 있고 쫌 똑똑해야 한다."

"알았다. 그것은 걱정하지 마라."

치용이는 승찬이와 원창이를 생각하고 있었다.

아무리 생각해도 봉진이는 어리바리해서 안 되겠고, 수식이는 얼굴이 험하게 생겨서 웨이터 일하러 왔다고 그러면 술집 사장님이 거절할 위험 지수가 높은 사람이어서 이 두 명을 한 명은 광안리, 한 명은 해운대 고급 술집에 위장 취업을 시키기로 마음먹었다.

"진광아, 그것은 내가 알아서 정리할 테니 걱정하지 마라."

"알았다. 우리도 처음 해보는 일이라 조금 걱정이 되긴 되는구나." 하면서 진광이가 얘기한다.

그리고 이 스키머는 업소용이고 현금지급기에 스키머 장치와 무선 캠을 달아야 하니 될 수 있으면 현금지급기를 많이 이용하고 보안이 허술한 곳을 선택하라고 한다.

"마, 사람이 많으면 당연히 보안이 강화되어 있지, 그런 곳이 어디 있노?"

최진광이 "마! 말이 그렇다는 얘기다."라면서 "그만큼 신중하게 일을 정리해야 한다는 말이다."라고 치용이를 보며 환하게 웃는다.

"현금지급기면 아무데나 설치가 가능하다는 얘기제?"

치용이가 되묻는다.

"그래, 현금지급기 기계가 은행마다 그리고 회사마다 다 다르니깐 스마트폰 가지고 은행 간판 사진 찍고, 카드 밀어 넣는 입구 사진 찍고, 현금지급기 박스 안의 사진을 찍어서 메일로 보내주면 중국에서 바로 그 기계에 딱 맞게끔 제작이 가능하니 그리 알아라! 일단 스키머 2개 기계 주고 갈 테니깐 이 기계 가지고 당분간 웨이터로 위장 취업해서 정보 좀 빼라고 아들한테 지시를 내려라."

"알겠다."

"그리고 치용이 니는 현금지급기용 스키머 설치할 곳을 물색해서 사진 찍어서 보내주고."

"알았다. 서두르게."

"현금 출금하다가 사고 안 나겠나? A라는 술집에서 정보가 빠져나갔다고 경찰에 수사가 들어가면 그곳에서 웨이터 하고 있는 내 친구가 용의자 선상에 오를 것인데."

"일단 완전범죄 할 것이니 그것은 걱정 마라. 정보 빼내는 사람과 돈 인출하는 사람이 일치하지만 않으면 수사도 할 수 없고 심증은 가나 물

중이 없어 처벌 받기 힘들다. 그리고 정보 빼내면 바로바로 복제해서 돈을 인출하는 것이 아니라 기본으로 석 달 이상은 묵혀서 잠가 놓을 것이니 석 달 동안 피해자들은 카드 쓰는 범위가 너무 넓어서 어디서 정보가 빠져나갔는지 수사하고 있는 시점에 우리도 벌써 돈 다 찾아서 일 다 보고 중국에 가 있을 것이니 걱정 마라. 최고 위험한 아들이 인출하는 아들인데, 그것은 완전범죄를 위해 계획을 다 해두었으니 너는 내만 믿고 시키는 대로만 하면 된다."

"이런 복제기 기계는 어디서 구했노?"

너무 신기해서 치용이가 진광에게 묻는다.

"마, 출처는 묻지 마라. 알면 좋을 것 하나 없고 다친다. 나는 시키는 대로 니한테 전달할 뿐이다."라면서 최진광도 환하게 웃는다.

"돈 배당은 어째 되노?"

범죄에 최고 예민한 부분이 돈 배당 부분이다.

"서로 목숨을 걸고 범죄를 계획하는 순간인 만큼 돈 배당은 약속한다. 통장 값 없이 인출한 돈에 반반씩 하자. 너희도 너희 나름대로 어려운 상황이 있을 것이고, 우리도 우리 나름대로 어려운 상황이 있으니 말없게 딱 반 배당 치자, 반반이다."

진광이가 말한다.

"그러자."

치용이도 오케이하면서 웃는다.

"그리고 카드 복제가 실행되면 엄청난 양의 통장이 필요하니깐 일단 그리 알아라. 1, 2백 개로 되지 않으니 일단 한번 인출할 때 통장이 2천 개 정도는 확보되어야 한다."

최진광이 말한다.

"2천 개씩이나?"

"2천 개씩이나가 아니라 한 번 인출할 때 그렇고 일단 최대한 통장 물량 맞추어야 하니 참고로 알고 있어라. 지금은 카드 복제 하는 것이 우선이니 일단 보안이 허술한 현금 CD기에 스키머 기계 달 수 있는 곳만 먼저 물색해놓아라."

"알겠다. 그것은 걱정 말고 내가 알아서 할게."

치용이가 자신 있다는 듯 얘기한다.

그러고는 또 보자면서 모텔에서 나왔다.

치용이가 진광이에게 받은 스키머 기계 2개를 들고 수식, 원창, 승찬, 봉진을 만나기 위해 수식에게 전화를 걸었다.

친구들은 지방에서 통장 매입하다 요즘 경찰 단속도 심하고 파밍, 스미싱 사기도 잘 당하지 않은 상태라 부산으로 며칠 쉬기 위해 내려와 있는 상태였다.

범죄 계획을 모의할 때마다 봉진이 집에 집합했던 동생들은 주위 사람들 눈을 피하기 위해 봉진의 집에서 집합하기로 결심하고 봉진에게 전화를 걸었다.

"봉진아! 치용이다."

"지금 운전 중이다."

조금 있다가 통화하자면서 바로 전화를 끊어버린다. 그래서 수식이한테 전화를 걸었다.

"수식아!"

"그래."

"치용이다."

"그래. 어디고?"

"PC방에서 한게임 PC 포커 한판하고 있다."

"이겼나?"

"아니다. 2천만 원 잃었다."

"마, 그만 해라. 니는 통장 장사해가 PC 포커에 다 갖다주나?"

"우~와 미치겠다. 6, 9 에이스 풀 메이드였는데 액면에 2 원페어 깔아놓고 2포커가 나온다. 이거 완전 사기다."

"사기인 줄 알면 그만해라."

"본전은 찾아야지. 돈 꼴았는데 스톱이 되겠나?"

"원창이는 뭐하노?"

"옆에서 사설 스포츠토토 하고 있다. 승찬이 하고 원창이하고."

"승찬이는 쫌 이겼나?"

"아이다. 인마들도 한 천만 원씩 잃었다."

"원창이 한번 바꾸어봐라."

"마, 니도 그만 해라."

"참 미치겠네. 핸디캡으로 '이대호 도루 안 한다'에 천만 원 때렸는데 미치가 이대호가 도루 해버린다. 참 어이가 없어서. 아니 130킬로 거구가 도루한다는 게 말이가? 완전 이거 사기네."

"마, 어느 물에 가는지 모른다. 이제 그만해라. 너거들은 통장 장사해서 남 좋은 일 다 시켜주나? 봉진이는 어디 갔나?"

"아니, 왜?"

"조금 전에 전화했더니 운전 중이라고 조금 있다가 통화하자는데?"

"미친 자슥 아이가? 운전은 무슨 운전이고? 옆에서 지금 열심히 카트라이더하고 있다."

봉진이는 인터넷으로 비아그라를 주문해놓고 카트라이더를 하고 있었다.

"이 개새끼는 진짜 또 상태 안 좋은 짓 하고 있네. 봉진이 한번 바꾸어봐라."

전화를 바꾸어준다. 게임을 하다 말고 "왜?" 짜증을 내면서 전화를 받는다.

"니가 말하는 운전이 이거가?"

"마, 당연한 거 아니가? 뛰어가서 존나 때리삘라. 용건만 말해라."

"지금 중요한 할 얘기가 있어. 앞으로 1시간 30분 뒤면 부산 들어가니 너희 집에서 1시간 30분 뒤에 보자."

"알았다."

"아들 전부 다 집합해서 모여야 한다."

"알았다."

"태성이도 같이 오나?"

"그래. 1시간 30분이면 도착하니 늦지 말고 기다리고 있어라."

"알았다."

전화를 끊자마자 태성이가 한마디 한다.

"형님들 뭐하신답니까?"

"스포츠토토하고 한게임 하고 있단다. 수식이 2천만 원, 원창이, 승찬이 천만 원씩 잃었단다."

"참, 형님들은 그렇게 돈 잃고 나서도 계속 스톱이 안 되는갑습니다."

"중독이다 중독. 일단 1시간 30분 뒤까지 부산 들어가야 하니 밟아라."

"잘 알겠습니다."

봉진이가 일행을 보고 말한다.

"마, 1시간 30분 뒤에 우리 집으로 들어온다는데 우리도 일찍 정리하고 사우나나 가자."

"왜 무슨 일 있나?"

"중요한 얘기가 있다고 우리 집에서 1시간 30분 뒤에 보자고 하는데. 친구가 또 대장 노릇하는데 말을 따라줘야 할 것 아니가?"

돈을 잃은 수식이가 "사우나 꼭 가야 하나? PC방 있다가 바로 가면 된다 아이가?" 한다.

그러자 봉진이가 "마, 그만해라. 이 정도 잃었으면 됐다. 니 인마 돈 안 꼴았다고 지금 그라나. 그게 아니라 나도 운전 계속하고 싶은데, 중요한 얘기한단다 아이가?" 한다.

"그라자. 사우나 가서 깨끗이 씻고 땀이나 쫌 빼자."

마지못해 수식, 원창이도 찬성하고 일어난다.

그리고 24시간 사우나를 갔다.

지금도 그렇지만 왕년에 한 가닥씩 건달이라고 호를 날렸던 네 명은 사우나를 갔다.

옷을 벗었지만 온몸이 반팔, 반바지 문신이었던 네 명은 온탕에 앉아 반신욕을 하고 있었다.

그러는 도중에 어떤 꼬마가 봉진이 등을 가리키며 "아저씨, 이거 용 맞지요?" 그러고는 옆에 또 손가락질하면서 "이것은 도깨비고요." 하는 것이다.

그러자 아이 아버지 되는 사람이 사우나에서 뛰어나와 자기 아들이 실수하고 있는 것을 알았는지 달달달 떨면서 아이 엉덩이를 한 대 때리고는 "거기서 뭐해? 빨리 이리와!" 하면서 봉진에게 "죄송합니다."라고 사과를 했다.

봉진이가 "아닙니다!"라면서 꼬마에게 도깨비가 아니고 사대천왕이라면서 환한 미소를 짓는다.

사우나를 끝내고 봉진이 집으로 와 있었다.

치용이도 대충 시간을 맞추어 태성이랑 봉진이 집에 도착했다.

진광에게 받은 스키머 2개 그리고 노트북 CD를 가지고 봉진 집에 올라갔다.

약 한 달 만에 보는 얼굴이라 친구들을 보니 너무 반가웠고 잘 지냈냐며 서로 인사를 한다.

"잘 못 지냈다." 수식이가 말한다.

"참, 씨발. 돈 꼴면 자살하는 이유를 알겠다. 통장 팔아서 부정한 돈으로 이렇게 돈 꼴아도 짜증나는데 대출해서 정상적인 돈 꼴면 자살할

만도 하겠다."

그러자 승찬이도 원장이도 사설 스포츠토토 해서 진짜 지금까지 통장 장사해서 번 돈을 다 날렸다고 구시렁대고 있다.

"그래? 하지 마라."

치용이가 말한다.

"이대호가 씨발 도루 할 줄 알았나? 진짜 미치겠네."

그러자 수식이도 "2 원페어 깔아놓고 2 포커가 나온다. 6, 9 에이스 풀인데 무조건 역전 없다고 받더만 아따 진짜 찌끄레기 올라오네."

그러자 봉진이가 한마디 한다.

"마, 내처럼 PC방에서는 비아그라 하나 인터넷으로 주문해서 운전하는 게 최고다."

"지랄하고 자빠졌네. 운전은 운전이라 치고 비아그라는 뭐고?"

그러자 책상서랍에서 비아그라 두 알을 꺼낸다.

"치용아, 이거 한번 먹어봐라. 직인다."

"마, 그거 짝퉁 아니가?"

"맞다, 짝퉁."

"그리고 젊은 놈이 그거는 와 먹노?"

"요즘 좆이 안 선다."

"미친자슥. 안 그래도 고장난 좆 그거 처먹고 더 고장 난다. 인마. 젊은 놈이 만날 여자나 밝히고 야동이나 보니 좆이 안 서지. 참 희한한 놈이네. 먹더라도 진품 먹어라. 짜가리 먹지 말고."

"진품은 처방전 있어야 사진다. 처방전 끊으러 비뇨기과 가면 쪽팔린다 아이가? 그리고 정품은 비싸다."

"그거 어디서 샀는데?"

"인터넷이나 신문광고 보면 판다."

"참 니는 좆 세우는 일만큼 다른 일도 쫌 열심히 해봐라. 알겠나?"

일행이 다 웃는다.

"보이스피싱을 위해 통장 매입하느라 고생이 많다."

치용이가 친구들을 보며 얘기했다.

그 매입한 통장을 팔아 환전하느라 친구도 고생이 많다며 봉진이도 맞장구를 친다.

요즘 정신 바짝 챙기고 있냐면서 치용이가 봉진에게 비꼬면서 얘기한다.

"마! 통장 힘대로 올라가는 거 눈으로 확인 못했나? 내가 네 명 중에 통장 매입 최고로 하고 있는 거 치용이 니는 모르는가베?"

그러자 옆에 있던 원창이가 "누가 보면 전국에 있는 통장 매입 니 혼자 다 하는지 알겠다."

하면서 원창이까지 비꼰다.

니가 제일 물량이 적다며 승찬이까지 비꼰다.

그러자 봉진이가 승찬에게 "마! 니까지 내를 알로 보냐"면서 서로 내공싸움을 한다.

치용이가 "참 이럴 때 기동 형님께서 계셔야 소고기국밥에 이어 퀵 착불 얘기까지 나오는데 이럴 땐 형님이 보고 싶네."

형님 얼굴을 못 본 지도 어느덧 8개월이 넘어갔다.

형님은 경북 청도에서 복숭아, 감 농사를 지으며 잘산다는 소식을 들었을 뿐 전화번호도 바뀌어서 이제는 정말 연락조차 되지 않았다.

그래도 우리를 이렇게 만들어주신 분이 형님이셨기 때문에 치용이와 아이들은 항상 형님께 감사한 마음을 가지고 있었다.

치용이가 스키머 기계를 꺼낸다.

"자, 요즘 신종 범죄가 나왔으니 이것으로 돈을 좀 벌어보자."

"그게 뭔데?" 하면서 봉진이가 묻는다.

"이것은 신용카드, 체크카드, 현금카드정보를 빼내는 스키머 기계라고 하는 것인데, 이것을 들고 승찬이와 원창이는 해운대, 광안리 40 페이룸에 위장 취업 들어가서 손님들이 카드로 심부름 시키거나 돈 결제할 때 카드정보 빼주면 된다."

그러자 원창이가 한마디 한다.

"왜 하필이면 웨이터가 내고?"

그리고 승찬이도 "건달이 웨이터는 아니다 아이가? 사회적 지위와 체면이 있지."라고 말한다.

치용이가 한마디 한다.

"마! 그러면 건달이 통장 매입해서 사기꾼들에게 팔아먹는 일은 건달이 할 짓이가? 먹고 사는 일에 이것저것 재면 무슨 일이 되겠노?"

"그래, 하필이면 내고? 봉진이도 있고 태성이도 있는데."

"봉진이 점마 생긴 거 봐라. 웨이터 시켜 달라고 가게 사장 만나는 순간 사장한테 빠말때기 바로 맞는다. 섭섭하게 생겼다고."

"마! 내가 생긴 것이 뭐 어때서?"

"아따, 니는 거울도 안 보나? 니가 생긴 걸로 나한테 뭐라 할 입장은 안 된다 아이가?" 하면서 봉진이도 치용이를 보면서 한마디 한다.

"자, 다 각자 할 일들이 있으니 일단 그리 알고."

치용이가 자기 체크카드 하나를 집어 들었다. 그러고는 스키머 기계를 들고 화살표 방향으로 지나간다. 빨간불이 깜빡인다.

"자, 이렇게 빨간불이 들어오면 정보가 빠져나온 것이다."

한 번 더 시운전을 해 보인다.

"이렇게 빨간불이 들어오면 카드정보가 빠져나온 것이다."

이번에는 화살표 방향이 아닌 거꾸로 반대 방향으로 지나간다. 그러니 빨간불이 아닌 초록불이 뜬다.

"자! 이렇게 초록불이 뜨면 카드정보가 빠져나오지 않은 것이니 재차 시도해서 빨간불만 나오게 하면 된다. 그리고 카드 비밀번호가 중요하니깐 헷갈리지 않게 메모해주는 일까지 너희들이 해줄 일이다."

원창에게 스키머와 체크카드를 주면서 시운전을 해보라고 치용이가 권한다. 그러자 원창이도 손쉽게 카드정보를 빼내 버린다.

"야! 이거 진짜 신기하네. 카드 복제 하는 거 일도 아니네!"

그러자 승찬이도 나도 해보자면서 제대로 시운전을 한다.

역시 빨간불이 들어왔다. 이렇게 카드 복제가 쉬워서 어데 세상 겁나서 카드 쓰겠냐면서 놀라운 표정들을 짓고 있다.

"자! 승찬이와 원창이는 빨리 룸살롱에 위장취업 들어가서 하루 빨리 일 들어가길 바란다. 가게에서도 가명 쓰고 전화기도 대포폰을 써. 원창이는 마상태, 승찬이는 배경인으로 신분증 위조해줄 테니 그리 알고 있어라. 너희들이 잘해줘야 한다."

"알았다. 돈 배당은 어떻게 되는데?"

"한 번에 모아서 출금할 테니 범죄를 한 돈에 중국과 우리 반 배당에 반 배당 나온 돈에 6등분해서 공평하게 나누자."

"너거 네 명은 무슨 일을 하는데?" 원창이가 묻는다.

"우리는 고속도로 휴게소에서 현금지급기에다 스키머와 무선 캠 설치해서 정보 뺄 거야. 우리도 위험하고 바쁘니 그리 알아라. 내하고 태성이가 한 조, 봉진이와 수식이가 한 조가 되어 움직일 것이다."

"마! 내가 현금지급기에 설치하는 일 하면 안 되나?"

원창이가 묻는다.

"아따, 또 와 그라는데?"

"아무리 생각해도 나는 과일 같은 거 그리고 안주 같은 거 할 줄도 모르는데 진짜 웨이터는 아닌 것 같다."

"마! 세상에 쉬운 일이 있나? 웨이터라는 생각으로 일을 하지 말고 룸살롱 사장이라는 마인드로 일해라. 그리고 수식이랑 봉진이는 고속도로 휴게소 물색해서 현금지급기 카드 들어가는 곳에 스마트폰으로 사진 몇 방 찍고, 기계 모델명 몇 방 찍고, 기계가 어디 은행인지 찍고, 현금지급기 박스 옆에도 몇 방 찍어. 내일부터 서둘러서 좀 움직여주길 바란다."

치용이가 말한다.

그러고는 각자의 위치로 돌아가 지령받은 일들을 실행했다.

원창이는 해운대 고급 룸에 웨이터를 구한다는 전단지를 보고 위조한 신분증을 들고 면접을 보러 갔다.

사장님을 처음 만났다. 이력서를 보면서 사장이 묻는다.

"상태 씨, 웨이터 일은 해보셨습니까?"

"아니, 처음입니다. 처음이라서 모르는 부분이 많지만 하나씩하나씩 가르쳐주시면 배워서 열심히 하겠습니다."라고 원창이가 바짝 엎드리면서 사장한테 딸랑딸랑 거린다.

"웨이터 일이 쉬운 일이 아니니 열심히 하셔야 할 것입니다."

"월급은 어떻게 됩니까?"

"기본급 100만 원에 손님 테이블당 2만 원씩 일비로 챙겨 드리겠습니다."

"감사합니다."라고 하자 언제부터 일할 것인지 물어본다.

"오늘부터 일하겠습니다."

원창이가 말한다. 하루라도 빨리 취직하여 많은 카드정보를 빼야 했기 때문이다.

먼저 온 웨이터들에게 과일 써는 법, 안주 담는 법, 안주 요리하는 법을 대충 배우고 담배 심부름, 잔심부름까지 하나씩하나씩 배워 나갔다.

룸이 컸기 때문에 아가씨도 100명 이상은 되었다. 웨이터 일을 하고 있기 때문인지 대기실에 앉아 있던 아가씨들까지 낮추어 보았다.

손님이 왔다. 회장 스타일의 사업하는 사람들 일행 세 명이서 오늘 술을 얼마나 먹을 건지 딱 한눈에 보아도 작정하고 온 모양새다.

마담이 들어가더니 아가씨 인사를 준비시키기 위해 아가씨 20여 명 정도를 데리고 룸을 들어간다.

아가씨들이 차례로 인사하고 초이스가 되어 술 먹을 분위기가 되었다.

마담이 삼촌 술은 밸런타인 30년산으로 두 병을 갖다 달라고 한다.

"안주는 신경 많이 써야 한데이." 하면서 환하게 나를 보며 웃는다.

주방으로 가서 얼음 통 그리고 맥주 서비스 10병, 밸런타인 술을 두 병 들고 와서 "실례합니다."라고 노크하면서 테이블 위에 올렸다.

그러자 옆에 앉아 있던 아가씨가 손님을 보며 "오빠, 우리 삼촌 일도 열심히 하고 고생 많이 하는데 차비 좀 챙겨줘."라면서 팁을 주라면서 눈웃음을 친다.

그러자 손님이 지갑에서 5만 원권 한 장을 주며 담배나 사 피우라면서 팁을 준다.

참 세상 살다보니 별일을 다 한다는 생각에 속에서 찌끄레기가 올라왔지만 참고 "감사합니다."라면서 돈을 받아 주머니에 넣었다.

그리고 손님과 아가씨들은 즐거운 시간을 보냈고 2시간이 지나서 아가씨가 나를 찾더니 삼촌 계산서 가지고 들어오라고 한다.

계산서를 뽑아들고 룸으로 들어갔다. 그러자 마담도 같이 따라 들어온다.

밸런타인 양주 두 병	70만 원×2
아가씨 봉사료	10만 원×3
룸비	10만 원

처음 일하는 나에게 계산이 오류가 날 수 있으니 도와주기 위해 들어왔다.

마담이 눈웃음을 치며 "애프터는 어떻게 할 거?" 묻는다.

그러자 아가씨들이 자기 파트너 팔짱을 끼며 오늘 화끈하게 한번 서비스해 드릴 테니 가자고 유혹한다.

그러자 손님이 애프터까지 얼마냐고 마담에게 묻는다.

애프터	30만 원×3
밸런타인 양주 두 병	70만 원×2
아가씨 봉사료	10만 원×3
룸비	10만 원
호텔비	10만 원×3

300만 원인데 현금으로 해주시면 20만 원 정도 DC해 드린다고 세금이 많은 1종 술집에서 마담이 현금 결제를 유도한다.

이 손님들은 기혼이라 카드 결제를 해버리면 카드 청구서가 집으로 날아오기 때문에 갑갑한 정황이 일어날 것만 같아 체크카드를 주면서 마담에게 비밀번호를 가르쳐주며 300만 원 인출해오라고 얘기한다.

비밀번호 3377이니 300만 원 찾아오라며 나에게 다시 재차 심부름을 시킨다. 아가씨가 편의점 갔다 오는 길에 말보로 라이트 담배 2갑만 사다달라고 부탁한다. 참 짜증은 났지만 마음속으로 바로 이거라는 생각에 싱글벙글 웃으면서 체크카드를 들고 일단 화장실로 들어가 문을 잠그고 스키머 기계에 화살표 방향으로 지나갔다.

빨간불이 깜박인다. 확실한 마무리를 위해 혹시나 하는 마음에 한 번 더 스키머를 지나갔다. 다시 빨간불이 들어왔다. 메모지에 비밀번호 3377을 썼다.

그러고는 화장실 물을 내리고 현금지급기가 있는 곳으로 갔다. 돈 300만 원 인출하고 잔액 영수증을 보니 잔액이 8천만 원 조금 넘는 큰 금액이었다.

속으로 싱글벙글하는 기쁜 마음으로 편의점에서 쭈쭈바 한 개를 입에 물고 담배 2갑을 다 들고 가게로 올라왔다.

똑똑 하고 문을 두드리고 "실례합니다."라며 룸으로 들어갔다.

현금 300만 원과 체크카드를 건넨다. 아가씨에게 담배 2갑도 주었다.

손님이 고생했다며 또 10만 원 팁을 준다. "감사합니다."라면서 10만 원을 받았다.

그러고는 마담에게 현금 280만 원을 주면서 20만 원 DC를 받았다.

아가씨들이 손님에게 "오빠, 이제 즐기러 올라가자."면서 팔짱을 끼고 호텔로 가자고 한다.

마담이 나를 보며 삼촌 10, 11, 12, 13층이 호텔이니 손님 3명 숙박한다고 빨리 올라가서 예약하라고 한다.

"알겠습니다."라며 호텔 카운터에 방을 3개 예약 받고 손님들을 모셔다 주었다. "즐거운 시간 되십시오."라면서 다시 가게로 내려왔다.

"이야, 웨이터라는 직업 꽤 수입이 괜찮은데?" 하는 마음으로 다시 일을 시작했다.

이런 방법으로 하루에 3~5개씩 카드정보를 계속 빼내고 있었다.

일을 마치고 광안리에 웨이터를 하고 있는 승찬에게 전화를 했다.

승찬이도 처음 해보는 웨이터라 이리저리 치여 가면서 하루를 마감하려고 하는데 원창에게 전화가 왔다,

"일 열심히 하고 있나?"

원창이가 묻는다.

"열심히는 하고 있는데 참 웨이터라는 직업 할 것이 못되네!" 승찬이도 고생했는지 짜는 소리를 하고 있다.

자기도 오늘 고생한 정황을 얘기한다. 참 사나이 원창이가 어찌하다가 이래 된 것인지 손님들 잔심부름에 술집 아가씨 담배 심부름까지 했다며 건달이 하면 안 될 것 했다는 것을 아는지 행동한 정황을 얘기한다.

"마! 니는 그 정도면 양호한 거다. 나는 오늘 어떤 심부름 했는 줄 아나? 화장실 청소에 커피색깔 스타킹 사오라는 심부름 그리고 생리대까지 사왔다. 아무리 돈도 중요하지만 이건 쫌 아닌 거 아니가?" 하면서 웃음 반 진담 반으로 얘기한다.

"그래, 오늘 생리대 산 보람은 있나? 정보는 몇 개 빼냈노?"

웃으면서 원창이가 얘기한다.

"3개 빼냈다. 손님들은 많이 있었는데 비밀번호 가르쳐주는 손님들은 3명밖에 없었다. 잔액 좀 있나? 천오백짜리, 700만 원, 3천 6백짜리. 그래도 여기 술 먹으러 오는 손님들은 나름대로 있는 사람이더라. 니는 좀 했나?"

"나도 8천만 원짜리, 2천7백짜리, 60만 원짜리 이렇게 3개 빼냈다."

"60만 원은 또 뭐고?"

"몰라, 200만 원 찾아오라고 해서 찾아주니깐 잔액 60만 원 남아 있더라."

"이 카드는 카드 복제를 해서 돈을 출금할 게 아니라 계좌번호 알아서 돈 송금해주어야겠는데?" 하면서 승찬이가 웃는다.

일단 그리 알고 나중에 보자면서 전화를 끊었다.

치용이는 태성이를 데리고 경북 청도 휴게소 현금지급기에 스키머를 설치하기 위해 물색하러 왔다.

이 시각 봉진이와 수식이는 거제도 휴게소 현금지급기를 물색하러 움직이고 있었고 완전범죄를 위해 위조된 신분증으로 렌트까지 하여 렌터카를 타고 청도 휴게소에 들어갔다. 밤 시간이라 사람은 별로 없었다.

치용이가 이리저리 둘러보더니 태성에게 "저 현금지급기가 딱이겠다."며 두 개의 현금지급기 중 하나를 가리킨다.

태성이가 매점에서 음료수를 2개 사오더니 치용에게 건넨다.

"형님, 일단 이거 하나 마시고 시작합시다."

"마시고 나서 빨리 가서 사진 찍고 온나!"

"알겠습니다."

"일단 니 현금카드 들고 돈 찾는 척하면서 은행명 그리고 카드 들어가는 입구, 현금지급기 박스 벽 쪽 사진 3장씩 찍어 오면 된다."

"알겠습니다."

태성이가 음료수를 다 마시고 사진을 찍으러 현금지급기 박스 안으로 들어갔다. 그리고는 사진을 찍고 나온다.

"화장실 들렀다가 바로 차로 가겠습니다."

차에 먼저 가 있으라면서 태성이가 얘기한다. 그리고 보조석에 차에 타고 있었다. 운전석에 태성이가 탄다.

"사진 찍었나?"

"뭐 그거 사진 찍는 게 일입니까?"

그리고는 태성이가 스마트폰을 내민다.

찍은 사진을 차례대로 넘겨보니 깔끔하게 잘 나왔다.

수식이와 봉진이 팀도 사진을 찍었다고 연락이 왔다.

"치용아, 사진 찍었는데 어떻게 하면 되노?"

"일단 진광에게 물어보고 다시 전화할게."

"알았다."

진광에게 전화했다.

"치용이."

"그래, 지금 막 현금지급기 사진 다 찍었는데 어떻게 하면 되노?"

일단 위에 얘기를 해봐야 하니 다시 전화하자며 통화를 마친다.

진광이 총괄 역할을 하는 용가리 형에게 전화를 한다.

"형님!"

"그래, 진광아!"

"현금지급기 사진 다 찍었다는데 메일 주소하나 불러주세요."

"leekd80@hanmail.net 이리로 보내주면 된다."

"기계 만드는 데 얼마나 걸립니까?"

"오늘 메일 보내면 니 손에 받는 데 일주일 정도 걸릴 것이다. 기계는 다 만들면 어디로 보내줄까?"

"저희 집으로 받아도 괜찮겠죠?"

"그래."

"저희 집으로 보내주세요. 대전 동구 유성오피스텔 403호."

"알았다. 기계 제작 다하고 전화할게. 메일 보내면 전화 한 통 도."

"알겠습니다."

치용에게 전화를 했다,

"진광이다."

"그래."

"사진 찍은 것 전부 leekd80@hanmail.net 이쪽으로 전송해주면 된다."

"기계 만드는 데는 얼마나 걸리노?"

"일주일 정도 걸린단다. 일단 기계 내려오면 그때 다시 만나서 얘기하자."

"알겠다. 그리고 업소에서 웨이터 위장취업 나가서 친구들이 카드정보 뺐는데 재미가 쫌 있는 것 같더라. 그것은 어떻게 하면 되노?"

"잔액은 좀 있드나?"

"대부분이 천만 원."

"그 카드정보도 복사해서 붙여넣기 해가지고 메일로 보내주면 된다. 비밀번호 헷갈리지 않게. 무슨 말인지 알겠나?"

"잘 이해가 안 가는데."

치용이가 이해가 잘 안 가는지 되묻는다.

"스키머 기계 잭 연결해서 노트북에 USB 연결하면 카드정보 빼낸 정보가 뜰 것이다. 저번처럼 비번 ××××누르면. 어, 그래 그거 복사해서 메일로 보내주면 된다."

"아 알겠다. 나중에 어디가 잘 안 되면 다시 전화할게."

"그래."

치용이 봉진에게 전화를 걸어 사진 찍은 것들 전부 leekd80@hanmail.net로 보내라고 지시를 내렸다.

"보내고 나서 전화 한 통 도."

새벽 4시까지 너희 집에서 보자며 전화를 마쳤다.

이제 일이 하나씩하나씩 정리되고 있었다.

총책에서도 시간이 지나면 수많은 카드 복제를 해야 하기 때문에 공 카드를 준비해야 했다.

카드 복제를 한두 개 하는 것도 아니고 몇 백 개, 몇 천 개가 될 수도 있을 것 같아 인출대장을 맡고 있는 아마이에게 보이스피싱 인출이 끝나면 현금카드, 체크카드 폐기하지 말고 모아두라고 지시를 내렸다.

증거를 없애기 위해 지금까지는 현금카드를 다 폐기시켰지만 이제는 인출이 끝난 현금카드에 카드정보를 입력시켜 카드 복제를 해야 하기 때문에 이런 지시를 내리는 것이다.

카드에는 마그네틱 카드가 있고 IC카드가 있다.

복제가 쉬운 마그네틱 카드를 정부에서 IC카드로 다 바꾸라고 했는데 대부분 사람들이 IC카드로 바꾸었지만 그것은 무용지물이었다.

IC카드 단말기는 우리나라에 전국의 15% 정도 있는 것으로 알고 있다.

이것도 카드 단말기에 승인될 때만 효력이 있어 우리같이 현금지급기에 설치하는 그런 범죄는 무용지물이다.

마그네틱을 복제하기 때문이다. IC카드는 복제되지 않지만 IC카드 역시 IC 정보를 읽지 못하면 마그네틱 정보를 읽기 때문에 IC카드 복제가 가능하다. IC카드에 보면 구리 칩 모양으로 6각형 모양이 있다. 그것을 견출지로 붙여서 막거나 칼로 흠집을 내야 인출이 가능하다.

그렇기 때문에 지금 나라에서 카드 복제 방안을 내놓은 것들은 전부 무용지물이다.

IC정보를 읽건 마그네틱 정보를 읽건 두 개의 정보 중에서 하나만 정보가 읽어지면 카드 승인이 가능하기 때문에 이런 허점을 뚫은 것이다.

청도 휴게소에서 부산으로 내려왔다.

봉진이 팀도 거제 휴게소에서 부산으로 내려왔다.

새벽 4시까지 봉진이 집에서 모이기로 했는데 시간 여유가 좀 있어 돼지국밥 한 그릇을 먹고 봉진이 집으로 향했다.

봉진이가 먼저 와서 기다리고 있었다.

"일은 잘 정리했나? 일단 사진 찍은 것 좀 보자."

봉진이가 거제 휴게소에서 찍은 사진을 보여주기 위해 스마트폰을 꺼낸다. 하나하나 넘겨보니 깨끗하게 잘 찍혀 있었다.

"이야, 니가 무슨 일을 니하고 시작하면 제대로 하는 것을 한 번도 못 봤는데 내일은 해가 동서남북에서 1/4씩 뜨겠는데?"

"마! 장난하나? 내가 지금까지 일을 얼마나 열심히 했는데."

"일단 내가 불러주는 메일로 전송했나?"

"아니다. 부산 내려오면 할라고 아직 안했다."

그러고는 아까 최진광이 불러주던 메일 주소로 사진을 모두 전송했다. 이렇게 보내면 이제 최진광이 이 기계에 맞는 스키머 기계를 제작해서 들고 올 것이란다. 이제 그것을 현금지급기에 설치해서 카드정보만 빼면 된다. 비밀번호하고. 벌써부터 슬슬 기대되었다.

웨이터 일을 마치고 승찬, 원창이도 전화가 왔다.

"일 마쳤는데 어디서 볼까?"

"봉진이 집에 다 모여 있으니 그리로 오면 된다."

"지금 출발하나?"

"그래, 바로 출발한다."

"20분이면 오겠네?"

"그래."

얼마 후 원창이와 승찬이가 왔다.

"할 만하나?"

또 오자마자 생리대가 어떠니, 아가씨들 담배 심부름 했니, 학교 다닐 때 해보지 않았던 화장실 청소를 했느니 짜는 소리를 계속하는 것이다.

"너희들 고생하는 것은 알고 있는데 우는 소리 좀 그만해라."

그러자 원창이가 지갑에서 메모지를 빼낸다.

거기에는 깨끗하게 행복은행 체크카드 비밀번호, 잔액 그리고 유효번호 카드정보가 정리되어 있었다. 2번도, 3번도.

승찬이 역시 지시 내린 대로 깔끔하게 메모해놓았다.

스키머 기계를 잭에 연결해서 USB에 연결한 뒤 노트북에 연결했다.

그러자 비밀번호 4자리를 누르라는 창이 떴다. ××××을 눌렀다.

그러자 이상한 특수문자 기호 같은 것이 여러 개 떴다.

혹시나 하는 마음에 최진광에게 전화를 했다.

"치용이."

"그래. 지금 스키머에 정보 빼낸 거 메일로 쏘려고 하는데 확인하는 단계이니 니가 확인 한번만 해주라. 스키머 잭에 연결해서 비밀번호 ×××× 치니깐 문자 기호 같은 거 그것이 쭈욱 나오는데 이거 복사해서 붙여넣기 해서 메일로 보내면 된다. 그거 아니가?"

"맞다."

"알았다. 지금 보내니깐 받으면 정확하게 했는지 검토 한 번 해주기 바란다."

"알았다."

특수 기호를 복사해서 보냈다.

카드정보와 비밀번호도 헷갈리지 않게 정렬해서 같이 보냈다. 그러고는 다시 최진광에게 전화를 했다.

"진광아, 카드정보 6개 보냈으니 한번 봐라."

"알았다."

최진광이 총책 용가리 형에게 전화한다.

"현금지급기 사진 찍은 거 그리고 업소용 카드정보 6개 빼낸 거 메일로 쏘았다는데 확인 한번 해주십시오."

그러고는 용가리 형이 바로 메일로 들어가서 확인했다.

"깨끗하게 사진도 잘 찍었고 비밀번호, 카드정보, 카드 회사까지 정리도 잘되었는데 카드정보는 하루에 한 번씩 계속해서 이런 식으로 메일로 쏘아주면 되고, 현금지급기에 설치할 스키머는 하루 빨리 대전으로 내려줄 테니 기다리라. 늦어도 다음 주 수요일까지는 도착할 것이다."

"알겠습니다."

"진광아! 정말 신중하게 정확하게 움직여야 하는 작업이니 정신 바짝 챙기라."

"알겠습니다."

진광에게 전화가 왔다.

"치용아!"

"그래."

"잘되었단다. 이런 식으로 정보 빼낸 것은 메일로 정리해서 바로바로 쏘아주면 된다."

"마! 내한테 허락도 없이 카드 복제해서 몰래 너희들끼리 속닥 하게 해먹고 그러지 마라."

치용이가 장난삼아 얘기한다. 세상에 믿을 사람은 아무도 없기 때문이다.

"돈 빼내고 싶어도 통장이 없어서 못 빼니깐 그리 알아라."

통장이나 주고 그런 소리하라며 진광이도 맞장구친다.

"다음 주 수요일쯤에 현금지급기 설치하는 장비 들고 부산 내려갈 테니 그때까지 좀 쉬고 있어라. 다음 주부터는 좀 바쁠 것이다."

"알았다."

나중에 또 통화하자며 전화를 마쳤다.

전화를 끊고 원창과 승찬에게 "이렇게 하는 것이 맞단다. 깔끔하게 제대로 했다고 칭찬하던데, 내일부터 한두 달 고생 좀 해라."

"알겠다."

"돈 버는데 고생은 무슨 고생이고."

"조금 전에 생리대가 어떻고 화장실 청소가 어떻고 하드만 벌써 마음이 바뀌었나?"

그래도 낚시하는 강태공 마음을 알 것 같다며 원창이가 말한다.

"그게 무슨 말인데?"

치용이가 묻는다.

낚시하는 사람이 낚싯대를 던져놓고 큰 물고기가 잡히기를 기다리듯이 스키머 기계 들고 업소에 손님들 카드잔액이 얼마나 많은 사람이 걸릴까 하는 기대감으로 쪼금 스릴이 있다는 그런 얘기다.

자기 위치로 돌아가 원창, 승찬이는 카드 업소에서 정보 빼내는 일을 이제는 프로답게 척척 해내고 있었다. 원래 범죄라는 것이 한 번이 어려워서 그렇지 두세 번 길이 나기 시작하면 제일 쉽다.

최진광이가 현금인출기에 설치할 장비를 총책으로부터 건네받고 설명하기 위해 치용이를 만나러 부산으로 왔다.

치용, 태성, 봉진, 수식이와 모텔에 방을 하나 잡아놓고 최진광을 만났다. 오랜만에 만난 이들은 서로 인사를 나누고 서둘러서 장비를 꺼낸다. 새끼손가락보다 얇은 가느다란 모양으로 카드 입구에 덧씌울 스키머 기계를 꺼낸다.

"자, 이것은 화목은행 사진을 찍은 치용이 것이다." 또 하나를 꺼내며 "이것은 사랑은행을 찍은 봉진이 것이다. 은행마다 사이즈가 달라서 주

문제작한 것이니 헷갈리면 안 된다."

기계를 설치하는 과정이 복잡해보여도 별것 아니니 잘 보길 바란다며 최진광이 손에 아이패드를 꺼내들면서 기계 설치하는 과정을 동영상으로 보여준다.

"이 스키머 기계를 카드 밀어 넣는 입구에 덧씌우면 된다. 그리고 이것은 무선 캠이란다. 고객들이 현금을 찾기 위해 카드를 밀어 넣으면 카드가 들어가면서 정보가 빠져나오고 비밀번호는 이 무선 캠이 찍고 있으니 손님 하나 하나 들어갈 때마다 차 안에서 노트북을 보고 아이패드를 보고 하나하나 적어가면서 체크를 해야 한단다. 이해가 가나?"

"이해는 가는데 세콤이나 캡스 이런 보안 시스템 직원들이 하루에 몇 번을 왔다 갔다 하는데 안 걸리겠나?"

"당연히 그 부분에 조심해야지. 일단 기계 설치하기 전에 차 안에서 이틀 정도 잠복을 때려보고 보안 시스템 직원이 몇 시에 오는지 체크부터 해라. 그래서 보안 요원 오는 시간이 정해져 있을 것이니 그때는 현금지급기 들어가서 다시 해제시키고 점검 끝나고 가면 또다시 설치하면 될 것이다. 번거롭더라도 이 방법이 최고고 안전하고 제대로 된 방법이란다."

"기계 설치하면 카메라 안 찍히겠나?"

치용이가 묻는다.

"당연히 찍히겠지."

"그럼 안 잡하나?"

"자, 기계 설치한 사람과 돈 인출하는 사람이 일치하면 금방 잡히겠지만 수사기관은 인출한 사람들을 잡으러 다니지 설치한 사람 잡으러 다니지는 않을 것이다. 그리고 카드정보를 빼내면 당일 바로바로 복제를 해서 돈을 인출해버리면 피해자들이 경찰서에 신고를 해서 '어제 현금카드 어디에서 썼습니까?' 물어보면 청도 휴게소 현금지급기에서 정보가 빠져나갔는지 알겠지만, 정보를 빼내면 석 달 정도 잠가놓을 것이니 알 수도 없어. 수사가 들어갔을 땐 너무 넓기 때문에 어디서 정보가 빠져나갔는지 알 수 없고, 수사가 들어갔을 땐 벌써 돈 인출 끝이 나고 인출 팀들은 중국으로 다 들어간 상태이니 수사를 할 수 없단다."

역시 최진광 팀은 수사기관의 수까지, 범죄가 일어난 후까지의 정황을 파악하고 범죄를 계획하고 있었다.

치용이가 봉진에게 한마디 한다.

"마! 이해가 가나? 나는 다 이해했는데."

"당연히 이해가지."

"마! 니 진짜 제대로 해라. 여자 화장실에 몰래카메라 설치해가 여자 오줌 누는 거 찍는 것이 아니라 현금지급기 부스에 설치하는 거다. 알겠나?"

하도 어름한 짓을 많이 하는 봉진에게 치용이가 한마디 했다.

"마! 나도 할 때는 진지하게 제대로 한다. 니까지 또 와 그라노?"

"기동 형님 계실 때 일 들어가기 전에 이런 긴장된 소리를 해야 니가 그래도 사고 없이 긴장하기 때문에 긴장 좀 하라고 하는 말이다."

"기동 형님은 잘 계시나?" 최진광이 묻는다.

"요즘에는 완전범죄하고 인연을 끊었는지 아예 연락도 안 된다."

"이럴 때 형님만 계셨어도 큰 힘이 될 것인데."

"형님만큼 내가 열심히 할 테니 걱정 마라. 내가 실망 안 시킬게."

"그리고 이 무선 캠은 설치한 곳에서 동서남북으로 1킬로미터 전방까지 볼 수 있는 그런 캠이니까 비밀번호 누를 때 손가락 잘 보이는 지점에 설치해서 차 안에서 보고 있으면 된다. 그리고 현금지급기 안에서 일어나는 정황을 차 안에서 다 보고 있으니 만약에 복제기 설치가 들통났다면 복제기계 버리고 가버리면 되니 걱정 마라. 이 정보 또한 업소용 기계처럼 정리해서 하루하루 정리해서 보내주면 된다. 지금이 6월이니까 빨리빨리 서둘러서 7월, 8월에는 휴게소에 바캉스 가는 사람들이 붐빌 것이니 많은 정보를 빼려면 서둘러야 한다. 그리고 더 중요한 것은 8월까지 정보를 빼내고 8월부터는 또 이만한 물량 인출하려면 통장이 몇천 개 들어가야 하니 통장 준비에도 신경 좀 써주고."

"알겠다."

"통장은 내 전공이니 걱정하지 마라."

그리고 궁금한 것이 있는 봉진이가 한마디 묻는다.

"카드 복제하면 비밀번호도 알고 있겠다, 그 복제된 카드로 인출하면 되지 무슨 통장이 필요한데?" 묻는다.

그러자 치용이가 "봐라. 니는 하나는 알고 둘은 모른다 아이가? 요즘 신용카드나 체크카드, 현금카드는 핸드폰에 입출금 거래 SMS문자 서비스 신청이 대부분 되어 있는데 자기 카드에서 영문도 모르는 돈이 빠져나가면 카드회사에 전화 걸어 분실신고 내버리면 카드 잔액에 3천만 원이 들어 있어도 다 허빵이다 이거다. 그렇기 때문에 복제된 카드로 돈 1회에 70만 원 인출하면 카드 주인이 카드 정지를 할 수 있으니 1일 카드이체 한도가 3천만 원이니깐 대포통장으로 3천만 원을 이체시켜 버리면 3천만 원이 날아간 뒤 카드회사에 신고를 해본들 일단 우리의 목적을 이루었으니 더 이상 일 들어가는 데 애로사항이 없기 때문에 무조건 완전범죄 하려면 통장이 있어야 된다는 말이다. 알았나? 인마! 공부 좀 해라. 만날 여자 어떻게 따먹을꼬 그런 얄구진 거만 생각하지 말고."

"이야! 언제 니가 그런 것까지 공부를 했노?"

"범죄도 머리싸움이다. 범죄 밥 먹은 지 10년이 다 되어가는데 이 정도 내공은 쌓여야 안 되겠나?"

역시 대포통장이 없으면 되는 것도 아무것도 없었다.

제일 중요한 것이 통장이었다.

이어 최진광이가 또 한마디 한다.

"통장이 없다면 범죄는 되는 일이 없단다. 통장 공장인 너희들이 사라지지 않는 한 금융범죄는 계속 될 것이란다. 통장이 없었다면 카드정보 빼내봐야 돈이 안 된다. 70만 원씩 인출해서 무슨 돈이 되겠노? 인출 팀들 비행기 값도 안 나오겠다."

전부 카드 정지 걸어서 얼마 빼먹지도 못하고 무용지물이 되어버린다는 것이 최진광의 말이었다.

치용이와 진광이는 똑같은 정황을 얘기하고 있었다.

"오랜만에 우리 술 한잔 하자."

최진광이가 치용이를 보며 한마디 한다.

그러자 봉진이가 "당연한 거 아니가. 술과 음악과 노래와 여자가 있는 곳으로 가자."며 한 번 더 분위기를 띄운다.

최진광이 일단 현금지급기 기계에 복제할 장비를 잘 챙겨두라며 치용, 봉진에게 건넨다.

"이제 어떻게 설치하는지 어떻게 돌아가는지 대충 알겠제?"

진광이가 말한다.

그러자 치용이가 봉진을 보면서 "마, 대충 알아서는 안 된다. 신경 바짝 써라. 일이 잘못되면 안 되니 정신 바짝 챙기라." 그러자 봉진이도 계속 같은 말을 되물으니 짜증이 났는지 "아따, 알았다고. 바보도 아니고 이것도 내가 정리 못하겠나? 내 내공이 얼마인데."

"하도 얼빵하고 바보짓만 해서 내가 그러는 거다. 할 수 있다고 하면 되었으니 술이나 한잔하러 가자."

복제기계는 차 트렁크에 옮겨 싣고 술 마시러 갔다. 오랜만에 다 같이 함께 먹는 술이었다. 재미있는 시간을 보냈다.

다음 날 진광이는 대전으로 올라가고 각자의 위치로 돌아가 일에 들어갔다.

치용이와 태성이는 위조 주민등록증으로 렌트한 차를 타고 청도 휴게소에 현금지급기에 기계를 설치하기 위해 청도 휴게소에 도착했다.

현금지급기가 잘 보이는 곳에 차를 주차해놓고 보안요원들이 언제 오는지 잠복에 들어갔다.

오전 8시에 청도 휴게소에 도착해서 차 안에서 꼼짝하니 않고 태성이와 교대하면서 밥도 먹어 가면서 계속 현금지급기 쪽을 쳐다보고 있었다.

둘 다 자리를 비운 사이에 보안요원이 와 버리면 잠복 치는 이유가 없었기 때문이다.

"태성아. 형이 일단 먹을 것 좀 사올 테니 잘 보고 있어라. 보안 요원들 오면 정확한 시간을 메모지에 써놓아야 한다."

"알겠습니다, 형님."

그리고 휴게소 식당에 밥을 먹으러 갔다.

대충 우동 한 그릇을 먹고 시원한 물을 사들고 태성이가 잠복하고 있는 차로 갔다.

"벌써 오십니까?"

"우동 한 그릇 먹는데 뭐 시간 많이 걸릴 이유라도 있나?"

"밥을 드셔야죠."

"아니다. 형이 보고 있을 테니 니는 천천히 맛있는 정식이라도 먹고 온나."

책임감이 있는 치용이가 왠지 자기가 일처리를 하지 않으면 불안했는지 10분도 되지 않아서 우동 한 그릇을 먹고 태성에게 교대를 요구했다.

"형님. 그럼 빨리 갔다 오겠습니다."라며 태성이가 밥을 먹으려고 가는 순간 오후 2시쯤에 세콤 보안요원이 현금지급기를 점검하기 위해 오는 것을 목격했다.

보안요원은 현금지급기를 둘러보더니 부족한 현금을 채워놓고 2시 20분쯤에 다시 어디론가 가버렸다.

그리고 태성이는 밥을 먹고 왔고 하루 날을 꼬박 세워서 잠복했는데 오후 2시 외엔 보안 요원들이 오지 않았다.

일단 하루 더 마지막으로 확인하는 시간이 필요했다.

어제와 같은 방법으로 또다시 똑같은 시간을 보냈다. 역시 2시 5분쯤 보안요원이 오는 것을 목격했다.

여기 청도 휴게소는 2시에서 2시 10분쯤에 보안요원이 온다는 것을 인지하고 넉넉잡아 1시 40분에서 2시 30분까지는 복제기계 설치한 것을 다시 복귀시켜야 한다는 것을 인지하고 있었다.

희망은행 팀들은 어느 정도 일이 살살 풀리고 있었는데 문제는 봉진이 팀이었다.

살살 걱정되어 전화를 했다.

"치용이다. 그래, 잘하고 있나?"

"뭐 감시하는데 할 거나 있나? 차 세워서 보안요원들 오는지 안 오는지 보고 있다."

"너희 팀은 몇 시쯤에 오던데?"

"오후 3시에서 3시 5분 사이에 오더라. 너희들은?"

"우리는 2시에서 2시 10분쯤. 일단 이제부터가 중요한 것이니 마, 봉진이 니 열심히 할라고 하는 것은 아는데 진짜 덤벙대지 말고 쫌 신중하게 해라. 니 하나 잘못하면 전부 줄초상이다. 알겠제?"

"알았다. 니나 잘해라. 모르는 것이 있으면 물어보고 일단 우리 기계 지금 설치하니간 너희들도 기계 설치할 때 번거롭더라도 저번에 얘기했듯이 CCTV에 의상이 찍혀서 들통 날 수도 있으니 화장실 가서 추리닝으로 꼭 갈아입고 설치하길 바란다."

"알았다. 어데 범죄 원투하나? 그 정도는 알고 있다. 그만 잔소리해라. 추리닝까지 다 준비해서 왔으니 화장실에서 갈아입고 이제 막 설치하러 갈려고 하던 참이다."

"알았다. 기계 설치 다하고 나중에 통화하자."

그러고는 통화를 마쳤다.

"태성아!"

"예, 형님."

"설치 어떻게 하는지 알겠제?"

"형님께 귀가 따갑게 들어서 이제 정말 완벽하게 할 수 있을 것 같습니다."

"이것은 스키머 카드 밀어 넣는데 덧씌워서 붙이면 된다. 그리고 이 무선 캠은 비밀번호 눌리는 것이 잘 비추어지도록 달면 되고."

"알겠습니다."

그러고는 추리닝을 들고 화장실에 가서 옷을 갈아입고 현금지급기 박스에 설치하고 돌아왔다.

청도 휴게소 주차장 쪽에 CCTV가 있었기 때문에 일단 CCTV가 없는 사각지대로 차를 옮겨놓았다.

그러고는 태성이가 돌아온다.

"형님, 설치했습니다."

차 안에서 아이패드로 무선 캠 설치해놓은 것을 보니 비밀번호 누르는 곳이 잘 보이지 않았다.

"태성이, 설치는 어느 정도 된 것 같은데 다시 한 번 가서 무선 캠 밑으로 조금 더 내려라."

그래도 잘 맞추어지지 않아 3~4번 반복 끝에 정확하게 캠이 설치되었다.

현금 인출하기 위해 첫 손님인 박호영 씨가 현금지급기 박스에 들어갔다. 카드를 밀어 넣는 순간 노트북에 카드정보가 빠져나왔다. 그리고 인출하기 위해 비밀번호를 누르는 순간 우리가 차에서 훤히 비밀번호를 들여다보고 있었다. 비밀번호 4178이었다.

메모지에 깨끗하게 비밀번호를 차례대로 적었다.

태성이가 한마디 한다.

"우와, 형님. 진짜 신기합니다. 어느 물에 가는 줄도 모르고, 참 어디 겁나서 카드 쓰겠습니까? 이렇게 은행권이 허술한데 국민은 무엇을 믿고 은행에 돈을 저금해놓겠습니까?"

태성이가 카드 복제가 너무 쉽게 되어 치용에게 겁나서 카드를 못 쓰겠다는 식으로 얘기한다.

이어서 두 번째 박남근 씨가 또 현금을 출금하기 위해 현금인출기 부스에 들어왔다. 카드를 밀어 넣는 순간 카드가 복제되어 정보가 빠져나왔다. 비밀번호를 누른다. 차 안에서 우리가 현금지급기를 훤히 들여다보고 있다는 것은 상상도 못할 것이다. 비밀번호가 3178이었다. 메모지에 헷갈리지 않도록 3178이라고 적었다.

이런 식으로 하루에 아침 9시부터 밤 11시까지 차 안에서 카드정보를 빼냈다.

물론 보안요원 오는 시간을 맞추어 오후 1시 30분부터 2시 30분까지는 현금지급기 박스 점검시간이었기 때문에 우리도 그때만큼은 점심시간이고 쉬는 시간이었다.

하루에 정보가 많이 빠져나올 때는 한 휴게소당 70개에서 100개 정도였다.

수식이와 봉진이 또한 거제 휴게소에서 설치를 제대로 해서 계획에 차질 없이 열심히 하고 있었다.

이어 이 팀 또한 똑같은 방법으로 하루에 70개에서 100개씩 하루에 정보를 빼내고 있었다.

밤 11시에 일을 마치고 치용이가 최진광에게 전화를 걸었다.

"이거 생각보다 카드정보 빼내기가 일도 아닌데?" 치용이가 말한다.

"내가 시키는 대로 하면 무엇이든 일도 아니다. 그래도 마지막까지 긴장을 늦추지 말고 이제 시작이니 신경 좀 써도."

"오늘 정보 몇 개나 뺐는데?"

"일단 우리 쪽에서 84개, 봉진 쪽에서 70개. 저번에 그 메일로 비밀번호와 카드정보 발송해 놓았으니 확인해봐라."

"이야, 진짜 많이 뺐네. 알겠다. 계속 같은 방법으로 두 달만 수고 해줘라."

"알겠다. 확인해보고 제대로 되었는지 전화 한 통 해도."

최진광이 총책에게 전화를 건다. 용가리 형에게 "형님 메일로 카드정보 150개 가까이 발송했다는데 확인 좀 해주십시오."

"하루 만에 150개나 뺐나?"

"네."

치용이가 그래도 생각 이상으로 잘해주어서 다들 긍정적으로 좋은 반응을 보이고 있었다.

메일을 열어 총책에서 확인해보니 일은 제대로 진행되고 있었다. 총책에서도 서둘러 빼내온 카드정보를 가지고 카드 복제에 들어갔다.

아마이가 보이스피싱 인출도구로 쓰고 폐기하지 않은 공 카드를 중국 보따리상을 통해 벌써 총책 용가리 형에게 5천 개 정도 보낸 상태였다.

그 카드에 빼내온 카드정보를 입력하여 IC 카드정보를 읽는 구리 부분에 견출지로 비밀번호를 적어 카드 복제 하나가 탄생하는 데 1분도 채 걸리지 않는다.

서둘러서 쉬지 않고 총책에서 용가리 형, 달수 형, 이렇게 카드 복제하고 있었다.

문제는 카드 안에 들어 있는 잔액이었다. 이 복제된 카드 중에는 잔액이 많이 들어 있는 카드도 있었고 잔액이 적게 들어 있는 카드도 있었다.

그리고 확실한 범죄를 위해 넉 달 이상은 카드를 묻어놔야 했기 때문에 넉 달 뒤에는 잔액이 더 올라간 것도 있을 것이고 잔액이 사라져버리는 경우도 있을 것이다.

한국에서 치용 팀, 봉진 팀 그리고 웨이터로 위장취업 나가서 빼내는 승찬, 원창 팀까지 정보를 빼내는 즉시 바로바로 중국에서는 카드 복제에 들어갔다.

이렇게 해서 하루에 만들어지는 복제 카드만 대충 150~200개였다.

만들어놓고 바로바로 출금하지 않고 계속 묻어둔다.

앞에서도 얘기했듯이 바로바로 인출해버리면 카드정보가 빠져나온 피해자들이 카드 쓰는 범위가 너무 좁기 때문에 수사가 들어가면 들통 날 확률이 높았다.

넉 달씩 묻어두는 이유는 피해자들은 넉 달 동안 카드 쓰는 범위가 너무 넓기 때문에 수사의 혼란을 주기 위한 작전이다.

이런 식으로 카드 복제를 한 지 두 달이 흘러갔다.

총책에서도 두 달 동안 만 개나 되는 엄청난 물량을 한국과 합동하여 복제에 성공한다.

이것을 빼내기 위해서는 이제 대포통장이 필요하다.

카드에 있는 돈은 1억이 들어 있든 10억이 들어 있든 사기범들의 돈이 아니다.

그 카드에 든 돈은 대포통장을 통해 사기범들이 한 개의 대포통장으로 6백만 원씩 인출했을 때 완벽하게 사기범들의 돈인 것이다.

이 복제된 만 개의 통장 중에는 1억이 넘는 것도 있을 것이고 100만 원 이하로 든 것도 있을 것이다.

100만 원 이하 들어 있는 돈은 복제카드로 대포통장을 거치지 않고 바로 인출해버리면 된다.

대부분 은행에 있는 현금인출기의 1회 출금 한도가 100만 원에서 70만 원 사이기 때문에 카드 주인이 핸드폰 SMS 입출금 문자서비스를 확인하여 현금카드 정지를 걸어도 사기범들은 벌써 돈을 인출해 목표를 달성했기 때문에 손해가 없다.

하지만 잔액에 3천만 원씩 들어 있는 복제된 카드는 또 다른 방식이다.

3천만 원이 든 카드에 대포통장으로 이체하지 않고 복제된 카드로 인출해버리면 카드 원주인 핸드폰 입출금 SMS문자 서비스로 돈이 70만 원이 출금되어버렸다고 문자가 오면 바로 카드회사에 카드정지를 걸어버리면 눈앞에서 2,900만 원이 무용지물이기 때문에 큰돈을 작업할 때는 항상 대포통장이 따라붙어야 한다.

그래서 이 범죄 또한 정말 무서운 것이다.

한국 국민이, 그것도 만 명이나 언제 돈이 빠져나갈지 모르는 위기에 처해 있었다.

카드정보가 빠져나간 국민은 정보가 빠져나갔는지조차 알 수 없었다.

그렇기 때문에 예방하고 뭐 조심하고 할 그런 행동을 모르고 있다.

돈이 사라져버리고 난 후에야 자신이 사기를 당했다는 것을 알기 때문에 정말 무서운 범죄다.

최진광이가 치용이를 만나기 위해 전화를 걸었다.

"진광이다."

"응, 그래."

치용이가 대답한다.

"할 얘기도 있고 술 한잔 할 겸 만나자. 니가 요즘 많이 바쁠 것이니까 내가 부산으로 갈게."

"알았다. 언제쯤 도착하는데?"

"1시간 있다가 출발할 거니까 밤 9시 정도면 도착하겠다."

"그래, 부산에서 보자."

진광이가 부산에 도착했다고 전화가 왔다.

"어디로 가면 되노?"

"택시 타고 부산 사하구 하단동 근면은행 앞에 내려 달라고 해라."

"알겠다."

그러고는 20분 정도 지나 최진광이 근면은행 앞에 도착했다. 태성이가 최진광에게 인사를 했다.

"반갑습니다. 형님."

"그래, 태성아. 잘 지냈나?"

"네, 잘 지냈습니다."

"카드정보 뺀다고 고생 많이 했다."

"아닙니다."

일단 어디 들어가서 얘기 하자고 한다. 자주 가는 바로 갔다.

중요한 얘기하는데 룸에 아가씨를 앉혀놓고 얘기하면 범죄 내용이 빠져나갈 수도 있기 때문에 룸을 잡아서 치용, 태성, 진광 이렇게 카드 복제에 대해 얘기를 나누었다. 주위를 살피더니 최진광이 입을 연다.

"카드 복제도 다 되었고 이제 너희 쪽에서 통장만 맞추는 대로 인출 바로 들어갈 테니 서둘러서 통장 좀 매입해라."

"대충 몇 개나 필요하노?"

"2천 개 이상은 되어야 한다."

"알았다. 친구들과 동생들 같이 움직이면 3주 정도에 물량은 맞출 것 같다."

치용이가 얘기한다.

"인출할 사람은 다 정했나?"

"그것은 걱정 마라. 벌써 5명이 준비되어 있다. 통장만 준비되면 바로 중국에서 입국할 끼다. 오토바이 5대만 구해놓아라."

최진광이 얘기한다.

"오토바이는 뭐하게?"

"빠른 시간에 돈 출금 하려면 빨리빨리 이동해야 하니 태성, 수식, 원창, 승찬, 봉진이 오토바이 한 대씩 몰고 우리 쪽에 인출하는 아들 한 명씩 태워서 빨리빨리 움직여야 될 것 같다. 3일 동안 5명이서 100억 인출하려면 그것도 정말 장난 아니니 오토바이는 무조건 있어야 한다."

"알았다. 오토바이는 내가 위조 면허증으로 5대 중고로 사놓을게. 금요일 오후 5시에 은행 문을 닫으면 끝나기 때문에 그때부터 계속 인출할 것이니 피해자들이 돈이 사라졌다고 은행에 신고해도 어떻게 처할 수 있는 방법이 없으니 무조건 금·토·일 새벽까지 인출하고 월요일 인출 팀들은 중국으로 튀어버리면 되니깐 완전범죄 할 수 있을 것이다."

"다음 주에 카드 복제한 거 물건 2천 개 줄 테니까 잔액조회 한 번씩 너희 쪽에서 부탁하자."

최진광이가 말한다.

"잔액조회는 중국에서 하면 안 되나?"

치용이가 묻는다.

"중국에서 잔액조회하면 수수료가 500원이 빠지기 때문에 SMS 입출금 거래내역이 카드 주인에게 핸드폰 문자로 가기 때문에 이상하게 생각해서 카드 정지 걸어버리면 헛수고하는 것이니 완전범죄를 위해서는 한국에서 하는 것이 맞다. 그리고 100만 원 이하로 든 것은 따로 챙겨두고 100만 원 이상 든 것만 한국에서 인출하고 100만 원 이하로 든 것은 중국에서 동시 출금할 것이니 그리 알아라."

"중국에서도 출금이 되나?"

"되긴 되는데 하루 인출한도가 사랑은행, 다정은행 빼고는 100만 원밖에 되지 않는다. 그래서 그렇게 일할 수밖에 없다. 일단 지금 가장 먼저 해야 할 일은 친구들에게 얘기해서 예전처럼 통장 매입하는 것이 우선이니까 통장 매입하는 것에 총력을 기울여주길 바란다."

그리고 간단하게 술을 한잔 먹고 최진광이랑 헤어졌다.

"태성아, 며칠 있다가 또 보자. 고생해라."

"예, 형님. 다음에 또 뵙겠습니다."

"치용아, 통장 신경 좀 써도."

"알았다. 그것은 우리 전문이니까 그리 걱정 안 해도 된다. 그럼 너희들만 믿고 나도 일 준비하고 있을게."

그러고는 헤어졌다.

그리고 치용이가 봉진, 원창, 수식, 승찬에게 전화를 걸어 긴급소집령을 내렸다.

봉진이 집으로 9시까지 만나자며 약속을 정한다. 그러고는 9시에 다 모였다.

치용이가 입을 연다.

"중국에서 최진광이 쪽이 카드 복제가 다 되었다고 하니 우리도 서둘러서 통장 매입해야겠다."

봉진이가 얘기한다.

"복제한 카드로 출금하면 되는 거 아닌가? 꼭 통장이 있어야 하나?"

다른 친구들도 봉진이 말이 맞는 게 아니냐는 표정을 짓고 말똥말똥 치용이를 쳐다본다.

"최진광이 얘기 들으니 통장이 없으면 큰돈이 안 되겠더라. 카드 1회 출금한도가 100만 원 미만이니 우리가 인출하면 카드 주인이 100만 원 빠져나갔다는 것을 SMS 입출금 문자서비스를 받아서 알 것이고, 카드 주인이 카드 정지를 해버리면 통장 안에 잔액이 3천만 원이 들어 있은 들 무용지물이니 3천만 원씩 든 것은 대포통장을 이용해 카드 이체를 3천만 원씩 날려줘야 3천만 원이 날아간 것을 카드 주인이 알아서 신고를 해도 그때는 이미 우리가 원하는 것을 얻었으니 어찌 못할 것이다. 카드 복제가 5천 개 가까이 이루어졌다고 하니 그 중에는 돈이 많이 든 것이 있을 것이고 돈이 없는 것도 있을 텐데 일이 어찌 될지 모르니 일단 우리가 해야 할 일은 통장 매입이니깐 내일부터 통장 매입에 신경 좀 써주었으면 한다."

전부 다 오랜 시간 내공들이 쌓였는지 통장 매입에는 자신이 있다는 표정을 짓는다.

그러고는 다음날 전부 자기 자리로 돌아가서 신용불량자도 대출해준다는 방법, 중·고등학생들에게 통장 매입하는 방법, 구인구직으로 통장 매입하는 방법, 노숙자들에게 통장 매입하는 방법, 인터넷으로 통장 매입하는 방법, 그리고 경마장이나 강원도 정선 카지노 게임장에 소액대출 해준다는 방법, 노인정에 고령자에게 매입하는 방법 등으로 흩어져서 통장 매입에 들어갔다.

한 사람당 통장이 2개 이상 신규로 개통되지 않아서 어려움이 있었지만 그래도 아직은 통장 만들어주는 행동이 범죄행위인 줄 애나 어른이나 모르기 때문에 통장 매입은 쉽게 이루어지고 있었다.

치용이 팀들이 통장 매입을 시작한 지 2주 만에 2천 개의 통장을 확보한다.

어느 정도 이제 계획된 범죄가 실행에 옮겨지고 있는 순간이다.

보이스피싱과
대포통장의
정체

7부

통장 준비가 다 된 치용이가 진광에게 전화를 건다.

"진광아! 통장 준비 다 되었다."

"이야! 고생 많이 했다. 얼마나 물량 맞추었는데?"

"2천 개 조금 넘는 것 같다."

"그럼 인출한 파스 시작하면 되겠네?"

진광이도 중국에서 복제된 카드를 항공 우편으로 받아서 보유하고 있는 상태였다.

"오토바이는 샀나?"

"오토바이는 지금이라도 사면 바로 살 수 있으니 일도 아니다."

"그럼 오늘 내가 부산으로 그때 보았던 데로 갈 테니 니는 오토바이 좀 구해놓아라."

"인출은 서울 올라가서 할 것인데 서울 가서 사면 안 되나?"

"그럼 그리 하던지. 일단 복제된 카드 들고 내려갈게."

최진광이 또한 서둘러서 총책 용가리 형에게 전화를 했다.

"형님! 한국 쪽에 통장 준비 다 되었다고 하는데, 내일 인출할 사람들 5명 서울 쪽으로 내려 보내주십시오."

"통장 준비가 벌써 다 되었나?"

"역시 통장 매입에는 전문가들입니다."

"알았다. 내일 최고 빠른 비행기로 내려 보내줄게. 그리고 잔액조회는 끝났나?"

"아닙니다. 이제 잔액조회하기 위해 부산으로 치용이 만나러 갑니다."

"5천 개 복제 중에서 일단 1,500개 정도만 첫 인출 들어가자. 시간이 남으면 좀 더 하고 형 생각엔 시간이 조금 빡빡할 것 같다."

"알겠습니다."

"잔액조회가 끝나는 대로 형에게 전화하고 100만 원 이하로 잔액 남은 것은 중국 보따리상(따이공)을 통해 위해공항으로 보내주면 된다."

"무슨 말인지 잘 알겠습니다."

"진광아! 사고라는 것은 항상 아무것도 아닌 일에 나는 것이니 보안이 최고 중요하다. 그리고 복제된 카드 주면서 한국에 일하는 사람 치용, 봉진, 태성, 승찬, 원창, 수식에게 절대 경비 부족하다고 해서 카드 복제된 거 꼬불쳐놓았다가 쓰면 안 된다고 꼭 얘기해라. 그것이 제일 중요한 것이고 사고가 나면 그런 곳에서 사고 난다."

"알겠습니다."

"그것만 지켜주면 사고는 없을 것이다."

"그런 일은 없을 것입니다. 걱정 마십시오."

"일단 인출할 애들은 내일 내려 보내줄 테니 네가 교통·정리 잘해라."

"알겠습니다."

그러고는 전화를 마쳤다.

진광이가 복제된 카드 1,500개를 들고 부산으로 내려왔다.

박스에 차곡차곡 담아서 대전까지 택시를 타고 내려왔던 것이다.

모텔을 하나 잡아서 치용, 태성, 봉진, 승찬, 원창, 수식, 모두가 모였다.

일단 치용이 차에 복제된 카드를 실어놓고 샘플로 5장 정도를 가지고 모텔로 올라왔다.

진광이가 샘플로 된 복제 카드를 꺼내든다.

"치용아! 이것이 복제된 카드란다. 카드 옆에 보면 견출지로 비밀번호가 쓰여 있으니 너희들이 잔액조회를 좀 해주면 된다. 잔액조회를 해보고 금액이 나오면 헷갈리지 않게 견출지에 금액을 써서 카드에 붙여놓으면 된다."

봉진이가 한마디 한다.

"잔액조회하는 것은 일도 아니겠는데?" 하는 것이다.

"일은 아니지만 물량이 많아서 시간이 좀 걸릴 것이니 실수하지 말고 신경을 써주었으면 한다."

최진광이 얘기를 꺼낸다.

"그리고 그런 일은 없겠지만 복제된 카드 꼬불쳐놓았다가 술값 없다고 인출해서 써버리고 일도 들어가지 않았는데 혼자 단독 플레이 해버리면 항상 사고는 그런 생각지도 못한 곳에서 나는 것이니 그런 일은 일어나지 않도록 치용이 니가 신경 좀 써주었으면 한다."

"알겠다."

"이런 일할 사람은 우리 중에 한 명밖에 없다. 마! 고봉진이."

봉진이가 치용이를 쳐다본다.

"최진광이 하는 말 잘 들었나?"

"그걸 왜 나한테 되묻는데?" 봉진이가 말한다.

"이런 짓 할 사람이 니밖에 더 있나?"

"참 치용아, 기동 형님 안 계신다고 이제는 니까지 그라나?"

"다 우리 안전을 위해 걱정되어 그러는 것이니 그리고 사고예방 차원에서 얘기하는 것이니 너무 서운하게 생각하지 마라. 알겠제?"

"알았다."

"내가 하는 말 무슨 말인지 알겠제? 복제된 카드에 보면 앞의 견출지에 비밀번호가 적혀 있고,또 옆의 견출지에는 빈칸이 있단다. 빈칸에는 잔액조회한 거 금액을 적어두면 된다."

그리고 진광이가 한마디 한다.

"간혹 가다가 잔액조회 할 때 비밀번호 맞지 않는 것이 있을 것이다. 그것은 바로 폐기시켜버려라."

이상하다는 듯 태성이가 한마디 한다.

"비밀번호 안 맞는 것은 왜 그런 것입니까?" 묻는다.

"카드정보 빼내고 난 뒤 카드 원주인이 비밀번호를 바꾸었던지, 아니면 너희들이 카드정보 뺄 때 실수로 한두 자리 정도는 틀렸을 수도 있으니 그리 알면 된다."

봉진이가 또 한마디 한다.

비밀번호 맞지 않는 것은 현금은 인출하지 못하지만 신용카드 기능, 체크카드 기능은 되기 때문에 금이나 현금화하기 쉬운 명품가방 그런 거 사면 안 되냐고 묻는다.

최진광이가 웃으면서 "봉진아, 그런 거 아니라도 우리 현금 출금만 하더라도 시간이 부족할 것이니 그것은 그냥 폐기해라. 괜히 금 사러 갔다가 사고 나고 금 들고 팔러 갔다가 사고 나니깐 사소한 것에 조심해줘야 완전범죄를 할 수 있단다. 며칠 뒤 인출해보면 내가 하는 말이 무엇인지 느끼게 될 것이다. 인출 그거 쉬울 것 같아도 정말 만만치 않은 일이니 일단 잔액조회부터 시작하자."

그리고는 차키를 주면서 태성이와 원창에게 주차장에 있는 차 안에서 복제된 카드 담겨 있는 박스와 쇼핑백 10개, 볼펜 5개 가지고 오라고 지시를 내렸다.

주차장에 내려가 태성이와 치용이가 가지고 오라고 했던 물건을 가지고 왔다.

"와! 형님 박스에 든 거 생각보다 진짜 무겁네요!"

신라면 박스에 차곡차곡 가지런히 복제된 카드가 나열되어 있었다.

"자, 쇼핑백 하나 벌려 봐라. 정태성이. 자, 300개다."

고무줄로 50개씩 복제된 카드가 묶여 한 묶음이었다. 여섯 묶음을 주었다.

"그리고 다음 봉진이 니도 쇼핑백 벌려라. 니도 300개 여섯 묶음."

다음 수식, 원창, 승찬, 전부 다 300개씩 배당을 때려주었다.

"그리고 잔액조회가 끝나면 이 볼펜으로 견출지 빈 공간에 금액을 써 넣으면 된다. 바쁘다고 흘려 쓰지 말고 누구나 알아볼 수 있도록 정확하게 써야 한다. 그리고 이 하나 더 쇼핑백은 일이 끝난 완성품 카드를 헷갈리지 않게 담아서 모으면 된다. 무슨 말인지 알겠제?"

봉진이가 또 한마디 한다.

"야! 이거 잔액조회 하다간 카메라에 안 찍히나?"

최진광에게 묻는다.

"잔액조회는 인출이 아니기 때문에 사고가 일어나지 않아 찍혀도 상관이 없으니 내가 너희들 잘못 되게야 하겠나? 아무 일 없을 것이니 그리 알아라!"

"그럼 나부터 출발한다!"면서 봉진이가 출발했다,

지금 시간이 저녁 8시였다. 은행 업무도 끝났고 딱 사람도 많이 없는 시간이라서 잔액조회하기 쉬운 시간이었다.

"한 곳에서만 계속 하지 말고 돌아다니면서 잔액조회해라. 뭉쳐 다니지 말고."

"예, 알겠습니다."라며 태성이가 대답한다.

"한 명은 괴정, 한 명은 남포동, 한 명은 장림, 한 명은 엄궁, 한 명은 다대포. 흩어져서 따로따로 움직여야 한다."

"알았다."

"다 끝나면 전화해라."

"얼마나 걸리겠노?"

치용이가 최진광에게 묻는다.

5시간은 걸려야 안 되겠냐며 예전에 인출해보았던 지혜로 어림잡아서 얘기한다.

"300개 조회하는데 만 5시간이나 걸리나?"

"카드 하나 조회하는데 1분씩 잡고, 1시간에 60개. 300개 하려면 5시간 쉬지 않고 한 곳에서만 했을 때 5시간이고 이리저리 돌아다니면서 조회하면 11시, 또 현금지급기 점검 들어가고 새벽 3시나 되어서 끝나겠네."

최진광이가 말한다.

"이야! 이거 조회하는 것도 보통일이 아니네!"

"조회하려면 시간도 많이 걸리고 아이들 돌아오려면 조금 걸릴 것 같은데 술이나 한잔하자."

"그러자."

치용이는 진광이와 같이 술을 한잔하러 바에 갔다.

양주를 한 병 시켜놓고 서로 은밀한 대화를 나눈다.

최진광이가 "요즘 분위기도 좋지 않은데 치용이 너희들이 있어 그래도 일이 돌아가는 것 같구나."

느닷없이 이런 얘기한다. "그것이 무슨 말인데?" 치용이 되묻는다.

최진광이 "요즘 보이스피싱 조직이며 중국에는 일거리가 넘쳐나는데 통장이 없어 다들 난리인데도 치용이 니가 통장 매입을 꽉 잡고 있으니 고마워서 하는 소리다."

치용이가 환한 미소를 지으며 한마디 한다.

"통장은 걱정하지 마라. 배운 게 통장 매입인데 그것은 단시간 안에 나라에서도 어떻게 할 수 없는 것이다. 애들이나 어른들이나 통장을 만들어서 양도·양수하는 것이 범죄행위인 줄 모르기 때문에 통장 매입은 계속해서 꾸준히 나올 것이니 걱정 마라."

"통장이 계속해서 유통되는 한 우리 보이스피싱 연구원 팀에서도 계속해서 연구해서 일거리가 끝나지 않을 것이니 그럼 우리 이제 열심히 쭈욱 한번 앞만 보고 가보자."

"알았다. 진광아! 이번에 하는 일 사고 없겠제?"

"니가 사고 나면 내까지 사고가 나는데 사고가 나서야 되겠나?"

"카드정보 뺀 사람과 인출하는 사람이 다른데. 사고가 나서 경찰에서 수사 들어가면 돈 인출할 때 CCTV 찍힌 우리 애들 잡으러 다니지 너희 애들 잡으러 당기겠나? 생각해봐라." 내가 생각해도 최진광의 말이 맞는 것 같았다.

"내가 시키는 대로만 하면 사고 날 일이 없으니 저번에도 얘기했듯이 잔돈에 욕심 부려서 카드 몇 개 빼돌렸다가 몰래 술 먹고 결제해버리고 몰래 인출 혼자서 해먹다가 그런 것들 때문에 사고가 나는 것이니 이것만 지켜주면 절대 사고 날 일이 없단다. 그리고 이제 첫 스타트인데 벌써부터 쪼라타서 되겠나? 카드 복제해 먹을라고 하면 앞으로 통장도 많이 필요하고 갈 길이 바쁘니 니가 없으면 안 된다. 내가 많이 도와줄 테니 힘내라."

"알았다."

"한잔하자."

"그래."

이 시각 친구들과 동생들은 부산 구석구석을 돌아다니며 잔액조회를 하고 있었다.

다대포까지 가 있던 봉진이가 혼자 구시렁대며 잔액조회를 하고 있었다.

"이야, 이거 잔액조회 하는 것도 보통일이 아니네."

잔액조회 하다가 비밀번호 맞지 않는 것은 폐기하라고 했는데 땜땜한 봉진이가 카드 5장을 폐기하지 않고 가지고 있었다.

명품가방과 술을 마시기 위해서다. 땜땜한 봉진이가 그냥 폐기할 일이 없었다.

이런 공범들 때문에 대형사고가 나는 것이다.

새벽 4시 30분이 다 되어 갈쯤에 이제 300개의 잔액조회가 끝이 났다.

원창, 수식, 승찬, 태성이도 잔액조회하면서 비밀번호 맞지 않는 것이 종종 있었는데 치용 이 말에 완전범죄를 하기 위해 폐기 조치를 다하고 이제 돌아오는 길이다.

아이들이 잔액조회가 끝이 났다며 한 명씩 전화가 온다.

"이제 막 잔액조회가 끝이 났는데 어디로 가면 되노?"

"아까 모였던 모텔로 온나."

"알았다."

나머지 아이들도 모텔로 오라고 지시를 내렸다.

치용이도 아이들이 온다는 소리에 최진광이와 얼른 먹던 술자리를 정리하고 모텔로 올라갔다.

아이들이 한 명씩 들어온다.

"고생 많이 했다."

"우와, 형님 진짜 죽는 줄 알았습니다."라며 태성이가 말한다.

이어 다른 아이들도 잔액조회 하는 것이 이렇게 힘든 일인지 몰랐다며 고생했던 정황을 얘기하고 있다.

한두 시쯤에 끝났을 수도 있었는데 11시부터 1시까지 현금지급기 점검 시간이라 늦었다며 하소연하고 있었다.

태성이가 쇼핑백 2개를 내민다.

"형님, 이쪽은 잔액이 100만 원 이상 든 거, 이쪽은 100만 원 이하로 든 것입니다. 100만 원 이상 든 것이 확실히 많았습니다. 잔액조회를 해보니 2억이 넘는 사람도 있었습니다."라며 방긋 웃는다.

"그리고 비밀번호 맞지 않는 것이 5개 정도 있었는데 안전하게 폐기했습니다."라고 한다.

"고생했다."

다음 원창이도 쇼핑백을 2개를 내밀며 자기도 100만 원 이상이 든 잔액이 많다며 환한 웃음을 짓고 있다. 비밀번호 맞지 않는 것이 3개나 있었다며 얘기한다.

수식이 또한 쇼핑백을 2개 내민다. 이쪽은 잔액조회가 100만 원 이하, 이쪽은 100만 원 이상. 비밀번호 맞지 않는 것이 6개 정도 있었던 것 같다며 얘기한다.

승찬이도 쇼핑백을 내민다. 이것이 100만 원 이상 든 것이고 이것이 100만 원 이하 든 것이라며 설명하고 있다. 비밀번호 맞지 않는 것이 4개 정도 있었다고 말한다.

봉진이도 웃으면서 쇼핑백을 꺼낸다. 이것이 100만 원 이상 든 것이고 이것이 100만 원 이하 든 것이라며 얘기한다.

비밀번호 맞지 않는 것이 5개나 되더라고 말한다. 이어 치용이가 봉진이를 보며 한마디 한다.

"비밀번호 맞지 않는 카드 어떻게 했는데?" 묻는다.

"어떻게 했긴 당연히 버렸지."

치용이가 봉진이 말을 믿고 싶었지만 안전한 완전범죄를 위해 한 번 더 진단을 내릴 수밖에 없었다.

치용이 생각으론 땐땐한 봉진이가 카드를 버렸을 확률이 적었기 때문이다.

"봉진아! 지금 장난하는 것이 아니다. 니 때문에 대형사고 날 수도 있다."

"땐땐한 니가 술이나 한잔 먹으려고 내 생각엔 꼬불쳐놓았을 수도 있을 것 같은데 술은 내가 사줄 테니 빨리 꼬불쳐놓았으면 카드 꺼내라."고 치용이가 알아듣게끔 얘기한다.

"이렇게 하시다리로 떨어져 있는 카드 쓰다가 얼굴 날려서 큰돈 벌려다가 돈도 벌지도 못하고 잡히는 것이니 빨리 있으면 꺼내라."

지금 꺼내면 없었던 걸로 한다며 봉진이를 꼬신다. 그러자 봉진이가 뒷주머니 지갑에서 아까 꼬불쳐놓은 카드 5장을 꺼낸다.

내가 이거 술 마시려고 꼬불쳐놓은 것이 아니라 버리려고 하다가 마땅한 곳이 없어 깜박했다며 변명한다.

내 이럴 줄 알았다며 치용이가 말한다. 역시 소고기국밥에 이어 퀵 착불, 항상 사기를 잘 당하던 우리 봉진이는 또 실망시키지 않았다.

"마! 소고기국밥 사건 벌써 까먹었나?"

치용이가 묻는다.

"여기서 또 소고기국밥 이야기가 와 또 나오노?"

봉진이가 쪽팔리는 표정을 지으며 묻는다.

"기동 형님께서 뭐라고 하시데? 소고기국밥 사건은 20년짜리라고 하드나, 안 하드나?"

"마! 형님 안 계시니 이제 니까지 그러나?"

봉진이가 묻는다.

"잔소리 듣기 싫으면 시키는 것만 해라. 안 시키는 것은 하지 말고."

"정말 버리려고 했다니깐."

"아따, 진짜 그냥 몰랐다고 앞으로는 안 그렇게 하면 되지. 꼭 자꾸 잔소리하게 만드노."

"알았다. 앞으로 안 그럴게. 내가 잘못했다."

봉진이가 인정한다.

"니 때문에 정말 대형사고 날 뻔했으니 봉진아 정말 시키는 대로만 해라. 니 생각대로 움직이지 말고."

계속 잔소리하는 치용이를 보며 짜증이 난 봉진이가 한마디 한다.

"내가 또 지금까지 시키는 거 안한 것은 뭐 있는데."

"와! 고봉진 니 입에 침 발랐나?"

"니가 시키는 거 이때까지 기동 형님 있을 때부터 제대로 한 게 뭐 있노?"

"또 소고기국밥 얘기 나와야 정리되겠나?"

그러자 옆에 있는 친구들 또한 웃으면서 수식이가 한마디 한다.

"봉진아! 광안리 민락회센터에 저울 위에 있는 소쿠리 무게 사건 그거 벌써 까먹었나?"

수식이까지 한마디 한다.

"마! 여기서 또 소쿠리 사건 얘기는 말라고 하노. 내 때문에 회 맛있게 많이 먹었으면 되었지."

그러자 친구들이 "아 맞다. 소쿠리 사건 그것도 컸다, 아이가." 하면서 모두 웃는다.

"이번에는 니가 잘못한 것이니 이제 그만해라. 안전한 일을 위해 다 잘되자고 하는 잔소리 아니가?"

"알았다."

내가 미안하다면서 봉진이 또한 꼬리를 내린다.

이제 어느 정도 정리가 다 되어갔다.

최진광이 100만 원 이하 든 복제카드 쇼핑백을 챙겨 들고 일이 바빠서 인천으로 가봐야 할 것 같다고 얘기한다.

오늘이 목요일 인출할 사람들이 중국에서 오기로 한 날이다.

최진광이 용가리 형에게 전화를 건다.

"웨이!"

중국말로 통화를 한다.

"한국 쪽에는 일할 준비가 다 되었는데 오늘 인출할 사람들 출발했습니까?"

"4시 반쯤에 인천공항에 도착할 예정이니 그리 알고 있어라. 니 전화번호 가르쳐주었으니 도착하면 니한테 전화 갈 것이다. 진광아, 사고 안나게 잘해라."

"교육 제대로 시켰으니 사고는 없을 것입니다. 그리고 100만 원 이하든 카드가 한 500장 가까이 되는데 이것은 인천항을 통해 보내드릴까요? 아니면 비행기로 보내드릴까요?"

"빨리 받아야 되니 비행기로 보내라."

"아, 맞다. 오늘 형 동생이 한국에서 중국 들어오는 길이니 따이공 통해서 보내면 되겠다." "알겠습니다."

"니한테 전화하라고 할 테니 그러면 그 편으로 보내라."

"알겠습니다."

그러고는 전화를 마쳤다.

"치용아! 나는 지금 100만 원 이하 든 카드 중국으로 보내야 하고 인출하는 아들 내려온다고 하니 지금 출발해야겠다. 니는 대포통장 준비한 거 가지고 카드 복제 된 쇼핑백 가방 들고 오토바이 5대 준비해라. 서울로 올라오면 된다."

"인출 서울에서 한다고 했제?"

"아무래도 수도권으로 올라가야 현금이 많이 안 있겠나? 금요일 저녁부터 인출할 것이니 일하는 데 차질 없이 준비 좀 해도."

그러고는 최진광이 쇼핑백을 들고 나중에 통화하자며 사라진다.

우리 팀들도 일을 들어가려면 오토바이 5대를 제외한 중국에서 시키는 대로 모든 것이 준비되었다.

"일단 우리도 오늘 밤에 서울로 출발할 것이니 조금 비좁더라도 차 한 대로 움직이자. 뒷좌석에 3명 타면 되니 그리하자."

차가 2대 움직이면 더 복잡한 것을 알았기 때문에 모든 공범들이 만장일치로 그러자고 했다.

밤 10시에 출발할 것이니 다 돌아가서 움직이기 편한 추리닝 두 벌 정도 챙겨 오라고 지시를 내린다.

요즘 구석구석에 CCTV로 인해 완전범죄가 어렵다는 것을 알았기 때문에 일단 조심할 필요가 있었기 때문이다.

통장, 복제된 카드를 치용이 차에 싣고 일단 일에 들어가기 전 개인적인 일을 보기 위해 공범들도 10시까지 봉진이 집에서 모이기로 하고 헤어졌다.

중국에 인출 팀도 하루에 일당 2천만 원 금, 토, 일 3일에 걸쳐 6천만 원을 받기로 약속하고 인천공항으로 5명이 온다.

만약의 사고를 대비해서 윗선을 불지 못하도록 가족을 볼모로 잡아두고 있었다.

사고란 인출한 돈을 들고 도망가는 행위, 인출하다가 사고 났을 때 공범을 부는 행위를 말한다.

그런 일은 없겠지만 완벽한 범죄를 위해 미리 대비를 해두는 것이다.

사고는 항상 인출하는 부분에서 사고가 제일 많이 난다.

한국 돈 6천만 원은 중국에서도 엄청나게 큰돈으로 일반 사람 15년 연봉과 같은 금액이기 때문에 이런 범죄는 누구나 환영이다.

최진광도 인천에 도착했다.

총책에서 보내온 용가리 형 친구가 전화가 왔다.

한족이었다.

"웨이."

"용가리 형이 위해 들어오는 길에 물건 받아서 들어오라고 하는데 어디서 만날까요? 지금 어디에 계십니까?"

"인천 간석동 쪽에서 공항으로 가려고 하는 중입니다."

"그럼 제가 지금 문학동 쪽에 있으니 문학경기장 있는 쪽에서 20분 뒤에 만나는 것은 어떻습니까?"

"그리 하겠습니다."

그리고 20분 뒤 문학경기장에서 용가리 형이 보낸 동생에게 잔액조회 100만 원 이하인 복제 카드 물건을 전해주었다.

"소중한 물건이니 조심해서 배달사고 안 나게끔 부탁드리겠습니다."

그러자 이 동생도 대충 위험물건이라는 것을 알았는지 환한 웃음으로 알았다며 물건을 들고 택시를 타고 사라졌다.

그러고는 총책 용가리 형에게 전화를 했다.

"형님!"

"그래, 진광아!"

"지금 막 형님께서 보내신 동생분에게 물건 전해주었습니다. 잔액을 계산기로 두들겨보니 대충 카드 500개에 금액은 4억 2천만 원 정도였습니다. 그리 아시고 나중에 결산할 때 오해 없으시길 바랍니다."

용가리 형도 알았다면서 "인출하는 사람들은 한 시간 뒤면 도착할 것이니 도착하면 맛있는 밥이나 먹고 사고 안 나게끔 신경 좀 써라."

"형님! 일 원투 합니까? 걱정 마시고 인출하는 사람들 사고 안 나게끔 가족들은 다 잡아놓으셨죠?"

"밑에 동생들이 사무실에 잘 잡아놓았으니 그것은 걱정 마라."

"알겠습니다."

"한국에서 인출할 금액은 어느 정도 되노?" 용가리 형이 묻는다.

"100만 원 이상 잔액이 계산기 두들겨보니 120억 가까이 되었습니다."

"5명이서 3일 동안 안 힘들겠나?"

"일단 쉬지 않고 하는 데까지 해봐야죠."

"일단 그럼 형도 니만 믿는다."

"알겠습니다."

그러고는 통화를 마쳤다.

1시간 뒤 중국에서 인출하기 위해 사람이 5명이 도착했다고 전화가 왔다.

"웨이?"

"예. 위해에서 일하러 왔습니다. 용가리 형님께서 이쪽으로 전화를 하라고 해서 전화 드렸습니다."

"일단 공항에서 택시 타고 인천 구월동 다이애나 나이트클럽 앞으로 가라고 택시기사한테 말하고 이리로 오면 됩니다."

"알겠습니다."

택시를 잡았지만 5명은 태워주지 않는다고 택시기사도 자꾸 승차거부를 했다.

그래서 다시 진광에게 전화가 온다.

"택시기사가 5명 다 못 태운다고 승차 거부하는데 어떻게 합니까?"

"제가 도착하면 택시비 드릴 테니 3명, 2명 나누어서 2대에 타고 오십시오."

그러고는 1시간 뒤 다이애나 나이트클럽에서 인출하는 팀과 합류를 한다.

일단 한국에 왔으면 삼겹살에 소주 맛을 보아야 한다며 삼겹살집으로 데려가 배를 채우게 해주었다.

원래 범죄 이야기를 할 때는 모텔이나 주위의 눈을 피해 조심스럽게 얘기해야 하는데 우리는 중국어로 범죄 얘기하기 때문에 중국말을 알아 듣는 사람이 드물다는 것을 알고 삼겹살을 먹으면서 소주도 한잔 치면서 주위 눈치를 보며 대충 얘기를 꺼냈다.

"위해에서 용가리 형에게 무슨 일을 하는지 들어서 알겠지만 현금카드 주면 돈만 찾아서 오토바이 운전하는 사람에게 갖다 주면 됩니다."

최진광이 주머니에서 복제된 샘플 체크카드를 꺼낸다.

그리고 인출하러 온 사람에게 보여주면서 이 종이에 쓰여 있는 숫자 4자리가 비밀번호, 이 밑에 쓰여 있는 숫자가 이 현금카드에 들어 있는 통장 잔고 잔액이니 이것을 빼내야 한다고 말한다.

위해에서 용가리 형에게도 수차례 범죄 방법을 들었는지 알고 있다는 듯 고개를 끄덕인다.

"그리고 돈 출금보다 더 중요한 것은 보시다시피 통장 안에 2천만 원 든 것도 있고 3천만 원 든 것도 있기 때문에 이것을 빼내기 위해서는 대포통장이 필요합니다."

오토바이 운전하는 짝지가 통장을 줄 것이니 거기에 통장 잔액을 이체한 후에 출금하여야 한다는 것을 가르쳐주었다.

이것 또한 중국에서 용가리 형이 최고 중요한 부분이라며 강도 높은 교육을 했는지 잘 알고 있다며 고개를 끄덕인다.

그럼 이제 일할 준비가 다 되어 있었다.

용가리 형에게도 전화가 왔다.

"보내준 물건은 잘 받았다며 금요일 한국 시간으로 저녁 6시부터 일 들어갈 것이니 그리 알아라."

"알겠습니다."

"인출하는 아들은 내가 확실히 교육을 시켰으니 카드하고 통장만 주면 알아서 잔액 한도대로 돈을 뽑아올 것이니 그리 알아라."

"알겠습니다."

"고생하십시오."

치용이 어느덧 부산에서 교통정리 준비를 다 끝내고 밤 9시 30분이 되어 봉진이 집으로 출발했다.

10시쯤에 도착하니 다른 공범들도 모든 준비가 다 되어 먼저 와서 기다리고 있었다.

"준비 다 되었나?"

"그래, 다들 니 기다리고 있는 중이다."

"출발하자."

그러고는 위조 신분증으로 렌트를 했던 차를 몰고 출발했다.

태성이가 운전이고 치용이가 보조석 그리고 나머지 친구들이 뒷좌석에 나란히 앉아서 바캉스 가는 마음으로 싱글벙글 웃으면서 목돈을 만지는 상상하며 출발했다.

"치용아! 우리 이번에 일 들어가면 손에 10억씩은 떨어지는 거가?"

돈을 제일 밝히는 봉진이가 뒷좌석에 앉아서 얘기한다.

"마, 일 시작도 안했는데 벌써 돈 타령이가? 일단 출금하는 돈에 중국팀들과 반반이고 그 반 금액에 6배당 칠 것이니 그리 알아라. 일이나 열심히 해라. 돈 찾다가 또 경찰한테 잡혀 가지고 고향 생각하지 말고 정신 바짝 차려라. 니만 정신 차리면 된다."

치용이 말에 "마, 솔직히 내가 일 최고 열심히 한다."며 또 봉진이가 지지 않으려고 또 구시렁댄다.

치용이가 진광에게 전화를 건다.

"그래, 치용아!"

진광이가 전화를 받는다.

"지금 이제 출발해서 고속도로 톨게이트 올라탔다. 지금 어디고?"

"나는 인천인데 인천으로 온나."

"알았다. 인천 어디 부근이고?"

"문학경기장 있는 쪽이다."

"인출하는 팀들 중국에서 내려왔나?"

"그래, 지금 막 삼겹살에 소주 한잔하고 확실하게 사고 나지 않게끔 일 가르치는 중이다. 인천 도착하면 새벽 1시 30분이나 2시 정도 되겠다. 도착할 때쯤에 전화할게."

"알았다."

인천에 올라가는 동안 차 안에서 치용이가 공범들에게 강도 높은 교육을 한다.

"사고는 항상 사소한 것에서 나는 것이니 정말 신중하고 또 신중해야 한다. 인천에 도착하면 인출하는 사람 1인당 한 명씩 짝을 구해줄 것이다. 그 짝과 붙어 다니면서 자기 배당만큼 인출해 오면 된다. 택시 타고 다니면서 인출하거나 걸어 다니면서 인출하면 시간이 낭비될 수 있으니 돈 찾으려면 시간 싸움이니깐 위조된 신분증으로 오토바이 3일 타고 버릴 것이니 좋은 것은 필요 없고 그냥 굴러다니는 것으로 사서 하이바 딱 쓰고 요즘에 구석구석 CCTV가 많으니 될 수 있으면 하이바 벗지 마라. 인출하는 중국 사람은 CCTV 찍혀도 월요일 아침에 중국으로 가버릴 것이니 그것은 안심해도 된다. 오토바이 사는 경비는 내가 일 끝나고 다 마이너스 잡아줄 테니 자기가 가지고 있는 돈으로 사길 바란다. 5명이서 인출하는 돈이 약 100억 정도 가까이 되니깐 될 수 있으면 5만 원권으로 뽑되 5만 원권이 없으면 만 원권으로 뽑아라. 수표는 기록이 남을 수도 있으니 무조건 현금으로 인출해야 한다. 최진광이와 나는 모텔에 있을 테니깐 하루 인출하고 인출한 돈 나에게 갖다 주고 또 인출하러 가고 하면 된다."

그러자 봉진이가 한마디 한다. 시간 싸움이라면서 왔다 갔다 하면 시간 많이 걸리는데 한 번에 돈 다 찾고 올라오면 안 되는지 묻는다.

"3일 동안 인출하려면 한 팀에서 20억 이상 인출해야 하는데 마 20억 들고 다닐 수 있나?

20억이면 사과상자 10상자다. 만 원권으로. 그러니깐 니는 하나는 알고 둘은 모른다 아니가? 일단 돈 찾으면 오토바이 안장에 검은 봉지 안에 담아 2억 정도 넣고 가방에 한 2억 담고 그렇게 움직여야 될 것이다. 돈이 많아서 움직일 수 없다면 내가 자동차 타고 너희들 있는 곳으로 돈을 받으러 가던지 그리해야겠다. 무슨 말인지 알겠제?"

공범들이 상상만 해도 행복한지 "우와, 치용아. 이번 일 끝나면 우리 정말 역전 없는 인생 살겠다."며 행복한 소리를 한다.

"그러니깐 역전 없는 인생 살고 싶으면 정신 바짝 챙기라."

알았다면서 전부 공범들이 범죄 계획을 짜며 상상하고 있었다.

"대포통장 매입한 거 1인당 300개씩 나누어줄 테니 복제된 카드 잔액이 일단 제일 큰 것부터 이체하면 된다. 3천만 원 이하로 든 것은 밤 10시 이전에 이체하고 혹시나 카드 원주인이 자기 통장에서 3천만 원 이체가 된지 모르면 SMS를 입출금 거래내역 문자 서비스를 달지 않았다든지 아니면 잔다고 모르는 사람이 있을 수도 있으니깐 1일 카드 이체 한도가 3천만 원이니깐 밤 10시 되어서 3천만 원 이체하고 새벽 1시 되면 3천만 원 이체가 더 될 수도 있으니 그 카드는 폐기하지 말고 들고 있다가 한 번 더 쓰면 된다. 무슨 말인지 알겠제? 돈이 사라졌다는 것을 알면 원주인이 카드 분실 신고를 해버리겠지만 모르면 3천만 원 더 빼먹을 수 있다는 얘기다."

"이야, 역시 너는 천재다. 대가리가 정말 좋구나."

"최진광이 가르쳐준 것이니 돈 몇 천만 원씩 더 챙겨 가려면 이런 사소한 부분까지 구석구석 신경을 써야 같이 고생하더라도 돈 더 챙겨갈 수 있다. 일단 인천 도착하면 짝지와 동서남북으로 다 흩어져서 통장 매입 잡은 거 그거 밤새도록 카드 통장이 분실 도난 되었는지 확인부터 하고 확인 후 이상 없는 것을 체크해서 챙겨놓고 분실 도난 뜨는 것은 갖다 버려라. 우리가 통장 매입 잡은 지 2주 된 것도 있으니 분명 그 2주 동안 분실된 통장과 카드가 있을 것이다. 카드로 이체했는데 통장이 분실되어 있거나 카드가 분실되어 있으면 돈이 출금이 되지 않아 무용지물이니 그리 알면 된다."

"아따, 그 정도는 기본 아니냐?"며 그래도 통장 매입해 본 내공들이 있는지 두말하면 잔소리라는 표정을 짓고 있다.

어느덧 범죄 계획을 짜고 올라오느라 3시간 30분이 후딱 지나가며 인천 톨게이트에 들어섰다.

그러자 태성이가 옛날 추억이 생각나는지 치용이를 보며 "형님, 인천과 우리는 추억이 많은 것 같습니다."라고 얘기한다.

4년 전에 이것에서 기동 형님과 폼생폼사처럼 돈도 많이 벌고 긴급체포 되었던 곳도 이곳이기에 추억이 많은 동네였다.

그러고는 치용이가 최진광에게 전화를 건다.

"이제 막 인천에 도착했다, 진광아."

"그래, 나도 마침 너에게 전화하려고 했던 참인데 인천 구월동 곱창구이 집으로 오면 된다."

곱창구이 집은 예전에 기동 형님과 진광이와 같이 종종 가던 데였다.

그러고는 전화를 마치고 태성에게 인천 구월동 곱창구이 집으로 가자고 했다.

어느덧 시계는 새벽 3시를 가리켰다.

진광이는 인출 팀과 밖에 파라솔에 앉아서 소주와 곱창을 먹고 있었다.

치용이가 진광에게 웃으면서 얘기한다.

"많이 기다렸제? 빨리 온다고 왔는데 끝에서 끝이라 시간이 좀 걸린 것 같구나."

그러고는 옆에 빈 파라솔을 하나 더 붙여서 합석했다.

추가로 곱창을 주문하고 날이 새면 오전부터 빨리빨리 움직여야 했기 때문에 술을 마시는 분위기보다는 출출한 배를 채우고 날이 새면 해야 할 일들을 마지막으로 점검하는 단계였다.

치용이가 진광에게 한마디 한다.

"진광아, 잠깐이라도 같이 일해야 할 사람들인데 인사 정도는 해야 안 되겠나? 이름 정도라든지."

진광이가 한마디 한다. 인출하러 온 사람들은 한족 사람들이라 전혀 한국말도 알아들을 수도 없고 서로 이름 알아봐야 좋을 것이 없으니깐 부를 때는 '야야' 하고 부르면 된다고 하는 것이다.

그러자 진광이도 인출 팀에게 중국말로 치용에게 했던 말을 똑같이 인출 팀에게 얘기했다. 그러니 인출 팀도 진광이 말이 맞다며 고개를 끄덕인다.

"자, 이제 짝을 이루어줄 테니 너무 멀리는 가지 말고 수도권 지역을 경기도 지역을 맴돌며 내일 저녁부터 인출하라."며 지시를 내린다.

"봉진아, 니하고 같이 3일 동안 일할 파트너다. 복제된 카드하고 통장만 주면 일은 인출 팀들이 다 알아서 할 것이니 날 새는 대로 오토바이 한 대 사서 하이바 꾹 눌러쓰고 가방 모찌만 해주면 된다."

그러고는 차 안에서 대포통장이 든 쇼핑백과 복제된 카드가 든 쇼핑백을 주고 어디로든지 출발하라고 보냈다.

"마, 봉진이 일단 오토바이 사면 연락부터 하고 정신 바짝 챙기라. 하이바 쓰는 거 잊지 말고."

그리고 원창이에게도 파트너를 붙여주면서 똑같은 지시를 내리고 통장과 복제된 카드를 준채 인출하러 보냈다.

하나씩하나씩 다섯 팀이 모두 통장과 복제카드를 들고 인출하기 위해 택시를 타고 어디론가 사라졌다.

진광이와 치용이는 소주를 한잔 더하며 별일이야 있겠냐며 느긋하게 기다리고 있었다. 한 시간 뒤 진광이와 치용이는 모텔 방을 하나 잡았다.

이것저것 일 오더도 내려야 하고 부정적인 통화 내용이 많기 때문에 주위에 사람을 피해 일할 곳이 필요했기 때문이다.

오늘이 금요일이다. 인출하기 위해 6개월 동안 계획했던 고생의 결실을 맺는 날이다.

공범들이 차례대로 일할 준비가 되었다며 오토바이를 구입했다며 전화가 온다.

저녁 6시부터 일 들어갈 것이니 일단 피곤할 텐데 모텔 가서 눈 좀 붙이라고 지시를 내렸다.

지금 시각이 오전 12시가 되어간다.

한국 측에서 일할 준비가 다 되었으니 이제 중국 측에서 최진광이 또한 전화를 건다.

"용가리 형님!"

"그래, 진광아."

"팀이 이루어져서 인출할 준비가 다 되었으니 한국 시각으로 6시부터 중국으로 100만 원 이하 든 잔액 출금하시면 됩니다."

"알았다."

돈도 중요하지만 안전하게 해야 한다며 최진광에게 신신당부를 한다.

"걱정 마십시오. 알아서 잘하겠습니다."

그러고는 6시부터 이제 인출이 시작된다. 한국에 엄청난 피해가 일어나는 현실이다.

봉진이는 수원을 돌며 인출을 시작했다. 어릴 적부터 건달생활을 하며 노름방에서 형님들 심부름으로 수없이 인출해보았던 봉진이라 인출만큼은 자신이 있었는지 첫 스타트부터 사랑은행 현금인출기가 10대 가까이 있는 곳에 오토바이를 갖다 대었다.

그러고는 파트너에게 대포통장 5개와 복제된 카드 5개를 그리고 돈을 담아 올 수 있는 쇼핑백을 건넸다.

은행 창구에 문도 닫았겠다, 청원경찰도 없고 딱 인출하기 좋은 분위기였다.

인출하러 들어간 지 시간이 좀 흘렀는데 빨리 안 나오고 뭐하는지 은행 앞에서 오토바이 시동을 걸고 인출하는 사람을 쳐다보고 있었다.

이리저리 은행 CD기를 옮겨가며 출금하는 모습이 보였다.

시간을 보니 인출에 들어간 지 30분 정도가 흘러갔다.

그러자 얼마 있지 않아서 쇼핑백에 현금을 넣어서 가지고 왔다. 재빨리 쇼핑백에 현금을 받아서 메고 있던 배낭에 담고 다른 카드를 건네주었다.

그러자 파트너가 안 된다는 제스처를 취하며 고개를 흔든다.

봉진이도 답답했다. 돈 찾아오라고 현금카드를 주는데 고개를 자꾸 흔들며 안 된다고 하고 대화도 되지 않아서 봉진이도 짜증이 살살 나고 말았다.

이런 상황이 5분이 흘러갔다.

파트너가 오토바이 시동을 걸어서 자꾸 출발하라는 모션을 취한다.

봉진이는 돈 찾아야 하는데 어디로 가냐며 말했지만 국적이 다른 사람이 대화가 될 턱이 없었다.

무언가 잘못된 정황이 흘러간다는 것이 틀림이 없었는지 전화를 꺼내 들고 치용에게 전화를 했다.

"치용아."

"그래."

"지금 돈 찾고 있는데 파트너가 좀 이상하다."

"뭐가 이상한데?"

"돈 찾아오라고 카드 주니깐 자꾸 고개 흔들면서 돈 안 찾아온단다. 그리고 오토바이 타고 자꾸 가자고 한다. 무엇 때문에 그러는지 진광이 바꾸어서 한번 물어봐라."

진광이가 치용이 전화를 바꾸어 받았다.

"웨이. 무슨 일 있나?" 묻자 현금지급기 안에 현금이 없어 다른 CD기로 옮겨야 한다는 것이다.

"알았다."

치용에게 현금을 다 찾아서 현금지급기 안에 현금이 없다고 다른 곳에 옮겨야 된다고 얘기했다.

그리고 치용이가 봉진에게 "마! 지금 현금지급기 안에 현금이 없으니깐 장소를 옮기라."고 했다. 아무리 생각해도 이상했다.

"현금지급기에 현금이 없다는 것이 무슨 말이고?"

"아, 답답해라."

"마, 현금을 다 찾아서 없겠지. 지금 시간이 없다. 빨리 움직여라."

"알겠다."

그러고는 봉진이가 하이바를 쓴 채 은행 CD기에 들어갔다. 그리고 은행 CD기를 확인하니 현금이 없다며 빨간불이 들어와 있었다.

수표는 출금이 된다고 수표 옆에는 파란불이 들어와 있었다. 인출 팀이 조금 전 출금한 돈이 약 4천만 원 가까이 되지 않았는데 은행 현금지급기에 그것도 10개나 되는 현금지급기가 4천만 원밖에 없다는 것이 이해되지 않았다.

시간이 없다고 빨리 움직이라는 치용이 말에 50미터 떨어진 신용은행으로 옮겼다. 그러니 이제 인출 파트너가 재빨리 돈을 출금해 온다.

어느 정도 손발이 맞아서 옆에 은행으로 옮겨 다니면서 계속 출금을 시작했다.

원창이 팀들도 수식이 팀들도 태성이 팀들도 승찬이 팀들도 호흡이 척

척 맞아서 제대로 된 일을 하고 있었다.

복제된 카드로 대포통장까지 이체하는 데 걸리는 시간이 1분 그리고 그것을 또 다른 대포통장으로 600만 원씩 이체하여 인출을 시작하고 있었다.

여기서 왜 600만 원씩 이체하느냐 그것은 대포통장으로 1일 출금할 수 있는 한도가 600만 원이기 때문이다.

한 개의 대포통장으로 600만 원 피해가 일어난다고 생각하면 된다.

인출 팀과 우리 공범들이 정신없이 돌아다니며 전국으로 퍼져 인출하고 있었다.

SMS 입출금 거래내역 문자 서비스를 달아놓은 피해자 A는 친구들과 저녁 8시쯤 모임을 갖고 술을 한잔 마시고 있는데 딩동 하면서 핸드폰에 문자가 왔다. 그 문자는 사랑은행 체크카드에서 2,800만 원이 이체되어서 돈이 빠져나갔다는 문자였다.

통장 잔액이 2,800만 7천 원이 있었는데 이체 수수료 천 원을 제외한 6천 원만 남겨놓고 모든 게 이체된 상태였다.

무언가 잘못되어도 한참 잘못되었다는 생각에 바로 ARS 사랑은행으로 전화를 걸어 상담원을 바꾸어 달라고 했다.

그러자 상담원이 "무엇을 도와 드릴까요?" 묻는다.

"제 사랑은행 통장에서 2,800만 원이 나도 모르는 순간에 다른 통장으로 이체되었는데 어떻게 해야 합니까?"

"죄송합니다. 고객님 지금은 업무시간이 아니라 월요일 오전 9시까지 가까운 사랑은행에 방문해주십시오."

"월요일이 아니라 지금 돈이 다 빠져나가서 사고가 났다고요."

"죄송합니다. 지금은 저희들이 업무시간이 아니라 어떻게 해 드릴 수 없습니다."

짜증이 난 A씨는 전화를 끊고 경찰서로 가고 만다. 신고하기 위해 가까운 경찰서로 가서 일단 신고부터 했다.

"무엇을 도와 드릴까요?"

"갑자기 제 통장에서 돈 2,800만 원이 이체되어 사라졌습니다."

자기가 이렇게 지금 체크카드를 가지고 있음에도 불구하고 이체되어 사라졌다고 있었던 정황을 그대로 얘기했다.

경찰들은 카드가 복제되었다는 것을 인지하고 수사하려고 했지만 카드정보가 어디서 빠져 나갔는지 수사를 시작할 수 없었다.

"일단 오늘은 돌아가시고 월요일에 사랑은행 가서 체크카드 사고 난 계좌 입출금 거래내역 두 달치 거 뽑아서 다시 오세요." 하면서 피해자 A를 돌려보낸다.

수사가 안 된다는 점 그리고 은행업무가 끝난 점을 총책들은 인지하여 이것을 노렸던 것이다.

밤새도록 인출이 계속되고 있었다.

인출이 계속되고 있다는 것은 그만큼 피해자가 수없이 늘어나고 있다는 것이다.

진광이와 치용이는 인출하러 간 인출 팀을 기다리고 있었고 총책에서도 6시부터 같은 날 인출에 들어갔다.

100만 원 이하의 돈은 복제된 카드를 계속해서 출금하고 있었다.

티끌 모아 태산이라고 이것도 모으니 엄청난 금액이 되었다.

밤사이에 얼마나 많은 인출이 일어났는지 은행과 경찰서에 신고건수가 400건 이상이 접수 되었다.

이 많은 신고가 접수되어도 휴일이 끼어 은행업무며 경찰 수사도 할 수 있는 게 아무것도 없었다.

이때 치용에게 태성에게서 전화가 온다.

"형님! 태성입니다."

"그래."

"일단 출금을 계속 하다가 돈이 너무 많아서 오토바이 타고 움직이기가 불편합니다. 이 돈 형님께서 가지고 가셔야겠는데요."

"지금 시간이 밤 12시라서 어차피 현금지급기 점검 시간이라 인출도 안 될 텐데 니가 돈 가지고 이쪽으로 온나."

"돈 찾는다고 허겁지겁 길 따라 내려왔는데 어느 순간 수원까지 와 있습니다. 지금 수원입니다."

"돈은 얼마나 되는데?"

"정확한 금액은 모르겠는데 만 원권, 오만 원권으로 제가 메고 다니는 가방 그리고 오토바이 안장 그리고 손에 쇼핑백 두 보따리까지 운전하기가 빡십니다."

"알았다. 정확한 위치가 어디고?"

"위치는 잘 모르겠는데, 아까 지나다 보니 수원역이 보였으니 수원역에서 뵙겠습니다." 하는 것이다.

"알았다. 지금 출발한다."

그러고는 진광이와 위조된 신분증으로 렌트한 차를 타고 내비게이션을 찍고 수원역으로 향했다.

"어디 가는데?"

진광이가 묻는다.

"아이들이 돈 찾고 있는데 돈 부피가 너무 커서 오토바이 운전하기가 곤란하다 하는데 돈 받으러 가는 중이다."

최진광이도 환한 웃음으로 "이야, 돈이 많아서 오토바이 운전하기가 곤란하다면 이거 반가운 소리 아니가?"

일단 원창에게도 전화가 온다.

"치용아, 돈을 찾고 있는데 부피가 너무 커서 오토바이 운전하기가 곤

115

란하다.”며 똑같은 전화가 온다.

“일단 니 위치가 어디고?”

“나는 안산이다.”

“안산 정확한 위치 어딘데?”

“지금 중앙동 행복은행이다.”

“지금 태성이도 수원에서 돈이 많아 오토바이 운전하기 곤란하다며 돈 좀 받으라고 전화가 와서 수원 가는 길인데 그럼 지금 니도 마침 안산 쪽으로 가고 있으니 니부터 만나야겠다. 한 7분이면 중앙동에 도착이니 7분 뒤에 중앙동 행복은행에서 보자.”

“알겠다.”

전화를 마쳤다.

7분 뒤 중앙동 행복은행에 도착하고 나서 100미터를 더 내려갔다. 오는 길에 행복은행 앞에 CCTV가 있었다.

“마, 원창아.”

“어, 그래.”

“내려오는 길에 도로에 방범용 CCTV가 있어서 차 안 되고 100미터 쭈욱 내려왔다. 100미터 내려오면 편의점 하나 있으니 그 편의점 끼고 돌면 내 차 있을 것이다. 그리로 온나.”

“알았다.”

그러고는 원창이가 온다. 쇼핑백과 현금을 차 뒷좌석에 싣고 환하게 웃는다.

“우와, 돈 찾는 게 이레 힘든 건지 몰랐다.”

“세상에 쉬운 일이 있겠나? 돈 버는 일이니 고생해라. 태성이도 지금 쎄빠지게 기다리고 있으니 빨리 가봐야 한다.”

“알았다.”

“또 나중에 돈 많이 모이면 연락해라.”

"알았다."

"고생해라." 하면서 재빨리 태성이가 있는 곳으로 수원으로 향했다.

40분 만에 도착했다. 시각이 12시 50분이라 아직 현금지급기 점검 시간이었다.

수원역 앞에도 CCTV가 많이 있었다.

어차피 위조된 신분증으로 렌트한 차라서 CCTV에 찍혀도 괜찮지만 조심해서 나쁠 것 하나 없고 일단 수사할 수 있는 정황을 만들지 않는 것이 계획된 범죄다.

수원역 위로 50미터를 올라가서 골목에 차를 대었다. 그러고는 태성에게 전화를 건다.

"태성아, 수원역 앞에 도착했는데 편의점 앞에 CCTV가 있으니 위로 50미터만 올라오면 골목에 형 차가 있을 것이다. 그리로 온나."

"알겠습니다."

그리고 태성도 차 뒷좌석에 돈 보따리를 실었다.

고생했다는 것은 알아 달라는지 웃으면서 형님 돈 찾는 게 이렇게 힘든 일인지 몰랐다며 이제 처음으로 하이바 벗는 것이라며 하이바를 벗고 씩 웃는다.

"일단 고생하라. 나중에 또 통화하자."

시간이 돈이었다.

승찬이와 수식이는 서울에서 출금하고 있다며 전화가 왔다.

승찬이 수식이 또한 돈 인출을 많이 해서 오토바이를 운전하기 곤란하다며 돈을 좀 가지고 가라며 전화가 왔다.

강남에서 승찬이를 만나 돈을 건네받고, 강북에서 수식이를 만나 돈을 건네받고 인천 모텔로 돌아오는 길이었다.

다른 공범들은 전부 돈을 인출을 많이 해서 오토바이 타고 다니는데 부피가 커서 힘들다며 돈을 받아가라고 전화가 왔는데 봉진이 이놈은 도대체 무엇을 하고 있는지 돈을 찾아가라는 전화 한 통이 없었다.

그래서 치용이가 봉진에게 전화를 걸었다.

"치용이."

"그래. 니 지금 뭐하고 있노?"

"뭐하고 있기는 인출하고 있지."

"인출은 얼마나 했는데?"

"마, 그것을 하나하나 어떻게 다 세노? 안 놀고 계속하고 있다."

"그게 중요한 게 아니라 다른 아들은 전부 돈 3~4억씩 출금해가지고 돈을 들고 부피가 커서 오토바이 몰 수 없어서 내한테 돈 가지고 가라고 전부 전화가 오는데 니는 도대체 인출을 북한까지 하러 갔나?"

"북한은 무슨 북한이고? 나는 등잔 밑이 어둡다고 지금 인천 주안에서 출금하고 있다."

"인천이라고?"

"그래, 일단 내가 지금 인천 다 와가니깐 인천 주안에서 만나자."

무언가 잘못된 게 확실했다.

다른 애들과 인출을 같은 시간에 시작했는데 새벽 3시가 지나도록 돈 가져가라는 전화가 한 통 없었다는 것이 봉진이가 요령을 피우는 게 틀림이 없다고 치용이는 생각했다.

주안 편의점 앞에 있다고 해서 그쪽으로 도착했다.

"마, 고딸!"

"그래."

"편의점에 도착했으니 밑으로 쭉 30미터만 내려와 봐라. 인출한 돈 다 가지고 온나."

"알았다."

하이바를 쓰고 손에 검은 비닐봉지를 들고 봉진이가 걸어오는 것을 백미러로 보고 있었다.

뒷좌석에 봉진이가 탔다.

"마, 일하고 있는데 사람 오라 가라 하노. 하나라도 빨리 출금해야 하는데."

봉진이가 입을 연다.

"9시간 동안 출금한 것이 고작 이게 다가?"

"마, 이게 다라니? 내가 이거 인출하기 위해 라면 한 그릇도 못 먹고 지금까지 하이바 한 번도 못 벗었는데 지금 장난하나?"

도대체 이해가 가지 않았다. 자기는 자기 나름대로 열심히 했다고 하지만 결과가 9시간 동안 어떻게 했다는 것을 말해주고 있었기 때문이다.

"마, 지금까지 어디서 출금했노?"

"인천 구월동, 동암, 주안 편의점 돌면서 쉬지도 않고 출금했는데. 왜? 무슨 문제라도 있나?"

"편의점에서 출금했다고?"

치용이가 되묻는다.

"그래, 편의점."

짜증이 난 치용이가 "니가 그러면 그렇지. 제대로 하는 게 뭐있노?" 하면서 비꼰다.

편의점에 현금인출기는 1회 30만 원밖에 출금이 되지 않기 때문에 다른 공범들과 같이 출발했어도 다른 공범들의 1/2밖에 출금하지 못했던 것이다.

"마, 다른 아들은 전부 은행에 들어가서 한 번 출금하는 데 70만 원 이상씩 하는데 니는 편의점에서 30만 원씩 인출하니 다른 아들보다 1/3밖에 못하지."

"나는 편의점이 아르바이트생밖에 없고 조금 안전해서 나름대로 열심히 할라고 했던 것인데 나도 지금 생각해보니 내 실수가 맞네."

봉진이가 자기 잘못을 인정한다.

"니가 교통정리 운전을 좆같이 하니깐 인출하는 파트너까지 저렇게 정신 못 차린다 아니가?"

"마, 돈 다 찾으면 된다 아니가. 이제 그만해라."

"기동 형님 계실 때부터 만날 욕먹고 만날 잔소리 들은 이유를 알겠다."

"여기서 지난 얘기가 또 와 나오노. 하이바 한번 안 벗고 지금까지 밥 한 끼 안 먹고 일만 열심히 한 내한테 너무한 거 아니가?"

자기도 열심히 일하고 욕을 먹는다는 게 억울했는지 대꾸하고 있다.

"그놈의 하이바 대가리에서 벗기가지고 아파트 옥상에서 던지기 전에 빨리 가서 제대로 해라."

자기도 웃겼는지 웃으면서 "미워도 이쁘게 봐도." 하면서 애교 아닌 애교를 부리면서 다시 하이바를 쓰고 열심히 하고 온다며 차 문을 열고 나가 버린다.

옆에서 지켜보던 최진광이도 "저 친구 진짜 재미있는 친구네." 하며 웃는다.

이것이 미워할 수 없는 봉진이의 매력이다.

공범들에게 받은 돈을 들고 일단 인천에 미리 잡아두었던 모텔로 들어갔다.

5만 원권, 만 원권 분리해서 계수기에 세어보았다.

이 많은 돈을 사람의 인력으로 하나하나 세면 시간이 많이 필요하기 때문에 이것을 대비해서 최진광이가 계수기를 준비해놓았던 것이다.

15억이 조금 넘었다.

치용이가 최진광에게 입을 연다.

"진광아, 이런 정황으로 3일 동안 출금을 한다면 우리도 돈이 많아서 움직이기가 불편할 것 같구나. 이 많은 돈이 차에 실어지지도 않을 것이고. 일단 어차피 일 끝나고 중국 총책에 돈 배당을 절반 때려줘야 할 것이니 7억 5천만 원 딱 잘라서 환치기해서 중국에 용가리 형에게 날려주자."

진광이도 좋은 생각이라며 용가리 형에게 전화를 걸었다.

"형님, 진광입니다."

"그래."

"지금 인출하고 있는데 생각보다 돈의 부피가 커서 움직이기가 곤란합니다. 시간 나는 대로 환치기해서 돈 보낼 테니 장웨이에게 받으면 됩니다. 15억 수금해서 절반 7억 5천만 원 일단 보내겠습니다."

"알았다. 돈 보낼 때 전화해라."

우리 쪽에도 거의 인출이 다 끝나간다며 대충 잔액 계산하니 5억 정도가 된다며 5억만 더 보내면 된다고 용가리 형이 말한다.

"알겠습니다."라며 전화를 마친다.

그러고는 바로 한국에 와 있는 환전하는 사람에게 최진광이 전화를 건다.

이 환전하는 사람은 중국 한족으로서 중국에서 내려와 보이스피싱, 마약범, 스마트폰 밀반입 등 모든 범죄에 범죄 수익금을 환치기 해주기 위해 한국에 왔다.

환치기 하는 방법은 간단하다.

최진광이 환전하는 사람에게 돈을 만나서 전해주면 이 환전상이 중국에 장웨이라는 환전상에게 전화를 걸어 얼마에 돈을 받았으니 수수료 5%를 제외하고 주면 된다며 전화를 한다.

전화해서 서로 감정이 된 후 장웨이는 용가리 형에게 수수료 5%를 뗀후 현금으로 전달하는 방법이다.

이 환전하는 사람들도 가만히 앉아서 전화만 받고 돈을 버는 직업이다.

최진광이 환전상에게 전화를 걸어 5억을 보내야 한다며 통화를 한다.

환전상이 어디로 가면 되냐고 묻자 인천 구월동으로 오라고 한다.

돈을 벌기 위해서는 환전상이 움직여야 하는 현실이었다.

안산에서 인천 구월동까지 가려면 1시간 정도 걸리니 1시간 뒤에 구월동 행복은행 앞에서 만나자고 얘기한다.

그러고는 전화를 마친다.

1시간 뒤 환전상이 나타났다. 최진광의 쇼핑백 세 보따리를 들고 치용이와 같이 환전상 차에 탔다. 최진광이 보조석, 치용이는 뒷좌석에 차를 탔다. 예전에 단골손님이었기 때문에 얼굴만 보아도 누구에게 돈을 송금한다는 것을 환전상은 알고 있었다.

"용가리 형님께 보내주면 됩니다."

고무줄로 묶여 있는 만 원권, 오만 원 5억을 환전상에게 건넸다.

이 많은 돈을 하나하나 다 셀 수 없기 때문에 환정상은 묶음으로 돈 계산을 신중하게 한다. 돈 확인하는 데만 30분 가까이 걸렸다.

환전상은 대충 맞는다는 듯 고개를 끄덕이고 장웨이에게, 최진광은 용가리 형에게 각각 전화를 한다.

최진광은 환전상에게 돈을 주었으니 장웨이에게 돈을 받으라는 전화였고 수수료 떼고 4억 7,500만 원을 용가리 형님에게 주라는 통화내용이다.

용가리 형이 무사히 돈을 받았다고 전화가 왔다. 내일 또 보자며 최진광이 인사하고 그러고는 환전상과 헤어졌다.

치용이가 진광에게 한마디 한다.

"이야, 저 환전하는 사람들은 그냥 가만히 앉아서 오늘 2,500만 원 벌었네."

그러자 진광이가 이 바닥이 다 그렇고 그런 게 아니냐며 웃는다.

내일 날 새는 대로 스타렉스 봉고차 한 대 렌트해야겠다고 치용이가 얘기한다.

"승용차에는 돈이 얼마 실리지 않아서 왔다 갔다 하면서 환치기 하는 것보다 봉고차에 이빠이 실어서 일 끝나고 한 번에 보내주는 것이 맞는 것 같다."

최진광이도 그것이 맞는 거 같다며 같은 생각을 표현한다.

태성이부터 차례차례 돈을 찾아가라며 또 연락이 온다.

쉬는 시간 없이 계속해서 돈을 인출하는 것이 정말 일이었다.

"형님, 여기는 지금 성남입니다. 인출을 많이 해서 돈을 좀 가져가서야 할 것 같은데."

"알았다. 지금 출발한다."

"성남 어디로 가면 되노?"

"성남 고속버스터미널 쪽으로 오십시오."

"그래."

또 진광이와 같이 성남으로 출발했다.

태성이를 만나 돈을 받고 또 다른 공범들이 있는 곳으로 출발했다.

원창이는 안양이라고 연락이 왔다.

안양으로 또 돈을 받아서 차에 실으려고 하는데 차에도 이틀 동안 실을 공간이 되지 못했다.

안양 렌터카 업체에서 오전 10시경에 스타렉스 12인승짜리 봉고차를 한 대 렌트했다.

많은 부피의 돈을 싣기 위해서는 꼭 필요한 봉고차였기 때문이다.

완전범죄를 위해 위조된 면허증으로 봉고차를 렌트하고 일단 타고 다녔던 승용차는 유료 주차장에 주차시켰다.

인출했던 돈도 봉고차에 옮겨 싣지도 않은 채 그대로 주차장에 주차를 했다. 하지만 뒷좌석에 있는 돈은 옮겨 싣는 것보다 트렁크에 넣어 가만 두는 것이 더욱더 안전했기 때문이다.

진광이는 생각이 달랐는지 "치용아, 돈 차에 그대로 싣고 가도 되겠나? 차키까지 맡기고 왔는데 다른 차 빠지고 나면 주차장 주인이 나란히 차를 대기 위해 우리 차 타다가 돈 보는 거 아니가?" 한다.

"뒷좌석에 앉은 돈을 봉고차에 실었으니 아무 일 없을 끼다. 트렁크는 안 열어볼 것이니 말이다."

뭐 설마 트렁크 열겠냐며 진광이도 치용이 하는 행동에 찬성했다.

봉진이도 연락이 왔다.

"치용아, 더 이상 돈 담을 데가 없어서 돈 좀 가져가야겠다."

"지금 어디고?"

"인천에서 부천으로 옮겨가지고 부천에서 돈 출금하고 있다."

"부천 시외버스터미널로 온나."

"일단 알았다. 지금 안양에서 가는 것이니 30분 정도 걸릴 것이다."

"알았다."

가는 도중에 최진광이가 환전상에게 전화를 한다.

"어제 5억 일 봤던 사람입니다."

"예, 오늘 돈 배달 좀 하려고 했는데 시간이 촉박해서 일요일 늦거나 월요일 아침까지 용가리 형에게 50억 정도 보낼 테니 준비 좀 해주십시오."

"그렇게 큰돈이나요?"

"예, 일하는 데 오차 없이 준비 좀 해주십시오."

"알겠습니다."라며 전화를 마쳤다.

봉진이를 만나러 부천 터미널 근처로 갔다. 터미널에서 행복은행 방향으로 50미터 내려오면 골목에 회색 스타렉스가 한 대 있을 것이니 그리로 오라며 봉진에게 전화를 했다.

그러고는 가방을 메고 양손에 쇼핑백을 들고 하이바 쓴 봉진이가 봉고차를 탄다.

"차는 뭐고?" 하는 것이다.

"마, 차에 더 이상 돈 실을 데가 없어 용달로 바꾸었다."며 치용이가 애기한다.

"일은 제대로 하고 있나?"

"제대로 하고 있으니 돈 찾아 가지고 이렇게 왔지."

"다른 아들은 전부 두 바리 했는데 혼자 한 바리 해놓고 지금 큰소리 치나?"

"바쁘니깐 빨리 돈 내려놓고 인출하러 가라. 바쁘다. 서울에 승찬이랑 수식이 돈 받으러 가야 한다."

"마, 1분이라도 하이바 벗고 제대로 담배 좀 피우면 안 되겠나?"

"알았다. 빨리 피우던 거 마자 피우고 빨리 움직이라."

"아, 드러워서 간다."

봉진이는 씩씩대면서 봉고차 문을 쾅 닫아버리며 인출하러 가버린다.

경기도 광주에 이어 하남, 이천, 양평, 가평, 여주, 안성, 횡성, 서울권과 경기도권이 인출 표적 대상이 되어 그 많은 돈을 월요일 새벽 4시경에 끝을 내고 만다.

인출을 끝냈다는 것은 그만큼 피해자가 많이 늘어났다는 결과다.

돈이 빠져나간 것을 알고 피해자들이 은행에 전화를 해도 월요일 오전 9시까지 해당 은행에 방문해 달라는 말만 하고 별 대책이 없었다.

경찰서에서도 어디서부터 무엇을 수사해야 할지 알 수 없었고 월요일 은행에서 사고 난 계좌 입출금 거래내역을 빼서 다시 오라는 말밖엔 특별한 수사 방법이 없었다. 이것이 우리나라뿐만 아니라 전 세계에서 수사하는 방법이다.

소 잃고 외양간 고치는 그런 수사방법. 그래서 피해는 더욱더 확산되는 것이다.

돈 인출이 다 되었다는 연락이 공범들에게서 하나하나 들어왔다.

태성이한테서 전화가 온다.

"형님, 돈 인출 다 했는데 어떻게 합니까?"

"일단 수건 하나 싸서 오토바이 지문 묻지 않게 깨끗하게 닦아서 버리고 성남으로 온나."

"인천이 아니라 성남으로요?"

"그래. 성남 고속버스터미널로 오면 된다. 택시 타고."

"알겠습니다."

"택시 탈 때 현금 표시 안 나게 택시기사 의심 안 나게 잘 숨겨서 온나."

"가방에 들어서 그리고 쇼핑백에 들어서 표시도 안 납니다. 그리고 제 파트너는 어떻게 할까요?"

"잠시만 있어봐라."

"진광아, 중국 인출하는 아들은 어떻게 할꼬?"

"월요일 오전 10시 비행기로 표 예매해 가지고 있으니깐 바로 그냥 보내면 되는데."

"태성아, 니 중국 파트너 바꿔도."

태성이가 바꾸어준다.

중국말로 얘기한다.

돈 배당은 중국 용가리 형에게 다 보내놓았으니 지금 공항으로 같이 일한 사람들 다 보낼 테니깐 가지고 있는 비행기 티켓 들고 위해로 들어가면 된다고 지시를 내린다.

고생했다며 나중에 또 통화하자며 태성이를 바꾸어 달란다.

"태성아, 일단 현금 50만 원 정도 챙겨주어서 인천공항 가는 택시에 태워주어서 보내라."

"알겠습니다."

택시를 잡아서 인천공항에 보내주었다. 50만 원까지 챙겨주어서 태성이는 오토바이를 깨끗이 닦아서 혹시 묻어 있을 지문을 없앴다.

그러고는 택시를 타고 성남으로 향했다.

다른 공범 역시 똑같은 오더를 내려서 중국 인출 팀은 인천공항으로, 나머지는 성남으로 오토바이를 버리고 택시를 타고 오라고 지시를 내린다.

이렇게 빨리 중국 인출 팀을 중국으로 보내는 이유는 3~4일 동안 전국을 돌아다니며 엄청난 금액을 인출했기 때문에 은행 CCTV는 물론 수많은 카메라에 얼굴이 찍혔을 확률이 높기 때문에 피해자들이 경찰서에 수없이 신고하면 용의자 선상에 올라 출국 금지되기 때문에 수사가 들어가기 전에 중국으로 들어가 완전범죄를 하는 계획적인 범죄 수법이었다.

인출했던 중국 팀들은 10시 비행기로 안전하게 위해로 출발했다는 연락을 받았다.

우리도 이제 깔끔한 마무리를 해야 했다.

공범들이 인출했던 돈을 들고 성남 고속버스터미널로 내려왔다.

마지막으로 봉진이가 도착했다.

손에 쇼핑백을 들고 가방을 메고 환하게 웃으면서 오는 것이다.

"치용아, 우리도 우리이지만 중국 인출한 사람들 정말 고생 많이 했는데 밥 한 끼에 술 한 잔이라도 멕이고 보내지. 냉정하게 일 끝나자마자 중국으로 보내는 것은 쫌 아닌 거 아니가?" 하면서 생뚱맞은 소리를 한다.

"마, 다 생각 끝에 내린 결정이고 다 깊은 뜻이 있어서 한 행동이니 니는 니 할 일이나 제대로 해라."

"니는 만날 내만 무시하는 거 같은데." 하면서 봉진이가 서운하다는 표정을 지었다.

"마, 누가 아직 일도 안 끝났는데 하이바 벗으라고 하던데?" 치용이가 진지하게 얘기한다. "오토바이도 버렸고 일 끝난 거 아니가?" 하면서 봉진이가 얘기한다.

얼굴 보기 짜증나니깐 니는 일 끝났어도 하이바 쓰고 있으라면서 치용이가 웃는다. 일단 안전하게 일이 끝나 사고 없이 공범들이 다 모였기 때문에 어느 정도 여유가 있었다.

주차장에 주차해놓았던 승용차를 찾았다.

"태성아, 승용차 타고 원창, 수식, 봉진, 승찬이 태워서 형 스타렉스 봉고차 따라오면 된다.

제대로 해라."

"어디로 갑니까?"

"일단 정확한 배당을 위해 모텔 잡아놓고 돈 세어서 배당 때려야 안 되겠나?"

승용차 트렁크에 이어 봉고차 뒤에 전부 박스에 5만 원권과 만 원권 현금이었다.

이렇게 많은 것을 언제 다 셀지 갑갑했지만 언젠가는 해야 할 일이니 빨리 서둘러야 했다.

근처에 허름한 모텔에 방을 잡았다.

모텔 주인도 눈치를 채지 못하도록 책 파는 잡상인처럼 쉬어가는 모양새를 냈다.

사람이 많아서 방이 1개로 부족했다.

카운터에서 모텔 주인이 나온다.

치용이가 입을 열었다.

"침대방 말고 넓은 온돌방으로 있으면 2개만 주십시오. 하루 자고 갈 것입니다."

모텔 주인이 모텔 키와 세면도구를 챙겨주더니 304호, 305호로 올라가라고 한다.

"한 방에 4만 원씩 두 개 8만 원입니다."

8만 원을 지불하고 방으로 들어왔다. 생각보다 넓은 온돌방이었다.

일단 너무 많은 짐을 들고 올라오면 의심할 수도 있으니 눈치껏 1인당 양손에 쇼핑백 두 보따리씩만 들고 오라며 지시를 내렸다.

"봉고차 뒤에 보면 돈 세는 기계 계수기도 있으니깐 그것도 가지고 온나."

알았다면서 공범들이 차가 있는 곳으로 내려갔다.

한 사람당 손에 두 보따리, 세 보따리 쇼핑백을 들고 304호실로 공범들이 들어왔다.

그러고는 봉진이가 투덜투덜댄다.

"이야, 정말 세상에 쉬운 일 없네."

돈이 이렇게 무거운지 몰랐다며 3층까지 올라오면서 구시렁댄다.

"마, 돈 세는 일에 이 정도 고생도 안하려고 했나?"

"내 말은 그게 아니라." 또 봉진이가 변명한다.

"아니긴 뭐가 아니고 팬티나 빤스나 슬리퍼나 딸딸이나 그게 그거 아니가?"

"알았다. 구시렁 안 대고 입 다물고 있을게. 내가 다 잘못했다." 하는 것이다.

넓은 방바닥에 이불을 펴고 쇼핑백에 들어 있는 돈을 부었다.

만 원권, 오만 원권을 분류한다.

"태성아."

"예, 형님."

"니는 형이 돈 100만 원씩 맞추어주면 고무 밴드로 100만 원씩 묶어라."

"알겠습니다."

그러고는 쉴 새 없이 계수기가 돌아갔다.

돈 찍어 내는 공장처럼 계속해서 승찬이, 수식이가 주차장 차에 왔다 갔다 하며 그 많은 돈을 5시간에 걸쳐 다 세었다.

봉진이가 웃으면서 얘기한다.

"이거 돈 세는 것도 진짜 일이네."

정확하게 오만 원권이 30억이 조금 넘었고, 만 원권이 78억 조금 넘었다.

"진광아, 108억 하고도 6천500만 원. 용가리 형에게 이틀 전에 보내준 5억과 100만 원 이하 중국에서 인출한 거 5억 합치면 118억 6천500 정

129

도 되네. 우리 쪽에 58억 6천 500 가지고 갈 테니깐 너거 쪽에서 60억
가지고 가라."

"인출한다고 너희 쪽에서 고생을 많이 했는데."

"그래 해도 되겠나? 어차피 환치기 하면 또 수수료도 3억 가까이 날아
가야 하니 그리하자. 나도 작은 돈에 목숨 걸기 싫다."

"고맙다. 지난 이틀 전에 중국에서 100만 원 이하 인출한 것과 우리가
5억 보냈으니 50억만 떼주면 되제?"

"일단 정리부터 좀 하자."

이리저리 흩어져 있는 돈다발을 다시 쇼핑백에 담았다.

"쇼핑백에 일단 중국 팀 배당 50억부터 담아라."

그러고는 쇼핑백에 1억 5천만 원씩 하나하나 보따리에 담았다.

"진광이, 니 배당은 따로 빼야 안 되겠나?"

"아니다. 내 거를 포함한 50억을 전부 환치기로 날려서 나도 중국으로
들어가서 받는 게 쪼끔 나을 듯하다. 요즘 공항에 단속도 빡신데 들고
가다 걸리면 괜히 헛수고다."

"그럼 일단 부피를 줄여야 하니 50억부터 보내자."

환전상에게 진광이가 전화를 했다.

"50억 환전을 좀 해야 할 것 같다." 얘기하니 "안 그래도 며칠 전 전화
와서 오늘 오전까지 준비를 해놓으라고 해서 준비를 해놓았는데 연락이
없어 연락하려던 참인데. 어디로 가면 됩니까?"

"성남 고속버스터미널로 오면 되고요. 부피가 있으니 용달차나 봉고차
한 대는 가지고 와야 합니다."

"안 그래도 다 준비해놓고 있습니다."

"환전 한두 번 합니까? 얼마나 걸리겠습니까?"

"넉넉잡고 40분 정도 걸릴 겁니다."

알았다며 전화를 마친다.

그리고 총책 용가리 형에게 전화를 했다.

최진광이 이제 막 일이 끝났다며 환전상에게 50억 보낼 테니 장웨이에게 돈 받을 준비하라고 지시를 한다.

안 그래도 장웨이는 오전부터 사무실에 와 있었단다.

"돈 배달 사고는 없을 것이니 니도 그거 정리되는 대로 바로 오늘 위해로 들어온나."

"알겠습니다. 늦게 가든지 내일 일찍 가든지 일 끝나는 대로 가겠습니다."

"알았다. 다시 통화하자."

그러고는 환전상이 도착했다는 전화에 봉고차에 50억을 싫고 고속버스터미널로 갔다. 환전상이 나와 있었다.

일단 금액이 크니 환전상 쪽에서도 사람이 3명이나 왔다.

고무줄로 묶여 있는 한 다발이 100만 원씩 5천 다발이니깐 그리 알라며 진광이가 얘기한다.

환전상 자기들도 돈 세는 일이 중요하기 때문에 자기 일행들과 꼼꼼히 차에 앉아서 돈을 세고 있다.

3명이서 세는 데도 2시간 반 정도가 걸렸다.

역시 엄청난 금액이었다.

확인이 끝났다며 진광에게 얘기한다.

진광이는 용가리 형에게 50억 무사히 보냈다고 전화를 건다.

"지금 막 확인이 끝났습니다."

그리고 환전상은 중국에 장웨이에게 지금 막 확인이 끝났다며 돈 수수료 제외하고 47억 5천만 원을 주라고 지시를 내린다.

그러고는 다음에 또 좋은 건수가 있으면 연락을 달라며 용달차를 타고 사라져 버린다.

이제 마무리가 하나씩하나씩 되는 것 같았다.

최진광이 또한 오늘 저녁 비행기로 중국 위해에 들어가 봐야겠다며 "술도 한잔 해야 하는데 오늘 일도 정리해야 하고 위해 들어가야겠다."

치용이가 한마디 한다.

"그깟 술이 중요하나? 빨리 들어가서 일한 돈 배당치는 게 중요하지. 술은 언제든지 먹으면 되는데 돈은 배달사고 나면 큰일 나니깐 우리 걱정 말고 빨리 중국 들어가라. 용가리 형님 그리고 달수 형님에게 안부 전하고."

"알겠다. 카드 복제해놓은 물건이 아직 많이 남았으니 두 달 뒤에 인출 한 파스 더 할 것이니 그리 알고 있어라. 요번처럼 통장만 준비해주면 된다."

"통장에 살고 통장에 죽는 우리 아이가? 통장은 걱정 말고 일단 중국 들어가면 전화부터 해라. 걱정되니까."

알겠다면서 진광이도 택시를 타고 인천공항으로 갔다.

자, 이제 남은 것은 우리였다.

이 많은 돈을 부산까지 들고 가는 것이 우리의 일이었다.

스타렉스 봉고차도 성남에서 렌트한 것이기 때문에 차를 렌터카에 갖다 줘야 했는데 차를 갖다 주려고 하니 이 많은 돈을 싣고 갈 데가 없고 참 곤란한 상황이었다.

어떻게 하지 고민하고 있는데 봉진이가 입을 연다.

"어차피 위조된 신분증으로 렌트했는데 부산까지 타고 가서 버리자." 하는 것이다.

"마, 니는 하나는 알고 둘은 모르나? 괜히 이런 것을 빌미로 일이 커질 수도 있다. 내가 조심한다고 했긴 했지만 돌아다니면서 CCTV에 찍혔을 수도 있으니 이 차는 수사가 들어가기 전에 갖다 주는 것이 맞고 다른 봉고 차를 렌트해서 부산에 돈 싣고 내려간 다음에 대리운전기사한데 돈 30만 원 줄 테니 봉고차 갖다 주고 오라고 하는 것이 옳은 생각인 것 같은데."

그러자 답답한 표정을 지으며 한마디 한다.

"렌트하면 또 돈 들어가고 대리운전비 30만 원도 또 줘야 하는데 돈 낭비 아니가?"

이렇게 말하는 것이다.

"마, 돈 이렇게 많이 벌었는데 이 정도 투자는 해야지 좋은 것만 하면서 살 수 있나? 안전하게 일해야 할 것 아니가? 니보고 대리운전, 렌트 값 내라고 안할 것이니 니는 신경 쓰지 마라."

그러고는 6명이서 정확히 돈 배당을 나누었다.

일단 60억이 못되는 돈이니깐 10억씩 돌아가지 않고 한 사람당 9억씩 받으라면서 쇼핑백에 배당을 쳤다.

돈 세어서 9억씩 배당 치는 시간만 1시간이 넘었다.

"자, 일단 5천만 원씩 더 받아라."

그리고 남은 6천500만 원 가지고 천만 원씩 더 배당 때렸다.

"남은 500만 원 가지고 경비 쓰고 부산 내려가서 술 한 잔 먹자."

전부 긍정적인 생각이라고 환하게 웃고 있는데 봉진이가 한마디 한다.

"인출할 때 들어간 경비는 계산 안 해주나?" 하는 것이다. "오토바이 값하고."

그러자 치용이가 "니 오토바이 얼마 주고 샀는데?" 물었다. "80만 원." 하는 것이다.

기름 값 5만 원하고 85만 원이라면서 진지하게 얼굴 색깔 하나 안 바뀌고 얘기한다.

그러자 치용이가 태성에게 "니는 오토바이 얼마주고 샀노?" "저는 40만 원 주고 샀습니다."라고 얘기한다.

다른 공범들도 30만 원에서 50만 원 선이었다.

"마, 고봉진이 니가 타고 다녔던 오토바이가 제일 고딸이고 제일 낡았던데 니 내한테까지 사기 치나? 고딸이 고딸 들고 사기 치면 되나? 진짜 오토바이 번쩍 들어가 던지뿔라. 니는 앞으로 일할 때 어디에 들어갔던 지 돈 들어갈 데 있으면 영수증 끊어서 제출해라. 소고기국밥 얘기 또 나오기 전에."

모두들 씩 웃는다.

봉진이도 30만 원 주고 산 오토바이 구라 좀 해서 50만 원 경비 더 받 아 내려다가 들켜서 자기도 자기 오토바이가 제일 고물이라는 것을 알 았는지 더 이상 우기지 않고 인정한다.

"마, 깨끗하게 살아라! 더럽게 살지 말고. 기동이 형님 얘기했던 거 생 각 안나나? '아는 사람한테 사기 치니깐 사기꾼 소리 듣는다.' 하더라. 아 니가? 정신 바짝 챙기라."

그리고 자기도 렌트비 그리고 이리저리 모텔비 내고 한다고 한 40만 원 썼는데 인출하면서 경비 쓴 것은 모두 없었던 걸로 하자며 치용이가 얘기한다.

다들 찬성인데 봉진이가 그럼 기름 값 5만 원이라도 어찌 안 되겠냐 며 웃는다.

일단 스타렉스 렌터카를 렌트 업체에 돌려주고 근처에 다른 렌터카에 서 스타렉스 렌트를 해서 처음에 출발했던 승용차에 봉진, 원창, 수식, 승 찬이가 타고 렌트한 스타렉스에 돈을 싣고 태성이와 부산으로 내려왔다.

자, 일단 여기서 헤어진다면서 자기 돈의 배당을 들고 사라진다.

"수식아, 승용차 렌트한 것은 니가 오늘 내일 갖다 줘라."

"알겠다."

일단 당분간은 좀 쉬라면서 승용차를 타고 수식이, 봉진, 승찬, 원창 이가 사라진다.

치용이도 돈을 집으로 옮겨놓고 돈 50만 원을 태성에게 건넨다.

"태성아."

"예, 형님."

"이 50만 원은 스타렉스 대리운전 값이다. 차 룸미러에 보면 삼성 렌터카 약도 전화번호 있으니깐 대리운전 기사에게 전화해서 성남까지 갖다 줘라. 그리고 30만 원만 주어도 좋다고 콜 할 것이니 니가 알아서 정리 잘해라."

"형님, 위조 신분증으로 렌트했는데 그냥 차 버리면 렌터카에서 주워가지 않겠습니까?"

"그건 그렇지만 그래도 일이라는 것은 어디서 사고가 날 줄 모르니 확실한 마무리가 중요하단다. 50만 원 아끼려다 사고 나면 안 되니 수건 가지고 일단 지문 깨끗하게 한번 닦고 핸들이며 구석구석 청소해서 대리운전 전화해서 꼭 갖다 주어라."

"알겠습니다."

"며칠 그래도 막내인 니가 고생 많이 했다."

"아닙니다. 서로 돈 벌기 위해 할 일을 했을 뿐인데요, 뭐."

"2차로 또 인출하니 어떻게 하면 많은 통장을 매입할 수 있을까 연구도 좀 하고, 부모님 용돈도 좀 드리고 형이 연락할 때까지 엎드려 있어라. 지금까지 썼던 전화기는 버려라. 형이 며칠 뒤니 정폰으로 전화할게."

"알겠습니다. 형님도 고생 많이 하셨습니다."라면서 태성이도 스타렉스 차를 타고 사라진다.

그리고 최진광도 중국에 잘 도착했다고 연락이 왔다.

"치용아, 너희들이 있어서 일 잘 끝내고 중국 잘 도착했다. 그리 알고 한두 달 뒤에 카드 복제해놓은 거 또 인출해야 하니 공범들하고 통장 매입 준비 잘하고. 또 연락하자. 오늘 술 한 잔 못했던 게 너무 아쉽구나."

"아니다. 술이야 만나면 마시면 되지. 용가리 형과 달수 형에게도 안부 전하고 또 연락하자.

내 이 전화는 버릴 것이니 진광아, 내가 다른 전화로 며칠 뒤 전화 할게."

"알겠다."

급한 일 있으면 일단 이리로 전화하라며 치용이도 정폰 번호를 진광에게 알려준다. 010-1234-1234

"알겠다." 그리고는 치용이도 며칠 잠을 자지 못해 휴식을 취하러 본집으로 들어갔다.

이 시각 은행과 경찰서는 골머리를 썩고 있었다. 3~4일 동안 경기도 서울 지역에서 자고 일어났는데 돈이 사라졌다는 신고를 수백 차례 받았다.

피해금액만 자그마치 120억 상당한 숫자였다.

은행 CCTV를 토대로 수사를 시작했지만 카드정보가 어디서 빠져나갔는지 알 수도 없고 인출한 사람들은 중국으로 갔기 때문에 검거를 할 수도 없었다.

수사의 초점도 맞추어지지 않고 경찰 또한 어디서부터 무엇이 잘못되어 돈이 사라진 건지 알 수 없다.

카드 복제로 돈이 빠져나간 피해자들이 통장 입출금 거래내역을 뽑아와서 수사를 의뢰했기 때문에 이체 되어간 통장주들이 유력한 용의자라 생각하고 긴급체포에 들어갔다. 통장을 만들어준 사람들을 체포해서 추궁이 들어갔지만 이 사람들 또한 억울하다며 자기들은 카드 복제 조직들과는 아무런 관련이 없단다.

자신은 신용불량자도 대출해준다는 광고 보고 대출받기 위해 통장을 만들어주었을 뿐이다. 또한 구인구직 광고 보고 어려운 경제에 일자리를 구해서 일을 하기 위해 회사에 다니려면 현금카드와 회사 입사증 겸용카드를 만들어야 한다고 해서 회사를 다니기 위해 통장을 만들어 주었다. 카드 복제 조직과는 아무 관련이 없다.

학교 마치고 집에 오는 길에 학교 밑에서 어떤 아저씨가 통장 하나 만들어주면 10만 원 준다고 해서 어디에 통장 쓸 것인지 분명히 물어보았는데 스포츠 사설 토토 머니 환전하는 데, 인터넷 PC포커 머니 환전하는 데, 외국인 노동자 급여통장, 신용불량자 급여통장으로 쓰인다고 만들어주었다. 죄가 되는 줄 몰랐다. 카드 복제 조직원과 아무 관련이 없다.

인터넷 광고 보니까 생활도 어렵고 생활비도 없어 통장 매입이라는 광고 보고 통장 1개 만들어주면 30만 원 준다고 해서 통장 만들어주었는데 돈도 10원짜리 하나 받지 못하고 사기 당했다. 그런데 왜 형사 처분을 받아야 하느냐? 카드 복제 조직원과 아무 관련이 없다.

일자리가 잘려서 부산역 앞에 벼룩신문을 들고 일자리 구하려고 하는데 어떤 사람들이 와서 통장 하나 만들어주면 20만 원 준다고 해서 지푸라기라도 잡을 심정으로 만들어주었다.

혹시나 해서 어디에 쓰이는지 물어보았더니 외국인 노동자 급여 통장, 신용불량자 급여 통장, 스포츠토토, 인터넷 PC 포커머니 환전하는 데 쓰인다고 해서 만들어주었다. 카드 복제 조직과는 아무런 관련이 없다.

경마장과 강원도 카지노랜드에서 돈을 너무 많이 잃어서 소액 대출이라는 전단지 보고 소액 대출을 받으려면 어떻게 하면 되는지 묻자 통장 2개 만들어주면 50만 원 준다고 해서 소액 대출하기 위해 통장을 만들어주었다. 자신은 카드 복제 조직과는 아무 관련이 없다.

노인정에서 손자뻘 되는 사람이 급여통장 필요하다고 해서 만들어주었을 뿐이라며 모든 통장주들이 자기도 피해자라고 억울하다며 죄가 되는지 몰랐다며 주장하고 있다.

사기당한 사람에 이어 통장 만들어준 사람까지 형사, 민사 처벌을 받는 순간이다.

이게 또 우리나라 법질서이기 때문이다.

보이스피싱에 이어 카드 복제 범죄까지 사기당한 사람도 피해자고 통장 만들어준 사람 없는 서민들이 사기범들의 죄를 나누어 죗값을 받게 된다.

이런 악순환의 연속이 되기 때문에 반드시 예전에 없는 무언가가 나와야 할 것이다.

진범들을 잡기 위해 경찰청이 수사 전담반을 꾸려 계속 수사를 해보지만 수사는 나아지는 것 없이 원점이었다.

카드 복제를 당해서 돈을 피해본 사람들은 범인을 잡지 못해 피해금도 돌려받을 수 없어 마음고생하고 통장 만들어준 사람은 사기범으로 오해까지 받으며 형사, 민사 처벌까지 받게 된다.

통장을 만들어준 사람들도 억울해서 우리나라의 3심 제도를 통해 1심, 2심, 상고까지 해보아도 판사들의 만장일치로 똑같은 판결을 한다.

통장 만들어준 사람들이 주장하는 것은 죄가 되는지 몰랐다, 금전적으로 이득 본 것이 없다, 카드 복제 조직원하고는 상관없다, 대출 받기 위해 지푸라기라도 잡는 심정으로 통장 만들어주었다, 일자리 구하기 위해서 만들어 주었다. 왜 내가 형사, 민사 처벌을 받아야 되는 것이냐고 주장한다.

검찰 측은 범죄에 쓰일 줄 몰랐다고는 하나 피의자들이 무심코 만들어준 통장이 카드 복제 보이스피싱 등에 사용되었고 수많은 피해자들이 생겼기 때문에 형사 처분을 받아야 마땅하다며 범죄 가담 정도를 따져 각각 벌금, 징역 구형한다.

판사는 며칠 뒤 선고를 한다.

"피고인들이 나이는 어리고 전과도 없고 지금까지 열심히 살았다는 것은 인정합니다. 하지만 몰랐다는 이유로 피고인들은 전부 불기소 처분하고 무혐의 처분을 내리면 우리나라 법질서는 어떻게 되며 카드 복제 사기당한 사람들은 누구에게 가서 하소연하겠습니까? 사기범은 사기치는 것이 죄이고 도둑놈은 도둑질하는 것이 죄이고 사업가는 실패하는 것이 죄입니다."

서민들은 모르는 것이 죄라는 것을 꼭 기억하고 앞으로 이런 불이익 받지 않으려면 보고 익히고 배워서 두 번 다시는 다른 사람에게 피해주지도 말고 자기 자신도 피해 입지 말고 살라며 유죄 판결을 내려버린다.

그리고 통장 만들어준 과실이 인정된다며 피해금액에 50%까지 갚으라고 배상 판결을 내린다.

소송에 져서 울고 사기당해서 울고 두 번 우는 국민이 늘어나고 있다.

이 사람들은 생각지도 못한 정황에 하루아침에 전과자라는 낙인과 금전적·정신적으로 엄청난 피해를 입게 된다.

이런 억울한 사람들이 계속 늘어나고 법질서가 어지러워지는지도 모른 채 치용, 태성, 승찬, 봉진, 수식, 원창이는 죄를 지은 돈으로 고급 옷, 고급 술, 고급 차를 타며 세상을 즐기고 있었다.

중국의 용가리 형 팀들도 상황은 똑같았다. 범죄를 저지른 수익금으로 즐기면서 2차 인출만을 기다리고 있었다.

8부

지난 시간의 죄를 참회하며 경북 청도에서 복숭아농사를 지은 지 어느덧 1년 6개월이라는 세월이 흘러갔다.

전화번호도 다 바꾸어서 보이스피싱 공범들도 전화 연락이 오지 않았고, 동생들 또한 얼굴은 보지 못했으며, 이런저런 소문으로 잘 지내고 있다는 소문만 들었을 뿐이다.

예전에 교도소에서 2년 6개월을 사는 동안 좋은 습관이 되어버린 것들이 있다. 그것은 바로 하루에 신문 2부 정도 정독하는 것이다.

1년 6개월이 지난 지금도 부산일보, 조선일보 신문 2부는 무슨 일이 있어도 꼬박꼬박 보는 편이었다.

신문을 볼 때마다 보이스피싱, 스미싱, 파밍, 인터넷 사기가 인터넷 마약거래, 짝퉁 비아그라, 씨알리스 불량식품, 불법 스포츠토토, 불법 인터넷 PC포커, 성매매 알선 등 2년이 지난 지금까지 일주일에 두 번씩은 큰 사건사고로 올라오고 있었다.

도대체 이 범죄의 끝은 과연 어디인가? 나는 금융사기의 맥이 대포통장이라는 것을 알았다.

국민이 무심코 만들어주는 통장으로 인해 이런 범죄가 계속 지능화되는 것이고 계속 늘어나는 것임을 말이다.

문제는 애나 어른이나 통장을 만들어주는 행위가 범죄행위라는 것을 모르는 것이 문제였다.

지난 시간들 내가 저지른 행동들로 인해 나라를 위해 무엇을 할 수 있는지 생각해보았지만 생각만 앞섰을 뿐 행동으로 옮겨지는 것이 아무것도 없었다.

국민에게 통장만 만들어주지 말라고 인식만 시켜주어도 범죄 예방률이 70% 이상은 내려간다는 것을 나는 확신했지만 어떤 방법으로 국민에게 전달할지 너무 힘든 숙제였다.

사기범은 사기를 치고 정부는 뒤늦게 수습하고, 사기범은 또 다른 범죄를 연구하고 또 실행에 들어가고, 또 정부는 뒤늦게 수습하고 이런 악순환이 연속되어 지금 이 자리까지 오게 되었다.

사기범 정부가 장군 멍군을 했을 때 지금까지는 사기범이 먼저 수를 두기 때문에 정부가 항상 한 수가 느렸다.

사기범들의 백 수 아니 천 수, 만 수를 따라갔을 때 그 맨 마지막의 수가 바로 대포통장일 것이다.

대포통장이 사라지지 않는 한 절대 금융범죄가 사라지지 않는다는 것을 나는 알고 있다.

그 통장을 누가 만들어주고 있느냐. 바로 우리 대한민국 국민이 만들어주고 있다는 것이다.

사기를 당하고 안 당하고 지금 그것이 중요한 것이 아니다.

사기 친 사람이 사기 친 대가를 받아야 하는데 사기는 사기범이 치고 돈도 사기범이 가지고 갔는데 죗값은 죄 없는 서민들이 받기 때문에 그것이 문제였다.

복숭아농장을 둘러보고 저녁에 TV를 보고 있는데 「강연 100℃」라는 프로가 나온다.

국민에게 공감할 수 있는 강연 내용이다.

바로 저거라는 생각에 「강연 100℃」에 출연하기로 마음을 먹는다.

더 이상은 악순환의 연속으로 피해를 입은 국민의 짐을 내가 좀 덜어줘야 했기 때문이다.

강연 내용은 '알아야 당하지 않습니다'라는 주제로 내가 알고 있는 모든 것을 국민에게 알려주었다.

강연의 핵심은 국민이 무심코 만들어준 통장으로 인해 모든 범죄가 일어나는 것이니 통장 만들어주는 것은 미필적 고의의 살인죄와 같은 것이니 절대 무슨 일이 있어도 통장을 만들어주지 말라는 내용이었다.

처음으로 「강연 100℃」 역사상 100℃를 받고 국민 공감하여 이슈가 된다.

이 강연을 통해 국민은 통장을 만들어주면 안 된다는 것을 인지한다.

애나 어른이나 통장을 만들어주면 형사, 민사 처벌을 받는다는 것을 알게 된다.

여기서 끝낼 내가 아니었다.

어릴 적부터 내 성격은 마음먹은 것은 반드시 실행에 옮긴다는 것이었다.

그것이 나쁜 일이든 좋은 일이든 실행에 옮기는 것이 장점이자 단점이다.

「강연 100℃」를 통해서뿐만 아니라, 국민 고민거리 「안녕하세요!」에 출연해 사람들이 무심코 만들어준 통장이 보이스피싱은 물론이고 불량식품, 사행성도박 등 모든 인터넷 범죄에 쓰이는데 국민은 어디에 쓰일 줄 모르고 통장을 만들어주기 때문에 그것이 고민이라며 출연한다.

이 프로에서도 「안녕하세요!」 역사상 가장 많은 150표 공감을 얻게 된다.

그다음 시사채널 「그것이 알고 싶다」에 출연해서 '보이스피싱, 대포통장 정체를 밝히다'라는 소재로 시사성을 인정시켜 우리나라의 수사문제 그리고 대포통장이 사라져야 모든 금융범죄가 사라진다는 것을 국민에게 알려준다.

이 정도로 끝나지 않았다. 내가 경험해본 해외의 범죄조직들이 이 정도에서 손을 놓을 사람이 아니라는 것도 나는 잘 알고 있다.

국민에게 이 정도의 대포통장에 대해 인식을 시켜주었기 때문에 범죄에 악용될 줄 모르고 만들어주는 사람들은 어느 정도 차단되었을 것이다.

문제는 이렇게 수많은 광고를 했음에도 불구하고 이런 광고를 모르는 사람도 있을 것이고 결코 범죄에 쓰일 줄 알고 짜고 개인통장에서 한 단계 진화되어 법인통장으로 만들어주는 사람이 있기 때문에 나도 금융감독원 위원장을 찾아가서 확실한 사기범들 조르기에 들어갔다.

이제 정말로 사기범들이 마지막 발버둥 치는 것까지 조르기에 들어가는 현실이다.

그것은 무엇이냐? 바로 신규 통장에 한해서 1일 출금한도 그리고 1일 카드 이체 한도를 낮추는 일이다.

이것이 이루어져야지만 대포통장으로 인한 사기 그리고 사기가 일어나더라도 피해금액이 줄어들 것이다.

이런 정보를 가지고 금융감독원 원장을 만나기 위해 금융감독원을 찾았다.

이런 정보를 모르고 통장을 개설하러 오는 피해자를 1선에서 통장 개설해주는 은행직원들이 교통정리를 해야 할 것이다,

통장을 개설하는 것도 은행에서 해야 할 일이지만, 이 통장을 어디에 쓰이는지 알려주는 것 그리고 범죄 사고가 나지 않게 하는 것도 은행에서 해줘야 할 일이다.

범죄에 쓰일 줄 알고 작정하고 오는 그런 사기범들도 교통정리를 해야 할 것이고 통장을 만들러 오는 국민을 1선에서 통장을 개설해주는 은행직원들이 신중하게 개설해주어야 할 것이다.

억울한 피해자가 나오지 않도록 혹시 대출 광고를 보고 통장을 만들러 온 것은 아닌지, 혹시 '인터넷 통장 매입합니다'라는 광고를 보고 통장을 만들러 온 것은 아닌지, 혹시 인터넷 PC 포커머니 환전한다고 다른 사람에게 양도하기 위해 통장을 만들러 온 것은 아닌지, 혹시 스포츠토토 머니 환전한다고 광고 보고 양도·양수하기 위해 통장 만들러 온 것은 아닌지, 구인구직 광고 보고 일자리 구하기 위해 회사 입사증 현금카드 겸용 통장을 만들러 왔는데 다른 사람에게 비밀번호 양도·양수하면 안 된다는 이런 고지를 확실히 해줘야 한다.

이렇게 고지를 했음에도 불구하고 통장을 양도·양수했을 경우에는 5년 이상 유기징역에 처한다는 형사, 민사 처벌 등 엄청난 불이익을 받는다는 것을 얘기하고 각서 지장을 받아놓아야 한다.

지장을 받지 않으면 위조된 신분증으로 통장을 만들러 오는 사기범들이 있기에 이것 또한 반드시 지켜져야 한다.

그리고 중·고등학생, 신용불량자, 일정한 직업이 없는 사람에게는 신규통장 휴면 계좌에 한해서 1일 이체 한도를 낮추어야 한다.

왜 이것이 지켜져야 하는지 이제 하나하나 가르쳐 드릴까 한다.

이런 원리를 꼭 높은 사람들이 알아야 그리고 이것이 해결되어야만 보이스피싱, 인터넷 사기 그리고 스미싱, 파밍, 스포츠토토, 마약거래, 카

드 복제, 인터넷 PC포커 등 새로운 금융범죄가 일어나지 않을 것이다.

금융감독원 원장님과 독대하기 위해 금융감독원을 찾았는데, 경비가 어떻게 오셨는지 묻는다.

"금융감독원 원장님과 만나서 할 얘기가 있습니다."

"약속은 하고 오셨습니까?"

"아닙니다."

"지금 바쁘시고 예약을 안 하시면 만날 수 없으니 돌아가십시오."

"꼭 만나서 드릴 말씀이 있습니다. 만나게 해주십시오."

"아니, 여기가 무슨 사람 만나고 싶으면 만나는 다방입니까? 예약을 안 하면 만날 수 없다니깐요."

이렇게 실랑이를 벌이고 있는 순간 금융감독원 원장님께서 1층으로 지나시다가 경비와 실랑이를 벌이는 나를 보고 만다.

금융감독원 원장님이 경비에게 다가와 한마디 한다.

"무슨 일이라도 있습니까?"

그러자 경비가 "별일 아닙니다."라고 얘기한다.

그래서 내가 금융감독원 원장님을 좀 만나게 해달라고 요구했다.

"제가 금융감독원 원장인데 무슨 일이죠?"라는 것이다.

찾아뵙고 꼭 드릴 말씀이 있으니 시간을 내어 달라고 부탁했다.

그러자 원장님이 "저를 따라 오세요." 하면서 앞장을 섰다.

그리고는 원장실 문을 열고 들어간다.

"이리로 들어오시면 됩니다."라며 소파를 가리키면서 자리에 앉으라고 한다.

"제가 원장인데 아까 저희 경비가 무례를 저지른 것은 너그럽게 이해를 해 달라."고 했다.

"저를 만나 할 얘기가 있다고 했는데 무슨 일입니까?"

"제 소개부터 하겠습니다. 저는 2007년, 2008년 중국 보이스피싱 총책들에게 수천 개의 대포통장을 양도하고 전자금융거래법 위반으로 징역형을 선고받고 지금은 그 형을 종료하고 열심히 살고 있는 이기동이라고 합니다. 지난 시간 교도소에서 징역을 살고 죗값을 다 치렀지만 지금 제 마음속에는 죄의식과 상처가 남아 있습니다."

영문을 모르겠다는 표정으로 원장이 나를 말똥말똥 쳐다본다.

"우리나라의 이상한 법 조항으로 인해 사기범들이 사기 친 죄를 몰랐다는 이유 하나만으로 힘들게 살아가는 서민들이 대신 처벌을 받고 있습니다."

그것이 무슨 소리냐는 듯 위원장님이 똑 부러지게 쳐다보고 있다.

"모든 보이스피싱, 인터넷 사기, 파밍, 스미싱, 모든 금융범죄에 인출 도구로 사용되는 통장이 은행에서 만들어지고 있습니다. 모르고 통장을 만들어준 국민도 죄가 있지만 어디에 쓰일 줄 모르고 통장을 무작위로 신규 개통해준 은행 측에도 과실이 있다는 얘기입니다."

무엇을 좀 많이 알고 왔다는 것을 아는지 원장님도 별 다른 소리를 하지 못한다.

"사람은 태어날 때부터 큰 범죄자가 아닙니다. 저 또한 세상 좋은 일만 하면서 깨끗하게 산 것만은 아니지만 정말 이 정도까지 바닥은 아니었습니다. 주위 사람들, 그리고 인터넷 광고를 보니 통장을 만들어주면 돈을 준다고 했고, 통장을 주니 돈을 주었고, 마음속에 돈이 된다는 것을 인지했을 때 수단과 방법을 가리지 않고 통장을 따라가다 보니 어느 순간 보이스피싱 공범이 되어 큰 범죄를 저지르고 있었습니다. 사건이 너무나도 잘못되어 지난 시간 구속되면서 경찰, 검찰 조사받는 과정에 대부분 피해자들이 하루하루 힘들게 살아가는 서민들이고 그 일부 중에는 이번 사건이 원인이 되어 목숨을 끊은 사람도 있다는 점에 대해 제가 징역을 다 살고 난 지금까지도 마음에 상처와 죄의식이 이만저만이 아니었습니다. 내가 칼만 안 들었지 저 사람들 내가 죽였구나! 칼만 안 들었지 내가 강도짓을 했구나! 정말 힘들었습니다. 제가 이 자리에서 이런 말을 하는 이유가 무엇인지 그것이 궁금하실 겁니다. 제가 이런 소리를 하는 이유는 다른 국민 또한 제가 겪었던 이 아픔과 고통을 안 겪는다는 보장이 없습니다. 왜냐? 은행에서 개인통장을 너무 쉽게 개설해주기 때문입니다."

"원장님, 사기를 당한 사람만 피해자가 아니라 통장을 모르고 만들어준 서민들, 그리고 무슨 돈인지 모르고 인출한 사람까지 피해자라는 것을 기억해주십시오."

그러고는 지난 시간 5년 동안 보이스피싱 사건사고에 대해 신문 스크랩한 것을 원장님께 보여드리며 진지하게 입을 열었다.

"제가 통장을 만들어주면 안 된다는 주제로 「강연 100℃」, 「안녕하세요!」, 「그것이 알고 싶다」에 출연했지만 그래도 이런 정보를 모르는 사람, 그리고 범죄에 쓰일 줄 알고도 만들어준 사람, 위조 신분증을 만드는 사람들이 있을 것입니다. 이것을 이제 원장님께서 교통정리를 해주셔야 합니다. 제가 보이스피싱 막을 수 있는 대책을 알고 있으니까요."

보이스피싱과
대포통장의
정체

9부

　"한번 들어보시고 일리가 있는 말이면 원장님께서 실행에 옮겨주셔서 꼭 국민의 힘든 마음을 덜어주셨으면 합니다. 원장님께서는 보이스피싱 사기에 대해 어떻게 생각하십니까?"

　"저는 물론이고 나라에서 대책을 마련하고 있지만 자기 스스로 조심하는 방법 외엔 특별한 방법이 없습니다."라면서 원장님이 말한다.

　"원장님! 나라에서 보이스피싱 대책으로 제시한 것들은 소 잃고 외양간 고치는 그런 식으로 보이스피싱 종목만 바꾸어줄 뿐 확실한 효과를 보지 못했다고 생각합니다. 나라에서 제시한 대책 중 하나, 공공기관에서는 전화상으로 비밀번호 계좌이체를 요구하지 않는다고 했습니다. 맞습니까?"

원장님이 "네."라고 대답한다.

"이런 정보를 알고 있는 사람이라면 어느 정도 예방되겠지만 대부분의 사람들이 이런 정보를 알지 못하며, 모르는 사람들은 사기범의 1순위 표적이 될 것입니다. 이것은 조금 효과는 있으나 확실한 보이스피싱 대책이 아닙니다. 하나 더, 전기통신사업법이 시행되어 전화 발신 표시의 조작을 금지해야 한다고 했는데, 발신 표시 조작이 금지되더라도 사기범들은 대포폰을 손쉽게 구할 수 있기 때문에 앞에서 보신 거와 같이 자녀를 납치하고 있다고 하고, 딸과 사위를 납치하고 있다고 하는데 공공기관을 사칭하지 않더라도 스미싱, 파밍, 스포츠토토, 인터넷마약, 카드 복제 등 더욱더 지능화된 방법으로 보이스피싱 전화는 얼마든지 걸려올 것입니다. 이것 또한 대책이긴 하나 확실한 대책이 아닙니다. 하나 더, 300만 원 이상이 입금되면 지연 인출 제도를 사용해서 돈이 입금된 후 10분을 지연해서 10분 뒤에 출금할 수 있도록 조치를 취한다고 했습니다. 이것 또한 300만 원이 입금되면 10분을 기다려야 하지만 295만 원이나 290만 원만 사기를 치면 10분을 기다리지 않고도 바로 출금할 수 있습니다. 또 앞에서 보시는 거와 같이 자녀를 인질로 잡고 있다고 협박하고 딸과 사위를 납치하고 있다고 하는데 10분이 아니라 1시간도 붙잡고 협박할 수 있을 것입니다. 이것 또한 대책이긴 하나 확실한 대책이 아닙니다. 그리고 지난달에 신용카드회사가 보이스피싱 공격을 받아 엄청난 피해를 입은 것을 잘 알고 있습니다. 카드론 피싱 피해자가 대부분 피해를 입은 지 2시간이 지나야 피해를 입은 지 아는 점을 이용해서 카드론 대출 승인 시 2시간이 지나면 대출금을 입금해준다고 대책을 뒤늦게 내놓았습니다. 아십니까? 원장님."

"네, 맞습니다."

"이것 또한 카드론 피싱 대책이지 보이스피싱 대책이 아닙니다. 카드론 피싱은 조금 줄어들겠지만 더욱더 지능화된 방법으로 다른 종목의 보이스피싱이 생겨 또다시 소 잃고 외양간 고치는 현상이 일어날 것입니다. 하나 더, 수상한 전화가 오면 가까운 경찰서에 신고하라고 했습니다. 앞에 보신 것과 같이 전화 발신 조작해서 공공기관을 사칭해서 전화를 거는데 수상한 전화인지 아닌지는 전화상으로 알 수 없습니다. 이것도 근본적인 대책이 아닙니다."

기특하다는 표정으로 원장님이 나를 처다보며 말한다.

"출처가 불분명한 파일이나 공짜 쿠폰, 경품에 당첨되었다는 문자, 모바일 청첩장, 동창회 모임 이런 문자를 내려 받지 말라고 했는데, 세상에 공짜 안 좋아하는 사람은 아무도 없고 대부분 사람들이 이런 정보를 모른다는 것. 이것도 보이스피싱 대책이 아닙니다. 또 하나 더, 대포통장을 만들어주는 사람은 강력하게 형사 처분한다고 했는데 범죄에 사용될 줄 알고도 통장을 만들어준 사람은 강력하게 처벌을 받아야 마땅하나 앞에서 보신 것과 같이 대부분의 사람들이 범죄에 사용될 줄 모르고 만들어주는 것이기 때문에 이런 사람을 강력하게 처벌한다면 없는 사람을 두 번 울리는 현실을 만들게 될 것입니다. 제대로 된 범인을 10명 놓치더라도 1명의 억울한 피의자가 나와서는 정말 안 될 것입니다. 이것도 확실한 대책이 아닙니다."

"그럼 어떻게 해야 보이스피싱이 사라집니까?"

원장님이 묻는다.

"문자 피싱, 메신저 피싱, 카드론 피싱, 펜션 피싱, 보이스피싱, 스미싱, 파밍, 스포츠토토, 불법마약, 불량식품, 인터넷 PC포커 등 모든 범죄에 인출도구로 사용되는 대포통장이 사라져야만 인터넷 사기는 물론이고 보이스피싱도 사라집니다."

"예, 맞습니다."

금융감독원 원장이 내 말이 맞다며 말한다. 그것을 누가 모르냐며 금감원장이 되묻는다.

"우리나라에 통장 개설자가 얼마나 많은데 대포통장이 사라지겠습니까?"

"저도 대포통장이 100% 사라지지 않는다는 것은 잘 알고 있습니다. 하지만 대포통장이 존재하더라도 무용지물로 만드는 것이 원장님께서 해주실 부분입니다. 저는 그 지혜를 알고 있습니다."

"왜 대포통장이 사라져야 인터넷 사기는 물론 보이스피싱이 사라지는지 아십니까?"라고 내가 물었다. 위원장님은 나를 말똥말똥 쳐다보며 대답을 요구한다.

"예전에 제가 통장 모집책 대장으로 범죄를 하고 다닐 때 보이스피싱 총책과 대포통장 가격 흥정으로 인해 사이가 좋지 않았던 적이 있었습니다. 나는 통장 1개당 100만 원씩 거래하지 않으면 통장을 팔 수 없다. 총책에서는 90만 원도 많이 주는 것이기 때문에 그렇게는 못한다. 서로 밀당을 하는 현상이 종종 있었습니다. 대포통장이 있었음에도 불구하고 대포통장을 약 20일 동안 유통하지 않았습니다. 그러자 총책에서 하는 말이 있어 알았습니다. 100만 원 해 드릴 테니 통장 좀 빨리 보내 달라며 제가 통장을 보내주지 않아서 20일 동안 일을 하지 못했다며 하소연하던 때가 있었습니다. 그 얘기는 대포통장이 없으면 보이스피싱 일을 할 수 없다는 결론입니다. 인출 도구가 없기 때문에요. 공부든 사업이든 사기든 준비된 사람만이 좋은 결과를 얻을 수 있습니다. 보이스피싱, 그리고 모든 범죄의 최고의 준비물은 바로 대포통장입니다. 준비를 하지 못하도록 막아야 합니다. 보이스피싱 사기범들이 해외에서 한국 쪽으로 피싱 전화를 걸어 한국 사람들이 운 좋게 이리저리 피해가는 그런 보이스피싱 대책이 아닌 중국 보이스피싱 연구 자체를 막아야 합니다. 그리고 해외에서 한국 쪽으로 전화 자체를 못하게 하는 것입니다. 악성코드 유포도 포함해서 말입니다. 중국에 있는 전화기를 전부 고장을 내면 되겠습니까? 그리고 중국에 있는 컴퓨터를 다 고장 내면 되겠습니까?"

내가 물었다. 원장님께서 말도 안 되는 소리를 한다는 표정을 짓고 있다.

"그것도 아닙니다. 중국에서 사기범이 한국 쪽으로 전화하지 못하게 하는 방법은 바로 대포통장이 사기범들에게 없어야 합니다. 중국 해커들이 컴퓨터 악성코드 자체를 심지 않게 하려면 대포통장이 없어야 합니다. 그리고 연구원 팀들이 연구 자체를 못하게 해야 합니다. 대포통장이 없으면 입금 받을 통장이 없기 때문에 한국 쪽으로 보이스피싱 전화를 걸 이유가 없습니다. 모든 범죄 유형이 다 그렇습니다. 사기범들이 자기 개인 통장을 가지고 절대 사기를 치지는 않을 것이기 때문입니다. 다른 범죄도 마찬가지고요. 사기를 당하고 당하지 않고 그것이 중요한 것이 아니라 한 주가 시작되는 월요일, 앞에서 보신 것과 같이 자녀가 납치되었으니, 딸 사위가 납치되었으니 이런 전화가 오는 자체가 불쾌하고 신경 쓰일 것입니다. 그리고 또 사기를 당하고 안 당하고 중요한 것이 아니라 사기를 쳤으면 사기범들이 죄의 대가를 받아야 하는데 아무것도 모르는 국민이 통장을 만들어준 죄로 처벌을 받고 있습니다. 이것까지는 원장님도 잘 아실 것입니다."

원장님이 그것은 나도 아는 일이라며 고개를 끄덕였다. 원장님이 말한다.

"그래서 저희 금감원에서도 대포통장을 뿌리 뽑기 위해 다음 달부터 시행할 대책을 내놓았습니다."

"그것이 무엇입니까?"

내가 물었다.

"우리나라에는 은행이 너무 많습니다. 앞에서 보신 것과 같이 성실은행, 희망은행, 화목은행, 두리은행, 행복은행, 사랑은행, 믿음은행, 신용은행, 정직은행, 도움은행, 근면은행, 봉사은행, 등 이들 은행을 돌아다니면서 한 사람이 한 은행에서 한 개씩만 만들어도 대포통장은 13개가 되니다. 그만큼 한 사람으로 인해 수많은 피해자가 늘어난다는 얘기가 되겠지요. 금융기관을 통합시켜서 한 달에 통장 개설할 수 있는 개수를 줄이는 것입니다. 이 제도는 금감원에서 회의를 마치고 다음 달부터 한 달에 1인당 2개씩 신규통장을 발급받을 수 없도록 조치를 취해놓았습니다."

내가 말했다.

"이것이 실행에 들어간다고 해도 통장 만드는 개수가 줄어들어 범죄는 줄어들겠지만 한 사람당 2개의 통장을 개설할 수 있기 때문에 1인당 2개의 대포통장이 탄생해서 또 피해는 발생할 것입니다."

일리가 있다는 말로 원장님이 고개를 끄덕이면서 잠시 3초 정도 생각하시더니 입을 열었다.

"대포통장이 사라진다면 저희들도 더 생각할 것도 없이 확실한 해결책이 생기겠지만 기동 씨도 잘 알고 있듯이 범죄에 악용될 줄 알고도 만들어주는 통장, 범죄에 쓰일 줄 모르고 만들어주는 통장으로 인해 대포통장이 사라지지는 않습니다."라며 위원장님이 나에게 강하게 인식시켰다.

"예, 맞습니다. 대포통장이 100% 사라지지 않는다는 것도 잘 알고 있습니다. 그럼 대포통장이 존재하더라도 무용지물로 만드는 것이 이제 금감원에서 해주어야 할 일입니다."

어리둥절한 표정을 지으며 위원장이 얘기한다.

"그런 대책방법이 있습니까?"

"네, 지난 시간 경험으로 알게 되었습니다."

"방법이 무엇입니까?"

"원장님도 그리고 보이스피싱 사기를 당한 사람들도 잘 아시겠지만 대부분 사기범들은 한 통장에 600만 원 이하로 사기를 칩니다. 그럼 왜 600만 원 이하로 사기를 치는지 아십니까?"

내가 위원장에게 물었다. 위원장은 잘 모르겠다는 표정을 지으며 멍하게 나를 바라보았다.

"그것은 한 계좌당 하루에 현금카드로 인출할 수 있는 한도가 600만 원이기 때문입니다. 그러니까 한 개의 대포통장으로 평균 600만 원의 피해자가 생긴다는 얘기가 될 것입니다."

예전에 내가 통장을 팔아보아서 알기 때문에 대부분의 피해자가 600만 원씩 사기 당한다는 것을 알고 있었다.

"그럼 간혹 가다가 3천만 원씩 피해를 입은 사람도 보았을 것입니다."라고 내가 말했다.

"이것은 무엇 때문에 600만 원 이하로 사기 치지 않고 3천만 원을 사기 치는지 아십니까?"

다시 위원장을 보며 내가 물었다.

"그것은 사기를 당하는 피해자가 돈이 많고 적고의 차이와 보이스피싱 범죄수법이 달라서가 아니겠습니까?"

원장님의 생각을 대충 나에게 말했다.

"그럼 5천만 원, 1억 원, 더 큰 돈을 사기 쳐도 되는데 하나의 대포통장으로 3천만 원을 정확하게 사기 치는 이유는 무엇일까요?"

그것까지는 잘 모르겠다는 표정을 지으며 말똥말똥 나만 쳐다보고 있었다.

"그것은 대포통장 현금카드 1개당 카드로 이체 한도가 3천만 원이기 때문입니다. 다시 말하면 3천만 원 이하로 사기를 치는 것은 사기범들끼리 한 약속입니다. 3천만 원 더 이상은 사기 쳐보아도 이체 한도가 3천만 원으로 정해져 있기 때문에 남은 돈은 피해자의 신고로 출금 정지되고 이체를 할 수도 없기 때문입니다."

원장이 웃으면서 입을 열었다.

"텔레뱅킹, 인터넷뱅킹으로 5천만 원, 1억 이상 되는 큰돈을 이체할 수도 있지 않습니까?"

"당연히 할 수 있죠."

내가 말했다.

"텔레뱅킹이든 인터넷뱅킹이든 카드 이체든 다른 대포통장으로 이체를 해보아도 어차피 맨 마지막 사기범이 현금화시키려면 현금카드로 현금지급기를 통해야만 가능한 일입니다. 대포통장에 들어 있는 돈은 10억이 되었든 100억이 되었든 사기범들의 돈이 아닙니다. 은행에 직접 들어가서 현금카드를 통해 1개의 대포통장을 거쳐 600만 원을 인출했을 때 그것은 사기범의 돈입니다. 보이스피싱과 대포통장의 사기범죄를 막으려면 이 원리를 이용해야 합니다. 예전에 축산업에서 이런 현상을 보았을 것입니다. 소를 키우는 농민들이 사료 값이 올라서 소를 키우면 키울수록 손해를 보는 현상 말입니다. 1인당 한 달에 통장을 제한해놓았기 때문에 대포통장이 줄어들 것이고 통장이 줄어들기 때문에 통장을 구하기가 힘들어 통장 값은 올라가는데 총책에서 사기범들이 사기를 치면 칠수록 손해 보는 현상을 만들어야 합니다."

원장이 집중하며 나를 쳐다보며 말한다.

"그런 방법이 있습니까?"

"그러기 위해서는 통장의 1일 출금 한도를 낮추어야 합니다."

원장이 어이없는 표정을 지으며 입을 열었다.

"기동 씨, 그 부분도 저희 금감원에서 모르는 부분이 아닙니다. 소수의 사기범들로 인해 무작정 출금한도를 낮추어야 한다면 정상으로 거래하는 은행 고객들로 인해 은행 측에서도 손해와 불편함이 이만저만이 아니기 때문에 이 방법은 더 깊이 생각해보아야 합니다."라며 원장이 말했다.

"그것도 잘 알고 있습니다."

원장이 눈이 똥그래진다.

"그럼 이 소수의 사기범들로 인해 모든 은행 고객들이 불편함을 겪어야 한다는 얘기입니까?"

"아닙니다. 모든 보이스피싱에 사용되는 대포통장은 거의 직업이 없는

155

중·고등학생, 노숙자, 신용불량자들로 60프로 이상이 신규 통장에서 사고가 난다는 점입니다. 그렇기 때문에 기존에 쓰고 있던 은행 고객들은 그 계좌를 대포통장으로 양도하는 것은 희박할 것입니다. 기존에 쓰던 고객들은 지금까지 하던 대로 1일 인출한도, 카드이체, 인터넷뱅킹, 텔레뱅킹 등 하던 대로 하되, 신규 통장을 만드는 고객들은 1일 출금 한도를 100만 원으로 낮추면 보이스피싱뿐만 아니라 대포통장으로 인한 인터넷 사기가 사라집니다. 이것이 대포통장이 존재하더라도 무용지물로 만드는 것입니다."

원장이 10초 정도 생각하더니 입을 열었다.

"일리 있는 말이긴 하나 신규 통장을 만드는 사람들 중에서도 정상적으로 통장 거래하는 사람들도 있을 텐데 이런 사람들도 불편함이 이만저만이 아닐 것입니다."

"맞습니다. 그런 판단을 이제 은행 직원들이 교통정리를 잘해주어야 합니다. 중·고등학생, 노숙자들이 은행에 통장을 개설하러 왔을 때 은행 직원은 통장개설자에게 통장개설 용도를 확실하게 따져주고 사업자등록증이라든지 재직증명서가 확실한 사람들에 한해서는 1일 한도를 정상적인 사람들과 같이 600만 원으로 맞추어주되 그것이 증명이 안 되는 사람들은 무조건 1일 출금한도를 100만 원으로 낮추어야 합니다.

그리고 600만 원 1일 출금한도를 맞추어준 은행고객들은 은행 직원이 이 통장을 다른 사람에게 양도·양수해서 범죄에 사용되었을 때 엄한 책임을 물어야 할 것입니다. 이것이 안 지켜졌을 때는 은행도 보이스피싱 공범이 되어 사기범들에게 통장을 만들어주어서 사기범을 도운 결과를 가져다줄 것입니다. 그리고 중·고등학생, 노숙자들은 하루에 600만 원씩 현금을 인출할 이유가 없습니다.

1일 100만 원 현금 출금에 체크카드 기능, 텔레뱅킹, 인터넷뱅킹, 카드이체가 되기 때문에 불편한 점이 없을 것입니다. 출금 한도만 내려가는 것이기 때문에 공공기관 돈을 납부해야 하거나 채무관계로 돈을 갚아야 하는 경우는 이체가 가능하기 때문에 불편한 점이 없습니다.

이 중에서도 정말로 1일 출금한도가 600만 원 필요한 사람은 한두 달 정상적으로 은행거래를 하는 것을 보고 은행 직원의 권한으로 사고가 없을 경우 출금한도를 올려주면 될 것입니다. 이것이 지켜져야만 보이스피싱뿐만 아니라 대포통장으로 인한 모든 범죄가 사라질 것입니다. 다시 한 번 쉽게 말하면 사기범들이 3천만 원을 사기를 쳤을 경우 지금처럼 신규 통장에서 현금카드 1개당 600백만 원이 출금된다면 3천만 원을 현금으로 출금해 가는 데 대포통장 5개가 필요하고, 몇 개의 대포통장으로 빠른 시간 안에 출금해 사기를 쳐가지만 반대로 신규 통장에 한해서 1일 출금 한도가 100만 원으로 내렸을 때는 3천만 원을 출금하기 위해서 30개나 되는 대포통장이 필요하기 때문에 사기를 치더라도 시간이 많이 걸리며 피해자의 신고로 지급정지가 되기 쉽습니다.

그리고 더 중요한 것은 사기범이 사기를 치기 위해서는 준비해야 할 준비물이 있습니다. 그것은 사기범에게 없어서는 안 될 대포폰과 대포통장입니다. 대포폰이 1대당 최하로 잡았을 때 20만 원 이상은 합니다. 대포통장 또한 최하로 잡았을 때 60만 원 이상은 합니다. 그러니까 사기범들이 사기를 치기 위해 들어가는 시드머니가 80만 원이 된다는 얘기가 됩니다.

하지만 80만 원을 투자해서 아무리 남지 않아도 200만 원 이상은 남아줘야 사기범들이 범죄의 순환이 될 것인데 출금한도가 100만 원 밖에 되지 않는다면 힘대로 사기 쳐봤자 1일 100만 원 사기를 친다 하더라도 대포전화기 값 그리고 대포통장 값을 제외하고 나면 사기범들은 남는 것이 없습니다. 그리고 오늘 사기를 당한 사람들은 오늘 사기당한 계좌번호를 은행 측에 사기계좌라고 신고하면 그 계좌는 내일 지급정지가 되어 있는 계좌가 되기 때문에 재탕해서 쓸 수 없습니다.

결론은 사기범들이 남는 것도 없고 배보다 배꼽이 더 크기 때문에 사기를 칠 엄두를 못 낼 것입니다. 그리고 곧이어 금융회사가 공격을 당할 것입니다. 이것이 지켜지지 않으면 금융회사에 엄청난 피해가 발생할 것입니다."

　　"그게 무슨 말입니까?"

　　"체크카드, 현금카드, 신용카드가 자기 자신도 모르게 비밀번호까지 위조되어 자고 일어났을 때 돈이 사라져 버리는 순간이 머지않아 다가옵니다."

　　"일어나지도 않은 일가지고 너무 앞서가는 거 아닙니까."

　　"거짓을 얘기했을 때는 내가 엄청난 불이익이라도 받겠습니다. 예전에 공범들이 나에게 한번 하자고 권했으니 내가 하지 않더라도 누군가는 꼭 한번은 이 일을 맡아 큰 피해가 발생할 것입니다. 그 피해가 발생했을 때 또 정부에서는 카드를 잘못 쓴 국민 탓으로 책임을 돌릴 것 아닙니까? 어디 무서워서 통장에 돈 입금하고 다니겠습니까? 국민이 다 뛰어와서 불안해서 통장에 든 돈 다 돌려 달라고 하면 은행에서는 줄 수 있습니까? 없지 않습니까? 그러니까 빨리 일 추진해서 억울한 서민들 없게 원장님께서 신경 써주십시오."

　　원장이 일리가 있는 말이라며 고개를 끄덕거린다.

　　"기동 씨가 좋은 경험한 것 같으니 제가 은행 지점장들, 간부들과 재차 회의를 해서 꼭 두 번 다시는 똑같은 피해가 없도록 노력하겠습니다. 또 모르는 것이 있으면 제가 연락을 드리겠습니다. 연락처나 하나 적어주고 가십시오."

　　"잘 알겠습니다. 010-××××-×××× 이기동입니다."

　　그리고는 금융감독원을 나왔다. 마음속에 담겨 있던 모든 것을 털어놓아서 속이 뻥 뚫리는 것 같았다. 그리고는 경북 청도 집으로 돌아왔다.

용가리 형 총책에서 두 번째 인출 시도를 하기 위해 또 준비 단계를 마쳤다.

첫 번째 인출했던 인출 팀들은 한국에 얼굴이 알려져서 이제 재차 범죄를 하지 못했다.

완전범죄를 하기 위해 두 번째 인출은 다른 사람들이 준비되어 있었다.

하루 일당이 3천만 원이라고 하는데 이런 큰돈을 벌기 위해 중국에는 죄를 범하려고 하는 사람들이 줄을 서 있었다.

중국에서 준비는 다된 상태고 치용 팀 한국 측에서 인출도구로 사용되어 가는 대포통장만 준비되면 언제든지 범죄는 가능했다.

치용이와 공범들도 한 달 정도 범죄를 저지른 돈으로 즐기고 놀았기 때문에 중국에 최진광의 오더를 받고 통장을 매입하라는 지시를 받는다. 2차 인출 준비를 해야 하기 때문에 내가 통장을 만들어주지 말라는 광고를 수도 없이 한 줄도 모른 채 통장 매입에는 자신이 있다는 자신감이 치용이 팀들에게는 사라지지 않았다.

지금 국민은 나의 「강연 100℃」 대포통장 정체를 밝히다, 「그것이 알고 싶다」, 국민이 무심코 만들어준 통장으로 인해 보이스피싱은 물론이고 모든 금융범죄에 악용되고 있어 고민이라는 「안녕하세요!」 코너를 통해 통장을 만들어서 양도·양수한 사람들은 이 통장이 범죄에 쓰일 줄 알고 만들어주었든 모르고 만들어주었든 양도·양수한 자는 전자금융거래법 위반으로 엄청난 불이익이 온다는 것을 인지하고 있었다.

지난 1차 카드 복제 인출로 인해 경찰에서는 전담반까지 꾸려 수사를 했지만 통장만 들어준 엉뚱한 서민만 잡아들여 엄청난 2차 피해자가 발생했다.

수사는 원점이었다.

계획적으로 지능적으로 움직이는 사기범들의 수를 경찰들은 따라가지 못했다.

첫 번째 카드 복제 인출사건도 무마되지 않았는데 두 번째 인출이 시작 될 것이라는 생각을 상상도 못하고 있을 것이다.

최진광이도 다시 다른 비자를 위조해서 한국에 합류한다.

정말 범죄자들이 신분증을 위조해서 한국에 오는 것은 일도 아니었다.

그리고 치용이 팀들도 전국으로 퍼져 2차 인출을 위해 통장 매입에 들어갔다.

금융감독원 원장이 은행 간부들과 지점장들을 모아놓고 대책을 논의했다,

회의 자리에서 원장이 말한다.

"며칠 전 전직 보이스피싱 조직이었던 이기동 씨가 저를 찾아와 보이스피싱 방법에 대해 미팅했는데 금융감독원 원장으로서 깊이 생각해보니 일리가 있는 말이어서 오늘 그것을 논의하기 위해 이렇게 자리를 마련했습니다. 지금까지 우리나라에서 보이스피싱 대책으로 방안을 내놓은 것들은 소 잃고 외양간 고치기 식으로 보이스피싱 사기 종목만 바꾸어줄 뿐 큰 효과를 보지 못했습니다. 피해는 배로 더 늘어났고 한 해에 보이스피싱으로 사기당하는 국민이 만 명, 금액은 1천억 원이 넘는다고 합니다. 보이스피싱 조직원들, 그리고 불법마약, 인터넷포커, 불량식품 범죄연구 자체를 막는 무언가가 나와야 할 것입니다."

그러자 행복은행 회장이 한마디 한다.

"저희 행복은행도 대포통장으로 인한 사기 때문에 골머리가 아파 죽겠습니다. 확실한 대책이라도 있습니까?"

"이기동 씨의 경험을 잘 정리하여 실행에 옮긴다면 대포통장으로 인한 사기를 뿌리 뽑을 수도 있을 것 같습니다. 제일 중요한 것은 모든 피싱 그리고 모든 범죄에 인출도구로 사용되어지는 대포통장이 사라져야 보이스피싱은 물론 인터넷 사기가 사라집니다. 우리 금융기관에서 경험해

보아서 잘 알고 있듯이 범죄에 악용될 줄 알면서 만들어주는 대포통장 그리고 범죄에 쓰일 모르고 만들어주는 대포통장으로 인해 대포통장이 100% 사라지지 않는다는 것도 잘 알고 있을 것입니다."

회의에 참석하고 있는 은행 간부들이 원장 말에 모두 집중한다.

"그럼 대포통장이 존재하더라도 무용지물로 만드는 것이고 범죄 통장을 개설하러 온 국민에게 이 통장이 어디에 쓰이는지 고지하고 개설해주는 것이 이제 저희 금융기관에서 정말로 해야 할 일입니다. 그러기 위해서는 통장 개설하러 온 국민에게 이 통장이 어디에 쓰이는 지 예민하게 물어보고 정상적으로 쓰지 않고 다른 사람에게 양도·양수해서 범죄가 일어났을 때는 엄한 중형이 선고된다는 것을 고지해야 합니다. 각서도 하나 받아놓아야 할 것입니다. 그러고는 통장의 1인 출금 한도를 100만 원으로 낮추어야 합니다."

말이 끝나자마자 화목은행 지점장이 한마디 한다.

"원장님, 출금한도를 낮추면 당연히 보이스피싱 방지에 좋은 대책이 되겠지만 소수로 인한 사기범들 때문에 정상적으로 거래하는 많은 국민이 불편함과 불이익을 얻어야 하지 않습니까? 그것은 이익도 있지만 손해와 불편함이 더 많은 방법이기 때문에 정상적인 대책이 아닌 것 같습니다."

화목은행 지점장이 얘기하자 모든 전국은행 지점장들이 화목은행 지점장 말이 맞다며 반대의사를 밝히고 있었다.

"자자!"

원장이 말한다.

"제가 금융감독원 원장입니다. 그 정도도 모르고 이런 자리를 마련했을 것 같습니까? 우리 금융기관에서 겪어보았듯이 대포통장은 60% 이상이 중·고등학생의 위조된 신분증 그리고 노숙자, 무직인 사람들에 한해서 탄생합니다. 중·고등학생들이 하루에 100만 원 이상 현금 출금할 일이 있습니까? 그리고 노숙자가 하루에 100만 원 이상 출금할 일이 있습니까? 그리고 무직자 일반 사람들이 하루에 100만 원 이상 출금할 일이 있겠습니까?"

그러자 사랑은행 지점장이 말한다.

"중·고등학생은 어려서 바로 표시가 난다고 쳐도 무직자, 노숙자들이 어디 '내가 무직이요, 노숙자요.' 하고 다니는 것도 아닌데 조금 희박하지 않겠습니까?"

"그런 거 꼬투리 잡아서 어렵다고 하면 세상에 그 어떤 일도 할 수 없을 것입니다."

위원장이 말한다.

그러자 성실은행 지점장이 한마디 한다.

"아니, 원장님. 무직자들, 일반 사람들은 사람도 아닙니까? 무직자들도 일반 사람들도 얼마든지 하루에 600만 원씩 현금으로 써야 할 사람이 있을 텐데 무작정 이런 사람들에게 인출한도를 100만 원으로 내리는 것은 현명한 판단이 아닌 것 같습니다."

여러 은행 지점장들도 성실은행 지점장의 말에 일리가 있다며 고개를 끄덕인다. 원장이 입을 연다.

"그러니까 이제부터 자기 금융기관에서 부하직원에게 제대로 된 교육을 하는 것이 지점장님들이 해줄 일입니다. 첫째, 은행 고객들이 은행에 신규 통장을 개설하러 왔을 때 이 통장이 무슨 목적에 쓰기 위해서 통장을 개설하는 건지 확실히 따져야 합니다. 목적이 분명하지 않으면 통장을 개설해주되 하루 1일 출금한도가 100만 원이라며 고객들에게 이야기합니다. 왜 100만 원밖에 되지 않느냐며 고객들이 불평하면 요즘 전자금융사기가 활개를 치고 있어 피해가 확산되어 금감원에서 지침이 내려왔다고 해야 할 것입니다.

현금 출금은 1일 100만 원밖에 되지 않아도 텔레뱅킹, 인터넷뱅킹, 카드이체, 체크카드 기능이 되기 때문에 불편한 점은 없을 것이라고 이해를 시켜줘야 합니다. 그리고 지금 박근혜 대통령 정부에서 세금 문제로 예민하게 받아들이고 있는데, 체크카드를 쓰면 기록이 남아 좋고 뱅킹이 되기 때문에 세금도 꼬박꼬박 걷어내고 나라를 위한 일이니 좋은 점이 더 많다고 생각합니다.

그래도 고객들 중에 나는 꼭 다른 사람과는 동일하게 하루에 600만 원씩 현금 출금해야만 한다면 목적을 분명히 묻고 재직증명서, 사업자 등록증을 꼭 받은 뒤 서류가 확실하다면 인출한도를 동일하게 600만 원을 해주되 통장을 양도·양수하는 자는 전자금융거래법 위반으로 형사처분을 받는다는 고지를 꼭 설명해주고 이 통장이 다른 사람에게 가서 대포통장으로 사용되었을 때는 은행 직원이 얘기했음에도 불구하고 계획적으로 범죄에 사용하기 위해 통장을 만들었다고 판단되기 때문에 형사 책임을 물어 강력히 처벌해야 할 것입니다.

대포통장은 신규 통장으로 만들어진 다음 1주일 이내에 사기계좌로 처리되어 일회용으로 폐기 처리되기 때문에 그 계좌가 사기계좌에 등록되지 않고 정상적으로 석 달 이상 거래되었을 때 필요한 사람에 한해서 원하는 만큼 1일 출금 한도를 올려주면 될 것입니다. 이것이 바로 사기범들의 맥입니다. 신규 통장에 한해서 출금한도를 100만 원으로 낮춘다면 한 통장에 피해자가 100만 원 이상 생길 이유가 없을 것입니다.

피해금액도 줄어들 것이고 통장 1개당 양도·양수하는 가격이 60만 원 이상이기 때문에 40만 원이 이익이라고 하더라도 총책 콜센터, 인출, 개인 정보 빼내는 팀들에게 이익이 없기 때문에 해외에서 한국 쪽으로 보이스피싱 전화 자체가 오지 않을 것이고 범죄를 절대 저지를 수 없습니다. 인터넷 PC포커, 사행성 불법 토토, 불법 마약, 성매매 알선, 불량식품 등 이런 범죄를 하는 사람들도 대포통장이 없으면 범죄를 할 수 없습니다."
라며 원장이 말을 마쳤다.

은행 모든 지점장들은 원장 말에 일리가 있는 말이라며 고개를 끄덕인다.

"사기와 대포통장으로 인한 사기의 차이점이 무엇인 줄 아십니까?"

아무 말도 못하며 지점장들은 원장을 쳐다본다.

"갚을 의사나 능력이 없었음에도 불구하고 재산상 이익을 챙기는 것이 바로 사기입니다. 흔히 우리 주위에서 자주 일어나는 일, 돈을 빌려주고 돈을 갚지 못하는 행위를 사기라고 합니다."

원장이 또 말한다.

"여러분 돈을 빌려주고 돈을 받지 못하면 어떻게 합니까?"

지점장들에게 물었다.

신용은행 지점장이 입을 열었다.

"형사 처분을 원할 것입니다. 그게 아니라 가까운 사람이라면 또 며칠 시간을 더 주겠죠?"

원장이 대답한다.

"맞습니다. 돈을 빌려주고 돈을 받지 못하면 형사 처분으로 고소를 할 것입니다. 고소하면 피의자는 형사 처분을 받을 것이고, 피해자가 합의 의사가 있으면 피해금을 돌려받을 수도 있습니다. 피해자가 검거되기 때문에 제2, 제3의 피해자가 생기지 않습니다. 반면에 대포통장으로 인한 사기는 도대체 누가 사기를 친 건지 피해자는 계속 늘어나는데 수사는 항상 원점이고 사기범의 얼굴조차 알 수 없습니다. 사기범을 검거하지도 못하기 때문에 피해금도 돌려받을 수 없고 제2, 제3의 피해자는 계속 늘어납니다.

이런 악순환이 계속 일어나기 때문에 사기범들에게 인출도구로 쓰이는 대포통장이 반드시 사라져야 보이스피싱뿐만 아니라 대포통장으로 인한 사기가 사라질 것입니다. 부유층이 아닌 피해자들이 대부분 서민이라는 것에 대해 더욱더 마음이 아픕니다. 이제는 남의 일이 아닙니다. 여기 계시는 은행장들, 은행지점장들도 사기를 당한 사람들도 있을 것이고, 당하지 않았다고 해서 자기가 똑똑해서 사기를 당하지 않았다는 것은 잘못된 생각입니다. 대포통장이 없어지지 않는다면 앞으로도 계속 해외에서 더욱더 지능화된 전화금융사기 전화가 계속 올 것이고 언젠가는 앞에 계시는 여러분도 피해대상이 된다는 것을 명심하십시오. 저런 식으로 공공기관을 사칭해서 전화 발신 조작으로 조직적으로 움직이는데 사기를 안 당하는 사람이 이상한 사람입니다. 안 그렇습니까?"

원장님이 계속 말했다.

"그리고 요즘 카드 복제로 인해 사건사고가 한두 번씩 일어나는데, 이 기동 씨가 이런 부분까지 다 인지하고 있었습니다. 통장이 없으면 큰 피해도 일어나지 않습니다. 왜 SMS입출금 문자 서비스를 신청해놓았기 때문에 돈이 빠져나가면 카드 정지를 걸면 되니깐요. 며칠 전 서울에서 120억 인출한 카드 복제 사건도 대부분 피해자들이 600만 원 이상입니다. 인출한도가 내려가고 저희 금융권에서 통장 개설해주는 데 신경만 좀 썼더라면 더 큰 피해는 막았을 것입니다. 오늘의 핵심은 한 가지입니다. 첫째도 통장, 둘째도 통장. 은행 부하직원들에게 신규 통장을 만들러 오는 고객들에게 통장 양도·양수를 하면 형사 처분을 받는다는 점을 확실히 고지하도록 하고, 재직증명서, 사업자등록증 등 확실한 서류가 없으면 인출한도를 100만 원으로 낮추는 것입니다. 그것만 지켜진다면 대포통장으로 인한 사기는 사라질 것입니다."

그것으로 대포통장 대책에 대해 회의를 마쳤다.

은행지점장과 은행장들은 자기가 속해 있는 금융기관으로 돌아가 부하직원들에게 금융감독원에서 받은 교육내용을 실행에 옮기기 위해 각자 회의에 들어갔다.

화목은행 지점장이 부하직원을 집합시키고 교육한다.

"금감원에서 대포통장을 뿌리 뽑기 위해 대책이 나왔습니다. 기존에 쓰던 고객들은 1일 인출한도며 텔레뱅킹, 인터넷뱅킹, 카드이체, 체크카드 기능 등 모든 기능을 하던 대로 하되 신규 통장에 한해서는 1일 출금한도를 100만 원으로 낮출 것입니다. 모든 대포통장의 60% 이상이 신규 통장에서 사고가 난다는 점을 고려해서 내린 대책입니다. 그러니깐 1선에서 고객들을 맞이하는 여러분께서 신경을 바짝 써주셔야 합니다. 사회는 지금 대포통장으로 인해 인터넷 사기는 물론 보이스피싱으로 서민들까지 너무 많은 피해가 확산되어 골머리가 아픕니다. 그 이유는 1선에서 고객들을 맞이하는 우리 은행이 대책 없이 입출금 통장을 쉽게 만들어 주어서가 아닌가 생각합니다."

직원이 입을 열었다.

"지점장님, 고객들에게 입출금 통장을 만들어주는 것은 저희들이 할 일들이지 않습니까? 그런데 그 통장을 대포통장으로 사용하는지 아니면 정상적으로 사용하는지 저희들이 알 수 없지 않습니까?"

모든 직원이 조금 전 직원이 한 말이 옳다는 듯 고개를 끄덕이고 있었다.

지점장이 한마디 한다.

"고객들에게 통장을 만들어주는 일도 여러분이 할 일이지만 그 통장이 어디에 쓰이는지 알고 사고가 나지 않게 하는 것도 여러분이 할 일입니다. 여러분이 개설해준 통장이 대포통장으로 양도되어 보이스피싱에 사용되어 피해자가 발생한다면 사기범들에게 사기를 치라고 도운 결과가 되는 것입니다. 한마디로 공범이라는 얘기가 되겠지요. 직무를 유기한 겁니다. 자기가 계획적으로 공모하고 도운 것은 아니지만 그런 불이익을 받지 않으려면 통장 하나하나 개설해줄 때 신경을 바짝 써야 할 것입니다. 저희 은행은 서비스 직업입니다. 그렇다고 고객들에게 무작정 사기범으로 몰아서 기분 상하게 불이익을 주라는 것이 아니라 통장을 개설할 때 확실한 용도를 물어보고 요즘 대출용도로 사기범이 통장 매입을 많이 한다고 하던데 혹시 대출해준다고 해서 통장을 개설하러 온 것은 아닌지 그리고 인터넷에서 통장을 사고파는 그런 광고를 보고 통장 개설 하러 온 것은 아닌지 확실히 물어봐야 할 것입니다. 이렇게 고지를 했음에도 불구하고 통장을 양도·양수했을 경우에는 강력한 형사 처분을 받는다는 그런 고지도 해줘야 할 것입니다. 각서도 받아놓구요. 모든 고객이 전부 대포통장으로 악용하는 것이 아니기 때문에 분명 정상적으로 거래를 원하시는 분들도 대다수 있을 것입니다. 고객들이 신규통장을 개설하러 왔을 때는 공손히 고객에게 오해를 받지 않도록 요즘 통장을 양도·양수하는 일들이 많아서 대포통장으로 악용되어 인터넷 사기는 물론 보이스피싱에 악용이 되고 있는데 법이 개정되어 신규 통장에 1일 출금한도가 100만 원 에 안 된다는 것을 설명해주어야 합니다. 그래서 순순히 따라주는 사람은 별 의심하지 않아도 되며 세상에 목소리 큰 사람 치고 신빙성이 있는 사람이 거의 없듯이 목소리를 높이면서 왜 1일 출금한도가 100만 원밖에 되지 않느냐는 등 저는 사업을 해서 1일 출금한도가 600만 원은 되어야 한다는 등 불평불만을 하는 사람들은 대포통장으로 양도할 가능성이 높은 사람이니 사업자등록증이나 재직증명서 등 확실한 용도를 증명할 수 있는 서류가 있으면 은행 직원의 권한으로 서류를 꼼꼼히 살펴서 1일 출금한도를 600만 원으로 설정해주되 제가 이렇게 얘기했음에도 불구하고 대포통장으로 양도·양수했을 경우 강력한 형사 처분을 받을 수 있다며 고지를 해야 합니다. 그리고 재직증명서나 사업자등록증 확실한 용도를 증명할 수 있는 서류가 없음에도 불구하고 끝까지 목소리를 높이며 인출한도를 600만 원으로 올려 달라고 하면 고객과 오해가 생기지 않도록 '고객님 1일 출금한도가 100만 원밖에 되지 않더라도 현금카드로 이체가 하루에 3천만 원까지 가능하고 텔레뱅킹이 하루에 5천만 원까지 가능하다며 인터넷뱅킹, 그리고 체크카드 기능이 되기 때문에 불편한 점이 없을 것입니다.'라고 얘기하면 될 것입니다. 정상적으로 석 달 이상 거래했을 때는 1일 출금한도를 600만 원으로 올려 드릴 테니 불편하시더라도 절차가 그러니 이해를 해 달라며 양해를 구하면 될 것입니다."

직원이 얘기한다.

"지점장님, 그런데 신규 통장에 한해 1일 출금한도를 100만 원으로 낮추는 것과 통장 양도하는 것과 무슨 관계가 있습니까?"

이해가 잘 안 가는 어떤 직원이 지점장에게 되물었다.

"지금은 신규 통장 1개당 1일 출금한도가 600만 원이기 때문에 한 대포통장당 600만 원의 피해가 생깁니다. 1일 출금한도를 천만 원으로 늘리면 한 대포통장의 피해자가 천만 원이 된다는 얘기가 될 것이고, 1일 출금한도를 100만 원으로 내리면 한 대포통장당 피해자가 100만 원이 된다는 결론이 납니다. 이해가 갑니까?"

지점장이 묻는다. 이해가 안 가는지 직원 한 명이 입을 연다.

"지점장님! 1일 출금한도는 100만 원이지만 카드이체, 텔레뱅킹, 인터넷뱅킹 기능이 되기 때문에 더 큰돈도 피해를 입을 수도 있다고 생각합니다."라며 직원이 말한다.

지점장님이 직원의 말에도 일리가 있다고 얘기하지만 "카드이체, 텔레뱅킹, 인터넷뱅킹으로 돈 1억을 이체해도 어차피 사기범들이 손에 현금화를 시키려면 마지막으로 현금카드로 인출해야 할 것입니다. 통장에 1억이든 10억이든 그 돈은 사기범의 돈이 아닙니다. 현금카드로 인출했을 때 그것은 사기범의 돈입니다. 그렇기 때문에 지금까지는 1일 한도가 600만 원이기 때문에 1억을 출금하려면 1일 출금 할 수 있는 한도 600에 통장 18개가 있어야 1억을 출금할 수 있지만 출금한도를 100만 원으로 낮춘다면 1일 출금한도 100만 원에 통장 100개가 필요할 것입니다. 피해자가 사기를 당해봤자 1일 출금한도가 100만 원밖에 안 되기 때문에 100만 원 이하로 사기를 당하기 때문에 피해금이 적을뿐더러 그리고 보이스피싱 통장 모집책 대장이었던 이기동 씨 얘기를 들어보니 통장 1개당 거래되는 금액이 60만 원 이상이라고 하니 또 사기를 치려면 대포전화기 20만 원 이상 그리고 광고비 통장 값 60만 원 이상 들기 때문에 80만 원 이상을 투자해서 사기를 치면 최소한 600만 원 이상을 사기 쳐야 총책 인출 팀 개인정보 빼내는 팀들이 남는 것이 있어 순환이 될 것인데……. 80만 원을 투자해서 100만 원밖에 사기를 치지 못한다면 배보다 배꼽이 더 크기 때문에 범죄를 할 수 없을 것입니다. 누구나 사업이든 공부든 범죄든 목적은 돈입니다. 돈이 되어야 일이 순환이 될 것인데 돈이 안 되면 그 조직은 무너질 것입니다. 통장 모집책 대장이었던 이기동 씨 말이 모든 대포통장 60% 이상이 신규 통장에서 만들어지는 것이라고 했습니다. 그리고 우리 금융기관에서도 피해를 눈으로 확인해봐서 알겠지만 대부분이 직업이 없는 학생, 노숙자, 무직자들이 신규 통장으로 만든 통장에서 사기 사건이 생기듯이 그것을 우리 금융기관에서 신경 써야 할 것입니다. 그러기 위해서는 1선에서 신규통장을 만들어주는 여러분이 정말 꼼꼼하게 신경써줘야 할 것입니다."

모든 직원들이 일리가 있는 말이라며 고개를 끄덕입니다.

화목은행뿐만 아니라 신용은행, 희망은행, 두리은행, 근면은행, 정직은행, 봉사은행금고, 행복은행, 성실은행, 믿음은행, 사랑은행, 도움은행, 모든 금융기관에서도 이런 식으로 직원들이 강도 높은 교육을 받았다.

그 후로 총책 용가리와 치용이가 이끄는 보이스피싱 조직원들에게도 위기가 닥쳐왔다.

금융기관에서 신규 통장을 만들러 가는 바지(대리사장의 은어)들에게 너무 깐깐하게 통장 용도에 대해 물어보아서 통장 개설하는 데 어려움이 많았다.

그리고 개설한다고 해도 인출한도가 100만 원밖에 되지 않기 때문에 무용지물이나 다름이 없었다.

전화금융사기에서 없어서는 안 될 심장과 같은 대포통장이 사기범들에게 무용지물이 되었기 때문에 사기를 칠 수 없었다.

그날도 통장모집책 조직들은 자기 위치로 돌아가 여러 가지 방법으로 통장을 매입하고 있었다.

금융기관에서 신규 통장에 한해 1일 출금한도를 100만 원으로 내리는 대책이 실행된 후 수식이가 평소에 잘 알고 있는 지인들에게 대포통장을 매입하고 있었다.

통장을 매입하기 위해 커피숍에서 친구 경동이와 만났다.

수식: 요즘 뭐하고 지내노?

경동: 죽지 못해 산다.

수식: 왜 하던 일이 잘 안 되나?

경동: 그래, 완전 부도다. 아 분유 값도 없는데 미치겠다.

수식: 그럼 내가 하는 일이 있는데 개인 통장이 필요해서 그런데 통장 좀 만들어줄 수 있겠나? 그 대신에 개당 30만 원씩 줄게.

경동: 통장이 필요하면 니 개인 통장 쓰면 되지, 내 통장은 왜 필요한데?

수식: 마, 니 잘못되게 안 할 테니깐 통장 좀 만들어도.

경동: 그래, 어디에 쓰는지 얘기를 해야 만들어줘도 만들어주지.

수식: 인터넷 PC 포커 게임머니 환전하는 데 쓰는 거라 걱정 마라. 나도 니한테 30만 원 주고 구입해서 40만 원에 파는 그런 일 하는 거니깐.

경동: 진짜 잘못되는 거 없제?

수식: 그래, 만일에 사고가 생겨서 경찰서에서 전화가 올 수도 있는데 경찰이 통장 개설한 것 누구한테 주었는지 물어보면 사업하다가 망해

서 애들 분유 값도 없고 너무 힘들어서 인터넷 광고 보니까 통장 만들어주면 1개당 30만 원씩 준다고 해서 만들어주었는데 돈은 10원짜리 하나도 못 받았다며 니도 피해자라고 얘기하면 된다. 무슨 말인지 알겠나?

경동: 그럼 경찰이 통장 준 사람 전화번호와 인적사항 물어보면?

수식: 내 번호가 대포폰이니까 이 전화번호 가르쳐주면 되고 인적사항은 고속버스 화물 퀵으로 보내라고 해서 보내서 얼굴도 모르고 이름도 모른다고 하면 된다. 무슨 말인지 알겠제?

경동: 통장하고 카드만 만들면 되나?

수식: 그래.

경동: 돈은 바로 주나?

수식: 당연한 거 아니가?

경동: 통장은 몇 개나 만들어야 하는데?

수식: 많으면 많을수록 좋다.

경동이 통장을 만들러 행복은행으로 갔다.

은행직원: 무엇을 도와드릴까요?

경동: 통장 개설하러 왔는데요.

은행직원: 신분증 좀 주세요.

경동이 신분증을 꺼낸다.

은행직원: 요즘 개인 통장으로 양도·양수로 인해 보이스피싱은 물론 인터넷사기에 악용이 되어서 대포통장이 사회에 논란이 되고 있는데, 혹시 인터넷에 통장 매입한다는 광고나 신용불량자도 대출해준다는 그런 광고 보고 통장 양도·양수하기 위해서 통장 개설하러 오신 것은 아니죠?

경동: (은행직원이 하는 말에 뜨끔했지만 마음속으로 수식이가 설마

내한테 잘못되게 하겠느냐는 마음에) 아니요.

은행직원: 통장을 어디에 쓰실 건가요?

경동: 며칠 전 일자리를 구했는데 월급 급여 통장으로 쓸까 합니다.

은행직원: 재직증명서가 있어야 하는데 아니면 재직 중인 회사 전화번호라든지.

경동: 아니, 통장 만드는 데 뭐가 이렇게 까다롭습니까?

은행직원: 요즘 대포통장으로 인한 사기가 기승을 부리고 있어서 금감원에서 방침이 내려와 어쩔 수 없는 절차이니 협조 좀 해주십시오.

경동: 재직증명서가 없으면 어떻게 됩니까?

은행직원: 1일 출금한도가 100만 원밖에 되지 않습니다.

경동: 그럼 그거라도 만들어주세요.

은행직원: 알겠습니다. 통장을 정상적인 곳에 쓰지 않고 다른 사람에게 양도·양수했을 경우 강력한 형사 처분을 받습니다. 불이익 받는 일 없었으면 합니다. 그리고 각서 하나 써야 합니다.

경동: 무슨 각서까지 써야 합니까?

은행직원: 금융범죄가 기승을 부려서 금감원에 지침이 내려와서 그런 것이니 정상적으로 쓴다면 각서 안 쓸 이유가 없지 않습니까?

뭐 큰일이야 있겠나 싶어서 각서를 쓰고 신규 통장을 만들어 은행을 나왔다. 그러고는 1개를 만들면 30만 원밖에 수식에게 받지 못하니깐 이왕 만드는 거 많은 돈을 받기 위해 여러 개를 만들기 위해 이번에는 성실은행으로 갔다.

은행직원: 무엇을 도와드릴까요?

경동: 신규 통장을 개설하러 왔습니다.

은행직원이 신분증을 제시해 달라고 한다. 경동이 신분증을 꺼낸다.

조금 전에 신규 통장을 개설했던 행복은행과 마찬가지로 은행직원이 인터넷 광고에 통장 매입하면 돈 준다는 광고 보고 통장을 개설하러 온 것은 아닌지 묻는다.

경동: 아닙니다. 회사를 다니는데 급여 통장이 필요해서 통장을 개설하러 왔습니다.

은행직원: 재직증명서 팩스로 넣어줄 수 있습니까?

경동: 아니, 무슨 내가 내 명의로 통장 하나 개설하려고 하는데 무슨 고객을 죄인 취급합니까? 기분이 나빠서 다른 은행으로 가야겠습니다. 은행이 뭐 이곳밖에 없는 줄 아십니까?

은행직원: 기분이 상하셨다면 죄송합니다. 요즘 통장 양도·양수로 인해서 사회에 대포통장이 악용이 되고 있어 금감원에서 지침이 내려와 저희뿐만 아니라 모든 은행에서 누구나 똑같이 밟는 절차이니 양해 좀 부탁드리겠습니다.

경동: 재직증명서는 없습니다.

은행직원: 그럼 1일 출금한도를 100만 원밖에 해드릴 수 없습니다. 그렇게라도 개설해 드릴까요?

경동: 네, 그거라도 만들어주세요.

통장과 현금카드를 받고 성실은행을 나왔다.

그러고는 세 번째 통장을 개설하기 위해 사랑은행으로 갔다.

은행직원: 무엇을 도와 드릴까요?

경동: 통장 하나 개설하러 왔는데요.

은행직원: 신분증 좀 주세요.

경동: 신분증을 꺼낸다.

은행직원: 신분증을 보며 컴퓨터에 주민번호를 입력하더니 이경동 고객님, 오늘 행복은행에 이어 성실은행에서 신규통장 2개를 개설하셨네요.

경동: 네.

은행직원: 죄송합니다. 금감원에서 지침이 내려와 대포통장이 사회에 이슈가 되어 1인 한 달에 신규 통장 2개를 초과해서 개설이 되지 않습니다.

경동: 아니, 무슨 통장 만드는 데 개수가 무슨 제한이 있습니까? 나쁜 데 쓰는 거 아니니 좀 만들어주십시오.

은행직원: 죄송합니다. 그 부분은 저희들이 해결할 수 있는 상황이 아닙니다.

경동: 아니, 무슨 은행이 여기밖에 없나? 다른 은행 가서 만들 것이니 신분증이나 주세요.

은행직원: 다른 은행 가서도 결과는 똑같습니다. 죄송합니다.

그러고는 은행을 나온다.

바로 옆에 신용은행이 있어서 혹시나 하는 마음에 은행으로 들어갔다,

은행직원: 무엇을 도와 드릴까요?

경동: 통장 하나 개설하러 왔는데요.

은행직원: 신분증 주시겠어요?

경동은 신분증을 꺼내어 주었다. 은행직원이 신분증을 들고 컴퓨터에 주민번호를 치더니 조금 전 사랑은행 직원과 똑같은 소리를 한다.

은행직원: 이경동 고객님, 조금 전 행복은행과 성실은행에서 통장 개설하셨죠?

경동: 네.

은행직원: 금감원에서 지침이 내려와 한 달에 1인 통장 2개 초과 개설이 되지 않습니다. 성실은행, 행복은행을 개설하셨기 때문에 더 이상 신규통장 개설해드릴 수 없습니다.

경동: 아이고, 알았습니다.

신분증을 받고 은행을 나선다.
그러고는 수식에게 전화를 했다.

수식: 여보세요? 그래, 통장은 다 만들었나?

경동: 만들기는 만들었는데 무슨 은행직원들이 경찰 조사하는 것보다 더 깐깐하게 묻는지 스트레스 받아 죽겠다.

수식: 뭐라고 하던데?

경동: 뭐. 요즘에 대포통장으로 사회에 악용이 되고 있다며 지금 만든 통장 양도·양수하면 강력하게 형사 처분을 받는다는 등 아무튼 혼났다. 재직증명서 없으면 통장도 안 만들어준다고 하더라.

수식: 그래서 뭐라고 했는데?

경동: 내가 짱구가. 회사 급여 통장 필요하다면서 목소리 쫌 높여가지고 만들었지. 그런데 나도 한 10개 만들라고 했는데 한 사람당 한 달에 2개 이상 통장 안 만들어준다고 해서 2개밖에 못 만들었다. 통장 만들 때 직원이 다른 사람에게 양도·양수해서 범죄에 사용되면 5년 이상 유기징역에 처한다는 각서 하나 쓰고 왔는데 별일 없겠제? 내 혹시 학교 보내는 거 아니제?

수식: 뭐? 5년 이상 유기징역에 처한다고 했다고?

경동: 그래, 인마. 무슨 은행인지 검찰청인지 구별이 안 가더라. 돈 가지고 온나. 어디서 보꼬?

수식: 통장 2개밖에 안 만들어주나?

경동: 그래. 내야 하나 더 만들 때마다 30만 원 더 준다면 이왕 만드는 거 더 만들려고 했는데 은행에서 한 명당 통장 개설이 2개 이상 안 된단다. 금감원에서 지침이 내려와 법이 개정되었다나 뭐라나? 아무튼 자, 통

장 2개, 현금카드 2개. 비밀번호는 둘 다 2244이다.

"야, 이거 안 되겠는데."

심각한 표정을 지으며 수식이가 말한다.

"왜?"

경동이가 되묻는다.

"아무래도 이 통장 받아 가면 니가 불이익 받을 것 같다. 일단 10만 원 줄 테니 이거는 오늘 고생한 차비다. 내가 내일 다시 전화 걸게."

"마, 고생했는데 그냥 이거 2개 가지고 가고 50 더 주면 안 되나?"

"니 징역 5년 살고 싶나?"

"마! 장난 하나. 60만 원 받고 징역살게."

"그니깐 빨리 들고 가라."

아무것도 모르는 경동이를 수식이가 돌려보냈다. 이것은 아닌 것 같았기 때문이다.

아는 지인한테는 죽이는 일이라서 도저히 하면 안 되는 일이었다.

또 경동이가 잘못되면 나를 안 분다는 보장이 없었기 때문이다.

그래도 카드 복제로 인출하고 나면 손해 보는 장사는 아닐 것 같아 최선을 다해서 매입에 들어갔다.

일단 다른 방법으로 통장을 매입하기 위해 깊은 생각에 빠져 있었다.

승찬이 또한 전단지를 뿌리고 신용불량자 대출해준다는 광고를 내어도 예전처럼 전화도 오지 않는다.

사람들이 통장을 만들어주면 큰일 난다는 것을 「강연 100℃」, 「안녕하세요!」, 〃그것이 알고 싶다」를 통해 알았고 한 30명이 전화가 오더라도 통장을 만들어 달라고 하면 바로 욕을 해댄다.

"신용이 좋은 사람도 대출이 안 되는데 니가 뭔데 신용불량자를 대출해주니? 마! 너 보이스피싱 사기꾼이지. 야, 이 사기꾼아. 열심히 일해서 돈 벌어라. 사기 쳐서 서민들 울리지 말고. 메롱." 하면서 끊어버린다.

그 와중에 이런 정보를 모르는 사람이 통장을 만들러 은행에 갔지만 강력한 금감원의 지침으로 정상적으로 통장을 쓰지 않고 양도·양수했을 때는 5년 이상 유기징역에 처한다고 하고 인출한도가 100만 원이라고 하기 때문에 이 통장은 보이스피싱 인출 팀에게 무용지물이었다. 승찬에게도 빨간불이 찾아왔다.

봉진이 또한 인터넷에 통장 매입한다는 블로그를 만들어 매입에 들어갔지만 통장을 만들어 주어도 돈도 주지 않고 불이익이 엄청 다가온다는 것을 사람들이 알았기 때문에 전화도 오지 않았다.

한 30명씩 전화가 와도 "너 보이스피싱 사기꾼이지? 야, 이 새끼야. 서민들 등쳐먹고 살지 말고 열심히 일해서 돈 벌어라." 하며 욕을 치는 사람이 대다수이다.

그리고 한두 명이 이런 정보를 모르는 사람이 은행에 통장을 만들러 갔지만 은행직원들의 날카로운 대응방법에 대부분들이 사기라는 것을 알고 통장 만드는 것에 미수에 그치지만 통장을 만들어도 그 통장은 인출한도가 100만 원이기 때문에 무용지물이었다. 봉진이도 통장 매입에 빨간불이 들어왔다.

치용이도 많은 통장 물량을 맞추기 위해 통장 매입에 나섰다.

사리분별이 흐릿한 중·고등학생들에게 감언이설로 통장을 매입하기 위해 ○○고등학교에 나와 있었다.

하굣길에 어떤 학생이 내려온다. 치용이가 통장을 만들어주면 20만 원을 준다고 유혹하자 대부분 학생들이 "아저씨 사기꾼이죠? 우리 엄마가 통장 만들어주면 감옥 간다고 했어요. 경찰에 신고하기 전에 빨리 가세요." 하는 것이다. 어이가 없었다.

역시 「강연 100℃」의 효과다. 역시 방송의 힘이었다.

간혹 가다 이런 정보를 모르는 학생은 돈 20만 원을 받기 위해 은행에 통장을 만들러 가지만 은행직원의 대처에 그리고 인출한도 100만 원으로 인해 무용지물이 되고 만다. 치용이에게도 통장 매입에 빨간불이 들어왔다.

태성이는 구인구직 광고를 내고 현금카드와 회사 입사증 겸용을 만들어야 한다며 통장 매입을 하고 있었다.

이것 또한 「강연 100℃」의 힘으로 통장을 만들어서 양도·양수한다는 점을 사람들은 알고 있었고 "입사 전 겸용카드를 만드는데 왜 통장, 카드 비밀번호를 알려달라고 그러세요? 이사람 정말 사기꾼이네."라고 오히려 곤란한 상황이 일어나고 만다.

이 사람들 중에도 이런 정보를 모르는 사람이 통장을 만들러 은행에 갔지만 결과는 똑같았다. 1일 인출한도로 인해 보이스피싱 조직원들에게는 이런 통장이 무용지물이 되고 만다. 태성에게도 빨간불이 들어오고 있다.

통장 매입하는 부분에서 빨간불이 들어온 것은 수식이뿐만 아니라 원창, 봉진, 승찬, 태성에게도 위기가 닥쳐왔다.

원창이는 신분증 위조로 통장 매입하던 방법으로 통장을 만들러 다니고 있었다.

여러 가지 통장 매입방법이 있지만 성격이 각자 다르기 때문에 원창이는 조금 무식한 성격이라 모 아니면 도라는 그런 생각으로 이 방법을 많이 선호했다.

위조된 신분증으로 통장을 만들었을 때 만약에 사고가 난다면 사문서 위조, 사문서 부정행사, 공문서 위조, 공문서 부정행사가 추가로 들어가기 때문에 다른 방법으로 통장을 매입하는 방법보다 잘못되었을 때 징역이 배로 뛴다.

하지만 고정적인 통장 물량이 순환되어 나오기 때문에 통장 매입은 그 어떤 방법보다 수월하게 만들어진다.

원창이는 중국에서 달수가 형님에게 보내준 위조 신분증 100개를 들고 바지(정필, 정균, 대호)들과 같이 평소와 다름없이 대전에서 통장을 만들고 있었다.

은행이 밀집되어 있는 번화가에서 각자 바지들이 통장을 만들기 위해 위조된 신분증을 들고 은행에 들어간다.

1인당 한 달에 2개 초과해서 신규 통장 개설이 안 된다는 것을 원창이도 모른 채 신규 통장을 만들러 바지들을 보냈다.

정필이가 위조된 신분증으로 통장을 만들러 행복은행에 들어갔다.

은행직원: 무엇을 도와드릴까요?

평소와 다름없이 위조된 신분증을 자기 신분증인 것처럼 꺼내며 현금 100만 원과 같이 통장을 만들러 왔다고 공손히 얘기한다.

정필: 100만 원은 저금해주세요.

여기서 통장개설을 할 때 현금 100만 원을 꺼내는 것은 대부분 대포통장 만드는 사람이 없는 사람이며 금전에 쪼이는 사람이기 때문에 현금을 저금하지 않고 통장을 만드는데 원창 이 또한 오랜 시간 동안 범죄를 하면서 노하우가 생긴 것이다.

정필, 대호, 정권에게 통장을 만들 때 100만 원을 저금하고 나오면서 현금지급기에 찾아오라고 지시를 내린다.

이것 또한 1선에서 통장 개설해주는 은행직원을 속이기 위한 사기범들의 노하우이다.

통장 개설하면서 저금까지 하지 않으면 은행직원들이 일단 50%는 의심하기 때문에 속이기 위한 작전이다.

원창이도 은행직원들의 마음을 다 읽고 있었다.

은행직원이 통장을 개설하러 온 바지에게 통장 어디에 쓸 것인지 물어본다.

바지는 얼굴 표정 하나 바뀌지 않고 "일자리를 구했는데 급여 통장이 필요합니다."라며 통장을 개설해달라고 한다.

"재직증명서 있습니까?"

"아니, 노가다라서 그런 것은 없는데요?" 바지가 얘기한다.

"그럼 통장 개설을 해 드릴 수는 있는데 1일 출금한도가 100만 원밖에 되지 않습니다."라고 얘기한다.

"아니, 600만 원 아닌가요?" 하면서 예전과는 조금 달라진 것을 알았는지 바지가 은행직원에게 되묻는다.

"요즘 금융사기가 기승을 부리고 있어 신규통장에 한해서는 인출한도를 100만 원으로 내리고 있습니다."

"아니, 저는 600만 원을 써야 하는데 어떻게 하죠?"

금융범죄에 원리를 알았던 바지도 1일 출금한도가 100만 원으로 내려간다면 일이 안 된다는 것을 알았는지 은행직원에게 되묻는다.

"죄송합니다. 1일 출금한도는 100만 원이지만 인터넷뱅킹, 텔레뱅킹, 체크카드 서비스, 카드이체가 되기 때문에 불편함이 없을 것입니다."라고 은행직원이 말한다.

"아니, 저는 돈거래도 많고 하루에 인출한도를 600만 원을 써야 한다고요."

"죄송합니다. 정 불편하시면 사고 없이 석 달 동안 기래하시면 그때 1일 출금한도 600만 원으로 올려 드리겠습니다."

"석 달 못 기다립니다. 지금 해주십시오."

"금감원에서 지침이 내려와서 제가 해줄 수 있는 권한이 아닙니다. 죄송합니다."

큰소리로 공갈을 치고 사정을 얘기해도 결과는 마찬가지였다.

"그냥 그럼 그렇게라도 만들어주십시오."라고 바지가 말한다.

그러고는 은행직원이 통장을 개통하기에 앞서 요즘 신분증 위·변조를 해서 통장을 개설하는 경우가 종종 있으니 각서 옆에 본인 지장을 찍으라고 얘기한다.

각서 내용은 이 통장을 자기 본인이 쓰지 않고 재차 다른 사람에게 통장을 양도·양수했을 경우 엄청난 불이익을 받는다는 내용과 지장을 찍으라는 이유는 신분증이 위조되어서 통장이 개통되어도 각서에 통장개설과 지장이 찍혀 있기 때문에 범죄에 악용되면 지장을 경찰서에 보내면 신분증 위조와 상관없이 누가 통장을 만들었는지 알 수 있기 때문에 정말로 곤란한 상황이었다.

"무슨 통장 하나 만드는데 지장까지 찍고 뭐가 이래 깐깐합니까?"

"요즘 금융범죄 사고로 인해 금감원에서 지침이 내려와서 저희들도 시키는 대로 따를 뿐입니다. 죄송합니다."

통장을 만들기는 만들었는데 영 찝찝했다.

그러고는 만든 통장과 체크카드를 받아가지고 나오면서 현금지급기에 조금 전 저금했던 100만 원을 출금한다.

그리고 바지가 원창에게 전화를 건다.

"형님, 요즘 통장 만드는데 한 달에 2개 초과해서 신규 통장이 개통도 안 되고 1일 출금한도를 100만 원 이상 해주지 않는답니다."

한참을 생각하다가 원창이가 "그게 무슨 소리고?" 되묻는다.

"금감원에서 금융범죄 예방을 위해 지침이 내려왔다나 뭐라나. 그리고 그것보다 더 중요한 것은 통장 개설하고 나오는데 지장을 찍고 가라고 해서 찍고 왔는데 이 통장 이거 쓰면 바로 저는 교도소 갑니다."

정말로 심각한 문제가 아닐 수 없다.

"일단 마, 내가 니 징역 보내겠나? 100만 원 인출한도 통장은 우리에게도 필요 없으니 일단 다른 은행도 다 가봤나?"

"예, 다른 은행도 다 마찬가지입니다."

다시 통화하자며 전화를 끊어버린다.

최진광이 전화가 온다.

"언제까지 통장이 준비되겠노?"

진광이가 묻는다.

"문제가 생겼다."

"무슨 문제?"

"기동 형님이 「강연 100℃」에 나와서 통장을 만들어주면 큰일 난다고 100% 공감을 얻어 통장이 안 나온다. 예전 방법으로 통장 매입에 아들과 내가 들어갔지만 전화도 안 오고 대부분 사람들이 욕을 친다."

"진짜가?"

"그래."

"그것뿐만 아니라 한두 명 어리바리한 것들이 은행에 통장을 만들러 들어가도 금융범죄 예방방법 지침이 내려왔다며 1일 출금한도 100만 원 이상 안 해준단다. 은행직원이 검사인지 구분도 안 가고 양도·양수해서 범죄에 사용되면 5년 이상 유기징역에 처한다고 각서 쓰고 가란다. 참 미치겠네. 이래 가지고 무슨 일이 되겠노? 한 통장으로 100만 원 인출해봐야 무슨 통장 매입 값 그리고 경비도 안 나오겠다."

"이야, 이거 정말 문제인데? 그럼 신분증 위조해서 한번 만들어보지?"

"야, 말 마라! 신분증 위조해봐야 필요가 없는 게 통장 만들고 나오면 통장 만든 사람 지장 찍고 가라고 한다. 그 통장 사고 나면 바로 지장으로 조회 들어가서 교도소 가는데 그것도 안 된다."

"진짜 큰일이네. 지금 총책 형이 카드 복제 준비 다 되었다고 인출 팀 대기시켜놓고 기다리고 있는데."

"그거야 나도 알지. 근데 통장이 없는데 어떻게 일이 되겠노?"

"그럼 신규통장 말고 통장 쓰고 있는 거라도 매입 한번 들어 가보지?"

"그래, 나도 그렇게 해보려고 했는데 아예 통장 전화가 안 온다."

"이거 정말 큰일이네."

그러고는 진광이가 총책 용가리 형에게 전화한다.

"형님! 일이 안 될 것 같습니다."

"왜? 이번에는 정말로 한국에서 제대로 된 대책이 나와서 아예 한국에 통장매입 팀들이 숨을 못 쉬겠답니다."

"그게 무슨 소리고?"

"기동 형님이 보이스피싱을 막기 위해 「강연 100℃」, 「안녕하세요!」, 「그것이 알고 싶다」 방송프로에 나와서 통장 만들어주면 큰일 난다고 방송을 타서 통장이 안 나오고 있답니다. 그중에 어리바리한 것들이 이런 정보를 모르고 통장 만들러 들어가도 1일 출금 한도를 신규 통장에 한해서 100만 원으로 낮추었기 때문에 이제 돈 배당이 맞지 않아서 일이 안 됩니다. 저도 분위기도 좋지 않은데 오늘 중국으로 가겠습니다."

"다른 사람도 아니고 기동이라고?"

"예, 우리 통장 모집책 예전 대장 기동 형님이요."

"알았다. 일단 올라온나."

그러고는 최진광도 중국으로 입국한다.

그리고 치용, 태성, 수식, 봉진, 원창, 승찬이도 내 전화번호를 어떻게 알았는지 전화가 걸려 왔다.

"형님! 치용입니다."

"그래. 내 전화번호는 어떻게 알았노? 잘 지냈나?"

"잘 못 지냅니다."

"와? 인마."

"형님께서 통장 만들어주는 행위는 범죄행위라서 온 방송에 광고를 해놓아서 큰일 앞두고 통장 없어서 망쳤습니다."

"마! 아직까지 쓸데없는 짓 하고 돌아다니나? 이제 인마 이 정도 했으면 되었으니 그만하고 니도 열심히 살아라. 아니면 지난 시간 형님과 했던 추억 안주 삼아 술 한잔 먹으면서 얘기하자."

"형님, 진짜 서운합니다. 동생들 밥줄 다 끊어놓고."

"인마, 그래 살아가 마지막은 또 징역이다. 형한테 징역 안 가게 도와줘서 힘써줘서 감사하다고 해야지. 영~~ 할 일 없고 하면 형하고 같이 복숭아농사나 짓자."

"지금 복숭아농사는 아니지 않습니까?"

"마, 형은 그게 좋다. 전화해서 투정 부릴 거면 전화 끊고 청도 와서 복숭아농사 도와주며 소주 한잔 할 거 같으면 전화해라. 형은 이제 예전에 부산지점장이 아이다."

역시 내공이 대단한 형님이었다.

"알겠습니다. 일단 다음에 또 전화 드리겠습니다."

"치용아, 형이 너를 사랑하니깐 하는 말인데, 이제 죄 짓지 말고 열심히 살아라."

"범죄하고 싶어도 못합니다. 통장이 없어서. 조만간에 아들하고 한번 찾아뵙겠습니다."

"그래, 올라와서 보자."

내 전화번호를 어떻게 알았는지 중국에서 달수 형님이 전화가 왔다.

"형이다."

"예, 형님. 오랜만이네요."

"마, 와 그랬노?"

"머가 말입니까?"

"통장 말이다. 왜 강연 나가서 쓸데없는 소리 했는데?"

"그게 쓸데없는 소리입니까? 제대로 된 소리죠? 형님도 이제 나라 그만 팔아먹고 좋은 일 하면서 사시죠. 나라가 살아야 형님이 삽니다."

"꼭 그래 할 수밖에 없었나?"

"저는 나라 한 번 팔아먹고 정신 차렸습니다. 한국 오면 전화 한 통 주시죠. 제가 술 한잔 사드릴게요."

"참 니도 대단한 놈이다."

"제가 누군지 까먹었습니까? 부산지점장 이기동입니다. 이기동. 쓸데없는 소리 하시려면 전화 끊고 정신 차려서 한국 오면 전화 주시죠? 정신 안 차릴 것 같으면 전화하지 마시고요."

할 말을 잃은 듯 말을 못하고 있다.

"최진광이 바꾸어줄게. 할 말 있단다."

"그래, 진광아."

"아! 형님. 왜 그랬습니까?"

"마, 니도 한국 돈 눈독 들이지 말고 좋은 일해서 너거 나라 돈 벌어라. 형이 재판 받을 때 판사한테 나라 팔아먹은 놈이라고 혼나는 거 못 들었나? 한 번 팔았으면 되었으니 니도 이제 열심히 살아라. 건강하고, 인마!"

"알겠습니다."

모든 범죄에 인출도구로 사용되는 대포통장이 사라지는 순간이다.

우리나라가 IT강국임에도 불구하고 2000년 정보화 시대가 되면서 지금 2014년까지 인터넷사기, 보이스피싱, 파밍, 스미싱, 금융범죄가 기승을 부리는 것은 무심코 사람들이 만들어 주는 통장이 있어서였습니다.

사기범이 먼저 사기를 개발하고 정부가 소 잃고 외양간을 고치고 이것이 반복되어 천 수, 만 수 위를 따라가다 보면 그 맨 마지막의 맥은 바로 통장입니다.

바로 사람들이 무심코 만들어주는 통장 말입니다.

사기를 당하고 안 당하고 그것이 중요한 것이 아니라 사기를 치면 사기를 쳐간 사기범이 그에 대한 대가와 벌을 받아야 하는데, 그 대가를 힘

없고 아무것도 모르는 서민들이 억울하게 받고 있습니다.

이 책의 핵심은 범죄수법이 아닙니다.

범죄수법을 달달달 외우고 익히면 이런 유사한 금융범죄는 어느 정도 예방이 되겠지만 언젠가는 사기범의 날카로운 칼날에 한 번에 바쳐 피해 금도 돌려받을 수 없고 누가 내 돈을 가지고 갔는지 알 수도 없습니다.

이 책의 핵심은 첫째도 통장이고, 둘째도 통장, 셋째도 통장, 넷째도 통장입니다.

통장이 사기범에게 없으면 자녀가 납치되었다고 전화 안 옵니다.

통장이 없으면 금융감독원이라고 전화 안 옵니다.

통장이 없으면 은행이라고 전화 안 옵니다.

통장이 없으면 카드론 피싱 전화 안 옵니다.

통장이 없으면 딸과 사위가 납치되었다고 전화 안 옵니다.

통장이 없으면 대학교 허위 통보로 합격되었다고 전화 안 옵니다.

통장이 없으면 스미싱 문자 경품에 당첨되었다는 문자 안 옵니다.

통장이 없으면 파밍 악성 코드 안 심습니다.

통장이 없으면 신장 판다고 광고 안 올려놓습니다.

통장이 없으면 번개팅하자고 차비 보내달라고 사기 안 칩니다.

통장이 없으면 성매매 사기 안 칩니다.

통장이 없으면 인터넷에 세탁기, 카메라, 노트북, 컴퓨터, 자동차 등 모든 인터넷 사기 광고 안 올립니다.

통장이 없다면 인터넷 PC 포커, 스포츠토토, 사행성 기승 안 부립니다.

통장이 없다면 신문에 비아그라, 씨알리스, 짝통 의약품 기승 안 부립니다.

통장이 없다면 인터넷 신종 불법 마약, 불량식품 광고 안 올라옵니다.

통장이 없다면 해커들 해킹 안 합니다.

모든 피싱, 모든 인터넷 사기, 모든 금융범죄에 인출 도구로 사용되는 통장이 사라져야 합니다.

이것을 누가 만들어주느냐? 바로 우리 국민입니다.

이것을 공감하지 않고 내 일이 아니라고 제쳐두면 머지않아 내 체크카드가, 내 현금카드가, 내 신용카드가 자신도 모르는 사이에 비밀번호까지 유출되어 복제되어 자고 있어났을 때 통장에 돈이 사라지는 현실이 머지않아 다가옵니다.

통장이 사라지는 순간 억울하게 사기당하는 사람이 사라집니다.

통장이 사라지는 순간 억울하게 통장 만들어준 서민들이 사라집니다.

통장이 사라지는 순간 억울하게 인출하다가 잡혀가는 유학생 인출 아르바이트생이 사라집니다.

통장이 사라지는 순간 억울하게 핸드폰 개통해주는 서민들이 사라집니다.

통장이 사라지는 순간 불법의약품이 사라지기 때문에 국민의 건강이 살아납니다.

통장이 사라지는 순간 세금 체납자들 사라집니다.

모든 범죄가 사라지는 순간입니다.

통장은 인감 같은 존재가 되어야 합니다.

사기범들이 국민의 맥을 짚어 숨통을 조이면 이제는 국민이 사기범들의 맥을 짚을 차례입니다.

그것이 무엇이냐? 바로 대포통장입니다.

총책(중국) 팀들도 이제는 더 이상 한국 쪽으로 전화를 걸지 않습니다.

왜? 대포통장이 없어 돈 받을 준비되지 않았기 때문입니다.

보이스피싱 연구원 팀도 더 이상 범죄를 연구하지 않습니다.

왜? 통장이 없기 때문에 돈 받을 준비가 되어 있지 않기 때문입니다.

인출 팀들도 인출하지 않습니다.
왜? 통장이 없기 때문에 돈을 인출할 수 없습니다.

통장 모집책들도 통장 모집을 하지 않습니다.
왜? 국민이 통장을 만들어주지도 않고 1일 출금한도가 100만 원이기 때문에 무용지물입니다.
통장을 매입하면 할수록 손해를 봅니다.

개인정보 빼내는 팀들도 개인정보를 빼내지 않습니다.
왜? 돈 받을 준비가 되어 있지 않기 때문에 개인정보는 필요가 없습니다.
해커들도 해킹하는 건수가 줄어들 것입니다.

모든 범죄의 준비를 차단하는 그런 현상입니다.
해외에서 무작정 전화가 걸려 와서 운 좋게 이리저리 피해가는 그런 보이스피싱 대책이 아닌 범죄 조직들이 준비하는 준비물을 막아야 합니다. 그것이 바로 대포통장입니다.

마지막으로 이 책의 내용을 모두 잊어버려도 좋습니다.
하지만 이것 하나만은 기억해주십시오.
내가 만든 통장을 다른 사람에게 양도·양수해서는 안 됩니다.
그것이 가족이라도 말입니다.
우리 부모님들은 조금 찝찝하다고 생각하는 사람은 통장을 만들어서 가족에게도 양도·양수하지 않는 센스 정도는 있어줘야 대한민국 사기

없는 나라를 만들 수 있습니다.

저의 어리석은 행동으로 인해 피해를 입은 국민 여러분에게 다시 한
번 사죄의 말씀을 드리고 앞으로는 저의 경험으로 얻어낸 지혜를 세상
을 어지럽히는 도구가 아닌 세상에 이로운 도구로 쓰고 싶습니다.
죄송합니다.

마지막 저자의 말

앞에 보신 것과 같이 인생에 길목마다 사기범들은 당신의 지갑, 당신의 핸드폰, 당신의 통장을 노리고 있습니다. 사기를 당하고 안 당하고 그것이 중요한 것이 아니라 사기는 사기범이 치고 돈도 사기범이 가지고 갔는데 왜? 피해는 국민이 입어야 합니까? 몰랐다는 이유로 이것이 잘못되었다는 겁니다.

이런 범죄가 기승을 부리는 것은 사람들이 무심코 만들어준 통장이 있어서 가능합니다.

보이스피싱 사기당한 사람에 이어 통장 만들어준 사람, 핸드폰 개통해준 사람, 무슨 돈인지 모르고 인출한 사람, 불량식품 사먹는 국민, 사행성 PC도박에 인터넷 불법마약 유통, 세금체납자들로 인한 모든 국민의 피해입니다.

억울한 서민들의 피해를 막으려면 일단 정부도 정부지만 국민이 통장, 핸드폰 만들어서 양도·양수하는 행위가 범죄행위라는 것부터 알아야 합니다.

그래도 대포통장은 사라지지 않습니다. 왜?

이런 정보를 모르는 국민이 있기 때문입니다.

어른들은 자식에게, 아들은 연세 많은 부모님에게, 선생님은 학생에게 통장, 핸드폰 만들어주는 행위가 범죄행위라는 것부터 가르쳐야 합니다.

그래도 대포통장이나 대포폰 사라지지 않습니다. 왜?

이런 정보를 모르는 사람이 또 있기 때문입니다.

이런 사람들이 정신 못 차리고 통장을 개설하러 오면 이제 은행직원이 예민하게 물어보아야 할 것입니다.

혹시 불법 대출받기 위해 다른 사람에게 양도·양수하기 위해 만들러 온 것은 아닌지.

혹시 구인구직 광고 보고 일자리 구하기 위해 현금카드 회사 입사증 겸용 카드 만들러 온 것은 아닌지.

소액대출 광고 보고 통장 팔기 위해 통장을 만들러 온 것은 아닌지.

불법 사행성, 불법마약, 인터넷사기, 불법 사업에 다른 사람에게 양도·양수하기 위해 통장을 개설하러 온 것은 아닌지.

통장을 개설해주는 것도 은행에서 해야 할 일이지만 이 통장이 어디에 쓰이고, 용도가 무엇인지 알아야 하는 것도 은행에서 해줘야 할 일입니다. 이것이 이루어지지 않았을 때는 은행 직원도 직무유기를 해서 범죄를 도운 공범입니다.

다른 사람에게 양도·양수해서 범죄가 일어났을 때 엄청난 형사, 민사 처벌을 받는다는 고지를 해주고 각서를 하나 받아 놓아야 할 것입니다.

그래도 대포통장, 대포폰 사라지지 않습니다. 이런 정보를 모르고 집에 있는 휴면 계좌를 양도·양수하는 사람, 범죄에 악용될 줄 알고 계획적으로 만들어주는 사람, 신분증, 학생증 위변조해서 만들러 오는 사람이 있기 때문입니다.

그렇기 위해서는 마지막으로 은행에 통장을 개설하러 들어오면 지문 인식기나 지장을 통해 본인절차를 밟아야 하고, 휴면 계좌 그리고 신규 통장에 한해서는 1일 출금한도, 1일 이체한도를 낮추어야 합니다.

1일 출금한도는 600만 원에서 100만 원, 1일 이체한도는 3천만 원에서 500만 원으로 낮추어야 합니다. 그래야 사기를 당해도 피해가 적고 사기 범들에게 이 통장이 무용지물이 되는 것입니다.

은행은 국민이 저금한 이자 수수료로 운영되는 것도 잘 알고 있습니다.

전국에 있는 은행 고객들에게 모두 1일 출금한도, 모든 카드 이체 한도를 낮추라고 하면 은행 측에서도 소수의 사기범들로 인해 정상적으로 사용하는 고객들이 불편함을 느낄 수 있을 것이고 이로 인해 손해 보는 우리 은행 측의 보상은 누가 해줄 것이냐고 반발할 것입니다.

자! 국민이 정상적으로 쓴 카드거래 수수료는 은행에서 가지고 가는 것이 맞지만 범죄수익금으로 인출한 수수료는 피해자의 돈입니다.

은행 것이 아니기 때문에 몰수해야 합니다.

그리고 은행 측에서도 손해 보는 일은 없을 것입니다.

기존에 쓰고 있던 은행 고객들은 1일 출금, 1일 이체 한도, 폰뱅킹, 모바일뱅킹, 인터넷뱅킹한도를 그대로 하되 신규 통장, 휴면 계좌에 한해서만 1일 출금한도, 1일 이체한도를 낮추는 겁니다.

기존에 쓰고 있던 통장계좌는 대포통장으로 둔갑될 확률이 희박하고 대부분 대포통장이60% 이상이 신규 통장에서 발생합니다.

지금 이러한 신규통장 휴면 계좌의 1일 출금한도가 600만 원이고 이체한도가 3천만 원이기 때문에 범죄 조직들이 조직적으로 나누어져서 돈 배당이 되고 있기 때문에 범죄가 끊이지 않고 기승을 부리는 것입니다. 하지만 휴면 계좌 신규통장의 계좌출금 이체한도가 내려간다면 범죄수익금 배당이 맞지 않아서 사기범들은 사기를 칠 수 없습니다. 대포통장에 돈이 10억이 들어 있든 100억이 들어 있든 그것은 사기범들의 돈이 아닙니다. 다른 대포통장을 통해 이체를 해서 현금카드로 600만 원씩 출금했을 때 그것이 사기범들의 돈입니다. 1억을 찾기 위해 지금까지는 대포통장 16개가 필요했습니다. 600 곱하기 16은 9,600이기 때문입니다. 하지만 이것이 출금한도가 100으로 내려가면 1억을 찾는 데 100개의 대포통장이 필요합니다. 100 곱하기 100은 1억이기 때문입니다. 많은 대포통장이 필요하기 때문에 범죄를 할 수 없습니다.

1억을 사기 쳐봐야 출금도 못하고 다음날 피해자의 신고로 인해 출금

정지되기 때문에 사기를 칠 수 없습니다.

중학교, 고등학교, 대학교 학생들이 하루에 출금 600만 원 쓸 이유가 있습니까?

신용불량자, 노숙자, 무직자, 전업주부, 청년실업자들이 하루에 600만 원 출금을 쓸 이유가 있습니까?

은행 측에서도 '내가 노숙자요, 신용불량자요, 범죄자요, 무직자요, 청년실업자요.' 하면서 얘기하고 다닙니까? 저희는 서비스 직업이기 때문에 고객들을 어두운 시선으로 보면 안 된다고 반박할 것입니다.

이제 이 정황을 은행에서 잘 판단하셔야 합니다.

고객들이 통장을 개설하러 오면 신용불량자, 노숙자, 무직자, 주부들, 개인 사업하는 사람들도 현금카드 출금한도가 600만 원이 필요한 사람도 있을 것입니다. 그런 사람에게는 이유를 들어보고 재직증명서, 사업자등록증 가지고 오라고 하며 통장을 양도·양수해서 범죄가 일어났을 때 엄청난 형사, 민사 처벌을 받는다는 고지를 해주고 카드 출금한도 600만 원 짜리를 만들어주면 될 것입니다. 정상적으로 쓰지 않고 범죄에 사용되었을 때는 5년 이상 유기징역에 처한다는 각서를 하나 받아 놓으면 될 것입니다. 이렇게 해야 억울한 사람도 없을 것이고 계획적인 범죄자는 강력한 처벌을 받을 것입니다.

그리고 1일 출금한도가 100만 원이지만 폰뱅킹, 모바일뱅킹, 인터넷뱅킹, 체크카드 기능이 되기 때문에 공공기관에 돈을 납부하더라도 어려움이 없을 것이고, 요즘 세금 체납자들로 인해 정부도 골머리를 싸매고 있는데 이것이 카드 거래, 뱅킹 거래하면 정확한 기록이 남아 있기 때문에 더욱더 효율적일 것입니다.

은행도 은행이지만 또 문제가 되는 것은 모든 범죄에 착·발신으로 쓰이는 대포폰입니다.

통신사에서도 신분증 위·변조 핸드폰을 개통하러 계획적인 범죄자가 있기 때문에 지문인식을 거친 다음 본인 확인하고 그게 안 되면 핸드폰 개통하면 사인 란에 사인이 아니라 지장을 하나를 받아놓아야 합니다.

이런 정보를 모르는 국민이 있기 때문에 통신사에서도 핸드폰을 개통하러 온 고객들에게 고지를 해야 합니다.

핸드폰 통신사는 무선 인터넷전화 그리고 핸드폰 개통하러 온 고객들에게 핸드폰 용도가 무엇인지 대출받기 위해 양도하러 온 것은 아닌지, 생활비가 없어서 핸드폰 팔아먹기 위해 개설하러 온 것은 아닌지 예민하게 물어보아야 할 것입니다.

핸드폰 개통하는 것도 통신사에서 해야 할 일이지만 이 핸드폰이 어디에 쓰이는 용도인지 물어보는 것도 통신사에서 해야 할 일입니다.

양도·양수해서 범죄에 쓰이면 5년 이상 유기징역 그리고 민사 처벌을 받는다는 각서 하나 받아놓고 핸드폰을 개통해줘야 할 것입니다.

이것이 안 지켜졌을 때는 통신사 직원들도 직무유기를 해서 범죄자를 도운 결과밖에 되지 않습니다.

또 하나 이슈가 되고 있는 것이 장물 스마트폰입니다.

하루에 1,800대씩이나 사라지는 핸드폰은 도대체 어디로 간 것일까요?

누구나 손쉽게 장물을 처리할 수 있기 때문에 택시기사, 해외 명문대 유학생, 영화감독, 학원강사, 청소년, 부동산 사업자, 군인, 간호사, 일반 사람들까지 범죄에 뛰어들고 있습니다.

이렇게 장물 핸드폰은 조직적으로 이루어져서 군산항, 부산항, 인천항, 중국 보따리상을 통해 필리핀, 홍콩, 대만, 중국, 전 세계로 밀반입되고 있습니다.

대기업 그리고 통신사에서는 핸드폰 예쁘게 작게 디자인하는 것도 중요하지만 핸드폰을 분실했을 때 제3자가 못쓰게 만드는 것도 통신사에서 해야 할 일인 것 같습니다.

신용카드, 체크카드 사용할 때 카드단말기에서 승인할 때 하고 난 후에 사인보다는 지문을 찍게 하는 제도, 이것이 실행되면 절대 카드 복제 안할 것입니다.

이것이 지켜져야 억울한 국민이 사라지고 나라가 사는 길입니다.

억울한 국민이 생겨나지 않도록 정부, 사회, 국민이 제 역할을 해주셨으면 합니다.

감사합니다.

부록 - 보이스피싱 대책

대한민국 사람이라면 알아야 할 보이스피싱에 대한 지혜

나는 보이스피싱에 대해 얼마나 많이 알고 있는가?

나는 보이스피싱 사기를 당할 수 있는 지수가 얼마나 높은 사람인가?

나는 대포폰에 대해 얼마나 많은 것을 알고 있는가?

나는 대포통장에 대해 얼마나 많이 알고 있는가?

나는 카드 복제에 대해 얼마나 많은 것을 알고 있는가?

나는 전과자로 낙인이 찍힐 지수가 얼마나 높은가?

하루에 1,800대씩 사라지는 스마트폰은 도대체 어디로 간 것일까?

※보이스피싱 조직 구성

1. 전화 거는 콜조들(총책): 필리핀, 중국, 대만, 태국, 한국인, 조선족, 한족

2. 보이스피싱 연구원(중국): 한국인, 조선족, 한족

3. 인출모집책(한국): 한국인, 조선족, 한족

4. 통장모집책(한국): 한국인, 조선족, 한족

5. 개인정보 빼내는 팀(한국): 한국인, 조선족, 한족, 해커

-이 다섯 개 조직이 움직여야만 보이스피싱 범죄가 이루어진다.

1. 전화를 거는 콜조들(총책)

보이스피싱의 본부이며, 조선족, 한족, 한국 사람이 교묘하게 팀을 짜서 필리핀, 대만, 중국, 태국 등에 사무실을 차려놓고 통신 조작을 통해 국내 공공기관(검찰, 경찰, 금융감독원, 은행, 국세청 등)의 전화번호로 건당 매입한 개인정보나 빼내온 개인정보를 받아 한국 피해자들에게 전화 거는 역할을 한다.

한국에 있는 것이 아니라 해외에 있기 때문에 검거될 확률이 매우 적으며 보이스피싱 요주의 인물들이 여기에 다 있다.

한국사람 또한 한국에 있을 때 은행직원들이나 공무원들로 일한 경험이 있는 사람들로 이런 아이템들은 대부분 한국 사람의 머리에서 나오는 것으로 알고 있다.

왜 한국 사람들은 해외 보이스피싱 사람들에게 앞잡이가 되어 저러고 있는 것일까?

그것은 대부분 한국에서 중죄를 지어 기소 중지가 내려진 상태라 한국으로 돌아올 수 없는 사람들이다.

이제는 예전처럼 어눌한 조선족 말투로 소포가 반송되었다며 개인정보와 비밀번호를 요구하는 것이 아니라 한국 사람들이 정교하게 팀워크를 짜서 사기를 치기 때문에 전문가들도 도대체 어디서 걸려온 전화인지 감정하기 어렵다.

한국에 내려와 있는 인출모집책(대장) 가족을 볼모로 잡고 있으며 허튼 수작을 못하게 하고 보이스피싱 총지휘를 이곳에서 한다.

2. 보이스피싱 연구원 팀들

보이스피싱 본부에 있는 또 다른 조직으로 조선족, 한족, 한국 사람이 신중히 회의를 해서 어떻게 하면 한국 사람들이 보이스피싱에 잘 당할까 연구하는 팀들이다.

조선족 말투로 소포가 반송되었다며 개인정보와 비밀번호를 요구하고 아이의 비명소리를 들려주며 돈을 요구하는 방법은 이미 구 버전이 되어버렸다.

은행과 금융감독원, 공공기관을 사칭하는 자들이 피해자들을 현혹시켜 금융기관의 가짜 홈페이지에 접속을 유도하여 개인정보를 입력시키는 방법으로 피해자들을 울리고 있다.

심지어 대학 입시철을 맞아 허위 추가 합격 통지와 함께 가짜 계좌로 등록금을 입금하도록 하며 수험생 부모를 두 번 울리는 범죄, 결혼식 철을 맞이하여 신혼여행을 떠났을 때 허위로 납치·감금하고 있다며 돈을 입금하도록 하여 부모님을 두 번 울리는 범죄, 목돈이 필요해서 대출을 신청해놓았는데 대출금을 받고 얼마 지나지 않아 승인이 잘못되었다며 확실히 승인이 떨어지면 다시 입금해준다며 대출금을 다시 입금을 유도해 없는 사람을 두 번 울리는 범죄, 어린 자녀들이 PC방, 놀이터 등에 놀고 있을 때 자녀들과 교묘하게 통신을 끊어놓고 허위로 납치·감금하고 있다며 돈을 입금하도록 하고 부모님을 두 번 울리는 범죄.

앞으로 더욱더 지능화된 범죄가 연구원 팀들에서 나올 것이며 미리미리 대비를 해야 한다.

금융감독원이라며 자신의 개인정보가 유출되었으니 통장에 보관하고 있는 돈을 불러주는 계좌에 옮겨놓으라며 서민들까지 두 번 울리는 범죄, 피해자가 모르는 카드론 대출 승인을 사기범들이 받아놓고 대출금이 피해자 통장에 입금이 되면 사기범들이 피해자에게 전화를 해서 돈이 잘못 입금되었다며 돈을 다시 입금해 달라는 신종범죄, 가짜 사이트로 낚아내는 파밍 그리고 감언이설로 경품에 당첨되었다는 문자.

보이스피싱의 한계는 어디까지일까? 앞으로도 더욱더 계획적이고 치밀한 방법이 보이스피싱 연구원 팀에서 개발될 것이며 미리미리 대비를 해야 한다.

3. 인출모집책

총책을 제외한 중국 사람으로 한국에 내려와 있는 사기범들 중에 최고 중요한 임무를 맡고 있는 자로서 해외 총책과 호흡을 잘 맞추어야 하며 사기범들 배당, 통장모집책 배당, 한국에서 모든 자금담당과 총지휘하는 사람이다.

인출대장은 1명, 밑에 직원들은 2~3명 팀을 이루어 서울 대림역, 구로동, 경기도 시화, 안산 중국인 타운에서 주로 활동하고 있으며 중국 사람들 중 최고 위험한 직책이다.

대장 1명은 해외 총책들에게 확실한 세뇌와 교육을 받고 온 사람이지만 직원들은 중국에서 한국에 대학을 다니러 온 유학생들로서 쉽게 돈 벌 수 있다는 명목을 내세워 이용하는 것이다.

인출모집책 대장은 이틀이나 하루에 한 번씩 통장 모집책 대장을 만난다. 안산, 시화, 구로, 대림에 약속을 정하고 필요한 대포통장 물량을 예약하거나 구입을 한다. 통장모집책 대장이 인출모집책 대장에게 대포통장 1개당 양도 하는 금액이 100만 원이다.

보통 인출모집책이 통장을 한 번에 20~30개씩 구입해 가는데 거래는 통장을 주는 즉시 반은 선불로 받고 반은 통장을 다 쓰고 받는다.

인출대장은 2박 3일 안에는 가져갔던 통장을 사용하든 사용하지 않든 무조건 통장대금을 완납해야 하며 통장모집책은 2~3일 동안 양도한 통장에 대해 책임을 져야 한다.

책임이란 인터넷뱅킹으로 제3자가 가로채가는 일이 없어야 한다. 그런 일이 있을 경우 통장모집책이 배상해야 한다.

대포통장은 일회용이기 때문에 사용하는 즉시 폐기한다.

통장모집책에게 대포통장은 구입한 인출대장은 통장을 받은 즉시 직원들 2~3명을 데리고 택시를 타고 어디론가 사라져 버린다.

보안을 유지하기 위해 승용차는 절대 타고 다니지 않으며 한번 범죄를 했던 곳은 다시는 가지 않고, 전국을 돌아다니며 보안이 허술한 현금지급기를 물색하고 그곳에 모텔을 잡는다. 한번 인출하러 내려갈 때 택시비, 모텔비 등 100만에서 150만 원 정도 쓰는 것으로 알고 있다.

모텔을 잡고 휴식을 취하고 아침 8시쯤에 기상해서 전날 통장을 구입한 카드와 계좌번호를 들고 사람이 없는 은행 시간을 이용하여 통장 검사하러 간다.

여기서 검사란 이제 9시부터 전날 받은 통장으로 사기를 치면 입금을 받아야 하기 때문에 혹시 전날 받은 통장, 현금카드 비밀번호가 이상이 없는지 확인하는 작업이다.

전날 구입한 대포통장에 ATM지급기로 30만 원을 입금한 뒤 한 계좌당 만 원씩 30계좌에 이체한다.

계좌이체가 잘되는지 만 원씩 출금해서 출금은 잘되는지 이 계좌와 이 카드가 연결이 되어있는지 확인하고 분실이 되어 있거나 출금이 안 되는 것들이 한 번씩 있는데 이것들은 신용불량이 되어 압류되어 있는 사람이거나 나쁜데 악용이 될 줄 알고 미리 분실 도난 신고를 내어서 통장 사용이 금지된 것이다.

이런 카드는 통장모집책과 결산할 때 통장 값에 오해를 없애기 위해 가지고 있으며 이상이 없는 계좌는 메일로 정리해서 해외에 있는 총책에게 보내준다.

메일로 계좌가 전송이 되면 본부에서 보이스피싱 사기를 치기 시작한다.

이 보낸 계좌가 이제 피해자들이 피해금을 입금하는 대포통장이 되는 것이다.

사기범들에게 꼬임에 넘어간 피해자가 대포통장에 돈을 입금하면 먼저 총책에게 알게 되는데 어느 계좌에 돈 얼마가 입금되었으니 돈을 찾으라고 인출대장에게 지시를 내린다.

그러면 인출대장이 직접 나서서 돈을 출금하는 것이 아니라 아무것도 모르는 직원에게 돈만 찾아오면 된다고 현금카드와 비밀번호를 가르쳐준다.

총책들에게 상세히 교육을 받은 인출대장은 현금지급기 근처에서 직원이 안전하게 돈을 찾아오는지 감시를 한다.

현금카드 1개당 거의 600만 원씩 출금하고 한 번 쓴 대포통장은 완전범죄를 위해 폐기를 해버린다.

한 번에 많은 카드를 직원에게 줘서 돈을 출금하라고 하면 돈을 찾아 도주의 위험이 있기 때문에 카드는 1개 이상은 절대 주지 않는다.

직원이 600만 원 찾아오면 돈 받고 또 다른 피해자가 입금한 카드를 주고 이렇게 대포통장으로 하루 동안 출금하면 1억 2천만 원에서 1억 8천만 원 정도 출금을 한다.

오늘 인출한 금액에서 20%를 인출 대장이 가져간다. 그 20%에서 직원들은 200만 원씩 일당을 준다.

1억 8천만 원 출금하려면 한 계좌에 600만 원씩 대포통장 30개가 필요하다.

대포통장이 1개에 100만 원에 거래되고 있으니 통장 값으로 3천만 원을 통장모집책에게 지불해야 한다.

인출 배당 인출금액에 20% 3,600만 원 통장 값 3,000만 원 나머지 범죄수익금을 환치기를 통해 해외에 있는 총책으로 보내지는 것이다.

모든 범죄는 총책과 인출대장의 작품으로 토요일, 일요일, 공휴일을 제외한 평일 보이스피싱 범죄가 계속 이루어지는 것이다.

이 책을 읽는 여러분은 사람이라면 누구나 이런 상상을 했을 것이다.

총책에게 환치기로 범죄수익금도 보내주지 않고, 통장모집책 통장 값도 주지 않고 1억 8천만 원 저것만 있으면 평생은 먹고 살지 못하더라도 여유가 있을 텐데 나 같으면 범죄수익금 보내주지 않고 돈 들고 도망 갈 거라는 생각 말이다.

총책들도 바보가 아니다. 하지만 인출대장 가족들을 볼모로 잡고 있기 때문에 그런 생각은 상상조차 할 수 없다.

4. 통장모집책

보이스피싱뿐만 아니라 사기꾼들이 피해자들에게 피해금을 가로채가는 범행도구로 쓰이는 사기범에게 없어서는 안 될 대포통장, 중요한 물건인 만큼 한국조직들 중에 위험 부담이 크며 사고가 많이 나는 직책이다.

대포통장이 무엇인가? 어떻게 만들어지는 것일까? 만들어준 사람은 어떠한 처벌을 받는 것일까?

① 대포통장이란? 내가 만들어준 통장을 다른 사람에게 양도·양수해서 다른 사람이 그 통장을 범죄에 사용하면 그 통장이 대포통장이 되는 것이다.

② 그럼 이 대포통장이 어떻게 해서 만들어지는 것일까?

대포통장을 매입하는 종목은 여러 경우가 있는데, 대부분 통장을 만들어주는 사람들이 자기가 만들어준 통장이 범죄에 사용되어 대포통장이 된다는 사실을 모르고 만들어준다는 점이다. 어려운 경제에 금전적으로 고난을 겪고 있는 사람, 특히 어려움에 빠져 있는 사람들이 쉽게 통장을 만들어주어 두 번 고통을 겪는 경우가 대다수이니 이 부분이 제일 중요한 부분이며 사기 없는 나라, 보이스피싱 없는 나라를 만들기 위해서는 국민 개개인이 이 부분을 꼭 지켜주어야 한다.

5. 개인정보 빼내는 조작팀

개인정보를 빼내는 방법은 두 가지 방법이 있다. 해커들이 포털 사이트를 공격해 해킹해가는 방법이 있고 사리분별력이 없는 어린이를 악용해 두 명이 팀을 이루어 수작업으로 개인정보를 빼내는 방법이 있다.

해커들이 해외에 서버를 두고 사이트를 공격한다.

예전에는 포털 사이트를 공격해 은행, 검찰청, 금융감독원 등등 공공기관을 사칭해 보이스피싱 사기를 많이 쳤는데 한국 사람들이 보이스피싱인 줄 알고 사기를 당하지 않자 요즘에는 더욱더 지능화되어 대학교, 여행사, 대출 홈페이지, 파밍, 스미싱 등등을 공격해 교과서처럼 정확한 보이스피싱 사기를 치고 있다.

이렇게 빠져나온 개인정보를 해외에 총책들에게 적개는 30원 많게는 100만 원에 거래되고 있다.

마음만 먹으면 어느 사이트를 공격대상이 되는 무서운 해커들 막을 방법이 없기 때문에 사이트 주인이나 홈페이지 주인들은 해킹을 당하지 않게 스스로 관리를 잘 하는 것이 대책방법이다.

수작업으로 개인정보를 빼내는 방법도 있다.

PC방, 놀이터, 학교 주변, 오락실 등에 있는 사리분별력이 없는 어린아이들에게 깔끔하게 차려입고 남자랑 예쁜 여자가 접근한다.

사기범은 ○○게임 이벤트회사에서 나왔는데 설문조사를 해주면 최신 유행하는 게임기를 준다며 게임기를 보여주며 어린아이들을 유혹한다.

어린아이는 게임기를 갖고 싶은 마음에 설문지 조사에 응한다.

설문지에는 아버지 성함: ○○○ 집전화번호: ××-××××-××××

어머니 성함: ○○○ 핸드폰번호: ×××-××××-××××

집 주소: ○○○　　어린아이 이름: ○○○　　학교: ○○○

아무 생각도 없이 어린아이가 쓴 설문지 조사에 가족의 개인정보가
빠져나간다.

통장, 핸드폰 매입하는 방법

1. 신용불량자도 대출해 드린다는 광고로 매입하는 방법

지금 이 순간에도 통장과 핸드폰을 만들어주는 피해자가 있을 정도
로 사기범들이 많이 쓰는 통장 매입방법으로, 금전이 급한 처지에 있는
사람들이 이 광고나 문자를 보았을 때 피해를 입을 확률이 90%나 되니
꼭 알아두고 현명한 판단을 하기 바란다.

지금까지 세상을 살아오면서 신문이나 스팸문자, 스팸메일, 전단지 등
에서 한 번씩 이런 광고를 보았을 것이다.

"신용불량자도 3천만 원 대출해 드립니다."라는 광고 말이다.

급전이 필요해서 신용불량자들이나 대출을 받기 위해 광고를 보고 전
화한 사람들이 대부분 피해를 입는다.

피해자: 광고 보고 전화 드립니다. 신용불량자도 대출이 되나요?

사기범: 신용불량자도 등급에 따라서 되는 경우가 있고 안 되는 경우

가 있는데, 저희 업체는 다른 업체들이랑 달라서 실력 있는 업체들이니 믿으셔도 될 것입니다. 힘들게 작업하는 만큼 대출 나오는 금액에 5%를 수수료로 가지고 가는데 선택은 고객님이 하면 됩니다.

피해자: 대출은 얼마나 받을 수 있고 기간은 얼마나 걸리나요?

사기범: 일단 대출이 되는지 안 되는지 조회를 해야 하니깐 주민번호와 이름을 불러주세요.

주민번호를 아무 생각 없이 불러주는 사람이 있는가하면 엉터리 주민번호를 불러주는 사람이 종종 있다.

사기범은 불러주는 주민번호와 이름을 수첩에 적어놓고 대출이 되는지 안 되는지 조회를 해보고 전화해준다며 통화를 마친다.

사기범은 좀 전에 피해자로부터 받은 주민번호와 이름을 가지고 PC방으로 간다. PC방에서 좀 전에 받은 주민번호로 메일에 가입해 본다.

메일에 가입하는 이유는 좀 전에 피해자로부터 받은 이름과 주민번호가 엉터리인지 일치하는지 그것을 알아보는 작업이다.

메일 가입이 이미 되어 있다고 인터넷 창에 확인이 되거나 가입을 축하한다고 확인되면 주민번호와 이름이 일치하는 것이고, 주민번호가 틀리다고 확인되면 조금 전에 피해자가 엉터리로 불러준 것이다.

이 사기범은 처음부터 대출에 관심이 있는 것이 아니라 목적은 핸드폰과 통장을 매입하는 것이었다. 주민번호와 이름이 일치하는 것을 확인하고 피해자에게 전화를 건다. 주민번호가 일치하면 가까운 통신사에 전화를 걸어 핸드폰 개통을 해야 한다며 주민번호를 불러주고 핸드폰 몇 대가 되는지 확인 조회에 들어간다. 신용불량자라서 핸드폰이 안 되면 통장만 매입하기로 마음먹고 핸드폰이 된다면 몇 개나 되는지 알아본다. 핸드폰 몇 대가 된다는 것을 인지하고 다시 전화를 건다.

사기범: 대출이 되네요.

주민번호가 일치하지 않을 경우, "대출할 겁니까? 안 할 겁니까? 주민
번호를 엉터리로 불러주고 장난을 합니까?" 다시 주민번호를 제대로 부
르라고 한다. 진짜로 대출하는 것 같이 말이다.

피해자: 얼마까지 해줄 수 있나요?

사기범: 2천만 원에서 3천만 원까지 아무튼 최선을 다할게요.

지금 조회를 해보니 신용등급이 낮아서 작업해야 하는데 통장 2개 그
리고 핸드폰을 만들어 줘야 하는데 언제까지 만들어줄 수 있냐고 사기
범이 피해자를 현혹시킨다.

피해자: 통장을 만드는 것은 일도 아닌데 통장과 핸드폰은 어디에 쓰
　　　　는 겁니까?

사기범: 신용불량자라 어디를 가서도 대출이 안 되는 것을 본인이 더
　　　　잘 아실 겁니다. 신용등급이 낮아서 통장에다 거래내역을 충
　　　　분히 쌓아서 은행지점장과 계획해서 불법 대출받는 것이니 대
　　　　출 나오면 수수료나 실수 없이 보내세요.

사기범의 말에 더 이상 잃을 것이 없는 신용불량 피해자는 통장을 만
들기로 결심한다.

사기범: ○○○씨가 일정한 직업이 없기 때문에 핸드폰은 저희들이 직
　　　　장을 허위로 잡아야 작업하는 사람들이 수시로 전화를 받아줘
　　　　야 하기 때문에 필요한 것입니다.

피해자: 핸드폰과 통장은 어떻게 만들면 됩니까?

사기범은 통신사에 가서 요즘에 공짜폰도 많으니 아무거나 개통하고 은행에 가서 통장을 만들 때 서류를 작성하고 개인정보를 적을 때 전화번호 란에 피해자 전화번호를 적지 말고 사기범이 불러주는 대포폰 전화번호를 적고 입출금 카드와 통장만 2개씩 만들어 달라고 한다. 사기범이 불러주는 대포폰 전화번호로 SMS 입출금 문자 서비스를 신청해 달라고 한다. 이것 또한 경찰의 수사를 피하기 위한 방법으로 피해자가 한두 명씩 늘어나면 경찰들이 수사하기 때문에 통장을 만들었는지 만들지 않았는지 확인하는 작업이다.

한번 올렸던 광고 전화번호는 일주일에서 10일 정도 쓰며 광고 전화번호는 수시로 바꾸어서 경찰들의 수사망을 따돌린다.

피해자가 통장을 다 만들었다며 사기범에게 전화를 해서 어떻게 하냐고 묻는다.

사기범은 지역이 어딘지 물어보고 통장을 피해자가 직접 들고 사무실로 온다는 것을 방지하기 위해 부산이라고 하면 서울로 보내라고 하고 서울이라면 부산으로 화물 퀵으로 보내라고 한다.

피해자는 조금 찝찝해도 자기 명의로 대출이 안 된다는 것을 누구보다도 잘 알기에 지푸라기라도 잡을 심정으로 통장 비밀번호, 주민등록증 복사본을 넣어서 사기범에게 보낸다. 그런 다음 대출하는 시간은 얼마나 걸리는지 물어본다.

사기범은 빠르면 10일 늦으면 15일이라며 시간을 끌어놓고 인출모집책에게 통장을 양도한다. 통장 또한 미리 섭외해둔 사기범 쪽의 퀵이 받으러 갈 것입니다.

대출을 기다리던 피해자는 대출은커녕 경찰에 출석하라며 형사 처분을 받게 된다.

생각해보라. 신용이 좋은 사람도 대출하기가 어려운데 신용불량자가 그것도 15일 만에 어떻게 3천만 원이나 되는 큰돈을 대출 받겠는가?

대출이 나올 일도 없겠지만 대출이 나와도 사기범들이 대출금을 주겠는가?

급전이 필요하고 어려운 환경에 처해 있는 사람들이 형사 처분까지 받아 두 번의 아픔을 겪게 된다. 사기라고 생각했을 때는 이미 늦는다.

예방법: 대출회사에서 통장, 핸드폰 만들어 달라는 행위는 100% 사기니 꼭 알아두어야 한다. 무심코 만들어준 핸드폰은 통신거래법 위반, 무심코 만들어준 통장은 전자금융거래법 위반으로 형사, 민사 처벌을 받고 핸드폰요금도 300만 원 이상 내야 한다.

2. 노숙자들에게 통장을 매입하는 방법

공원, 기차역이나 터미널 부근에서 오갈 데 없는 노숙자에게 접근한다. 추위에 떨고 굶주림에 처해 있는 노숙자에게 밥을 한 그릇 사주면서 인터넷 PC포커, 게임머니 환전을 한다든지 외국인과 신용불량자 급여 통장으로 한국 명의의 통장이 많이 필요하다면서 통장을 만들어 달라고 부탁한다. 통장을 만드는 데 돈이 들어가는 것도 아니고 시간을 조금만 투자하면 만들 수 있기 때문에 따뜻한 밥 한 끼와 몇 푼의 담배 값으로 노숙자들은 쉽게 허락하는 편이다.

통장을 매입할 때는 만들어준 사람에게 개당 30만 원씩 지급해야 하는데 노숙자들은 이런 거래 가격을 모르기 때문에 매입하는 사람이 매입하는 비용이 없기 때문에 이득이 많다. 노숙자도 A급, B급, C급이 있는데 등급은 청결상태와 옷 입은 상태를 보고 매긴다.

몸에서 씻지 않아 냄새가 많이 나고 거지같으면 요즘 같은 경우 보이스피싱 범죄가 많이 일어나기 때문에 대포통장을 만들러 왔을 확률이 높아 은행에서 의심하기 마련이다.

노숙자라 하더라도 목욕탕에 데리고 가서 깨끗이 목욕을 시킨 뒤 깨끗한 추리닝을 입히고 통장을 만들어 오라고 시킨다.

이에 노숙자는 아무런 의심 없이 통장이 어디에 쓰이는 줄도 모르고 통장을 만들어 통장모집책에게 비밀번호와 주민번호까지 알려주고는 통장을 양도한다.

이렇게 모집한 통장이 보이스피싱의 대포통장으로, 피해자들에게 피해금으로 인출하는 도구로 악용된다.

보이스피싱 사기계좌로 노숙자들이 사기범에게 양도한 통장이 경찰에 신고되어 접수되면 경찰들은 수사에 나서지만 노숙자들은 주거가 거의 부정하기 때문에 수사에 어려움이 많다. 시간이 지나 노숙자가 검거되면 노숙자 역시 통장이 어디에 쓰이는 줄 모르고 대가를 받지 않고 통장을 양도하기 때문에 노숙자를 이용한 사기범들이 나쁜 사람이지 노숙자 또한 피해자나 다름이 없다. 사기라고 생각했을 때는 이미 늦다.

예방법: 통장 만들어주는 행위는 범죄행위다.

3. 인터넷으로 매입하는 방법

통장모집책 초보자들이 많이 쓰는 방법으로 인터넷 포털 사이트 야후, 네이버, 다음 등등 다른 사람들의 주민번호를 도용해서 홈페이지나 블로그를 만들어서 '통장 매입합니다'라고 광고를 띄운다.

물론 광고에 나와 있는 전화번호도 외국인 명의로 되어 있는 대포폰이다.

포털 사이트 검색창에 '통장 매입합니다'라고 치면 수많은 홈페이지나 블로그가 나타난다.

내용을 보면 '개인 통장 매입합니다. 개당 30만 원' 이렇게 적혀 있다. 돈이 필요한 피해자가 통장 매입한다는 광고를 보고 전화를 한다. 통화내용은 이렇다.

피해자: 인터넷 광고 보고 전화 드리는 건데 이거 어떻게 하는 겁니까?

사기범: 통장 만들어서 팔아보셨습니까?

피해자: 아니요.

사기범: 외국인 노동자나 신용불량자를 위해 급여 통장으로 한국 개인 통장이 많이 필요한데, 개당 30만 원에 매입을 합니다. 생각 있으면 전화주세요.

피해자: 그냥 통장하고 카드만 만들어주면 됩니까?

사기범은 통장을 만들러 은행에 가서 신규 통장 만들 때 개인정보를 기재하려고 하면 사기범이 불러 주는 전화번호를 기재하라고 합니다.

피해자: 왜 그 전화번호를 넣어야 하죠?

사기범: 통장을 매입하면 그쪽이 아니라 저희 쪽에서 쓰게 될 것인데 입출금 거래내역, 문자 서비스라든지 이런 시스템은 저희 전화기로 신청해놓는 것이 당연한 것 아닙니까?

피해자: 통장은 몇 개 만들어주면 되는데요?

사기범: 시중은행 13개 중에서 비밀번호는 동일하게 해서 통장을 만들어주세요.

피해자: 통장 만들고 나면 통장 값은 바로 줍니까?

사기범은 바로 준다면서 빨리 통장을 만들어 다 만들면 전화를 달라고 합니다.

피해자는 은행을 돌아다니며 사기범이 시키는 대로 통장 3개를 만들고 통장을 만들었다며 사기범에게 전화를 합니다.

　　피해자: 통장 다 만들었습니다.

　　사기범: 지역이 어딥니까?

　　피해자: 부산입니다.

　　사기범: 지금 고속버스터미널이나 부산역으로 가서 화물 퀵으로 서울
　　　　　　고속버스터미널로 보내든지 서울역으로 보내세요.

　　피해자: 서울까지 보내야 합니까?

　　사기범: 네.

　　피해자: 그럼 돈은요?

　　사기범: 통장 받으면 바로 송금해 드릴게요.

　　피해자: 돈이 급해서 그러는데 조금 빨리 통장 값을 보내주시면 안 되
　　　　　　나요?

　　사기범: 통장을 확인해야 돈을 보내드릴 것 아닙니까?

　　바쁘니까 통장 보내고 전화를 달라고 하며 전화를 끊는다.

　　피해자는 어차피 돈이 급해서 결정한 일인데 5시간 돈 늦게 받는다고 결심하고 통장을 주민등록증 사본과 함께 화물 퀵으로 서울로 보낸다.

　　사기범은 통장을 터미널에서 찾아와 인출모집책에게 대포통장으로 양도하게 된다.

　　피해자는 통장 값을 달라며 계속 전화하지만 오늘 전국에서 통장 매입한 물량이 너무 많아서 현금카드가 제대로 만들어졌는지, 계좌와 카드가 제대로 연결되어 있는지 검사하려면 시간이 걸리니 2~3시간만 기다려 달라고 한다. 1박 2일만 시간을 끌면 보이스피싱 팀들이 통장을 다 쓰고 폐기해버리기 때문에 대부분이 통장 매입 값을 입금해주지 않고 피해자를 두 번 울린다.

　　통장 검사가 아직 끝나지 않았다는 사기범 말에 조금만 더 기다리라고

시간을 끌며 결국에는 통장 매입 값까지 주지 않는 경우가 대다수이다.

결국 피해자의 통장이 보이스피싱 계좌에 사용되었다며 형사 처분을 받을 것이다. 사기라고 생각했을 때는 이미 늦다.

독자 여러분, 여기서 통장을 만들 때 왜 피해자 본인의 핸드폰번호를 기재하지 않고 사기범들이 불러주는 대포폰을 기재하는지 의문이 들 것이다. 그 이유는 이런 피해가 한두 건씩 경찰에 신고 접수되면 경찰들이 검거하기 위해 통장을 판다며 전화를 거는 경우가 종종 있다. 통장을 만들 때 사기범이 불러주는 대포폰 전화번호를 기재하면 신규통장을 만들 때마다 사기범이 가지고 있는 대포폰에 "피해자님, 성실은행 신규 통장에 가입해주셔서 감사합니다."라고 문자가 오기 때문에 문자가 오는 사람들은 경찰이 아닐 확률이 많으며 문자가 오지 않으면 통장을 만들지 않았기 때문에 구경찰일 가능성이 높다.

그리고 통장이 터미널이나 서울역에 도착했을 때는 절대 사기범이 터미널에 가는 것이 아니라 퀵서비스를 보낸다. 퀵도 사기범들의 고정 퀵으로 터미널에 통장을 가지러 갔을 때 경찰이 잠복하고 있으면 자기는 심부름 온 것이 전부라며 대포폰 전화번호를 가르쳐주며 족제비처럼 빠져나간다. 그래서 검거하기가 어려운 것이다.

※ 여기서 피해자가 돈이 급하다며 직거래를 요구하는 경우가 있다. 지역이 어딘지를 물어보고 직거래를 할 수 없게 피해자가 부산이라고 하면 사기범이 부산에 있어도 통장을 서울역으로 보내라고 하고 피해자가 서울이라고 하면 부산역으로 보내라고 한다. 부산에도 서울에도 전국에 통장모집책 조직 공범들이 있다는 얘기다.

예방법: 통장을 만들어서 양도·양수하는 행위는 범죄행위다. 10원짜리 하나 받지도 못하고 시간 뺏기고 벌금에, 배상 명령에 절대 하면 안 되는 행동이다.

4. 중학교, 고등학교 학생에게 통장 매입하는 방법

하교 시간에 학교를 찾아간다. 사춘기로 인해 갖고 싶은 것이 많고 용돈이 부족한 미성년자에게 접근하여 통장을 만들어주면 개당 10만 원씩 주겠다고 통장을 만들어 달라고 제안을 한다.

10만 원이면 미성년자 학생들에게는 큰돈이기 때문에 사회에 경험이 없는 학생들은 어디에 쓸 것인지 묻지도 않고 친구 소개로 많은 통장을 만들어 온다.

친구를 소개시켜줄 때마다 1명당 5만 원씩 준다고 미끼를 던져놓고 많은 사람들을 데리고 오라며 유혹한다.

여기서 또 사기범들이 지능범이라는 것은 A라는 학생 통장을 매입하고 그것을 보이스피싱 계좌로 사용했을 때 A라는 학생은 며칠 후면 대포통장 양도·양수로 어떻게 해서 A학생 통장이 보이스피싱 사용계좌로 등록이 되어 있냐며 경찰의 조사를 받을 것이다. 그 학교가 수사 중에 있을 때 A가 다니던 학교 사기범이 B라는 다른 사람의 통장을 매입하면 경찰에 체포될 것을 미리 알고 수백 개의 통장을 미리 매입한 후 통장을 만들어준 학교는 두 번 다시 가지 않으며 그 수백 개의 통장은 보이스피싱에 악용되어 수백 명의 피해자가 생기는 것이다.

예방법: 생각 없이 무심코 만들어준 통장이 서민들에게 지울 수 없는 아픔과 피해를 가져다준다는 사실 학생들과 학교 선생님들이 꼭 알고 학생들에게 충분한 교육이 필요할 것이다.

5. 구인구직 광고 내고 통장 매입하는 방법

사기범들이 조금한 사무실을 임대해서 사무실의 모양새를 갖추어놓는다. 책상, 집기는 물론이고 임대를 해놓아서 피해자들을 속이기 위한 정황을 만들어놓는다.

물론 사무실 명의는 위조된 신분증으로 다른 사람 명의로 되어 있다.

타인의 주민등록번호와 대포폰으로 인터넷이나 벼룩신문에 사람이 필요하다며 구인구직 광고를 올려놓는다.

힘든 경제에 일자리가 구하기 어렵다는 것을 악용하여 청년 실업자들이 범죄 표적 대상이 된다.

찬물, 더운물 가릴 여유가 없는 이런 사람들은 무슨 일이라도 해야겠다는 각오로 광고를 보고 전화를 건다.

피해자: 광고 보고 전화 드리는데 사람 다 구했나요?

사기범: 아직 다 못 구했습니다.

피해자: 제가 열심히 할 테니 써주시면 안 되나요?

사기범: 전화상으로 된다, 안 된다 말씀드리지 못합니다. 열심히 일할 마음이 있으면 시간 내서 저희 사무실에 방문해주십시오. 면접 후에 결정하도록 하겠습니다. 이력서, 신분증, 주민등록등본 초본을 가지고 몇 월 며칠까지 부산 사하구 하단동 ○○오피스텔로 방문해주시길 바랍니다.

피해자: 네, 알겠습니다.

그리고 사무실을 찾는다.

이 사기범들은 처음부터 일자리를 제공해줄 능력이나 의사가 없었던 사람이다. 목적은 통장이다.

사기범은 면접하기 위해 이것저것 대충 물어본다.

저희 회사는 ○○회사의 위탁업체로서 ○○ 일을 하는 곳에 ○○본사가 있다며 감언이설로 유혹한다.

사기범: 회사에 입사하면 열심히 일할 수 있겠습니까?

피해자에게 3일 뒤에 연락이 갈 것이니 연락 기다리고 계시라면서 집으로 돌려보낸다.

3일 뒤 피해자에게 연락을 한다.

사기범: ○○회사 과장 ○○○입니다.

피해자: 네.

사기범: 며칠 전 면접 본 결과가 나왔는데, 앞으로 저희 회사를 위해 열심히 일해주시길 바랍니다. ○○월 ○○일부터 일을 시작하면 됩니다. 일단 그전에 회사 입사증과 현금카드 겸용 카드 만들어야 하니 통장 개설해서 현금카드, 통장 들고 ○○월 ○○일까지 방문해주시길 바랍니다.

피해자는 열심히 일할 마음으로 통장, 카드를 가지고 사무실을 찾아간다.

그리고 비밀번호 통장까지 양도하고 ○○월 ○○일 첫 근무를 하니 약도와 회사 입사증은 우편물로 보내드린다며 오늘은 돌아가라고 한다.

이어 출근을 기다리고 있는데 경찰서에서 연락이 온다.

예방법: 힘든 경제에 일자리가 구하기 힘든 요즘 청년 실업자들을 두 번 울리는 범죄가 기승을 부리고 있다. 일자리 구하기가 어려운 일인지는 다들 알고 있지만 사기범들이 감언이설로 알바천국 구인구직 광고를 내놓고 자기들과 같이 일하려면 개인통장 10개가 있어야 한다며 광고를 올리고, 이어 한 달에 300만 원 이상 보장한다는 감언이설로 사기를 치고 있다.

구인구직 광고에 통장과 카드 비밀번호 요구하는 사람은 100% 사기이다. 통장 만들어서 양도·양수하는 행위는 범죄행위다.

6. 노인정에 찾아가서 사리분별이 흐릿한 고령자에게 통장을 매입하는 방법

사기범들이 노인정에 봉사활동 나온 것처럼 행세한다.

빵과 사탕 등을 사들고 고스톱이며 안마를 해주며 할머니, 할아버지에게 접근한다.

그러고는 급여 통장이 필요하다고 한다.

아버지는 교통사고로 돌아가셨고 어머니는 병원에 입원해서 많이 힘들어하시는데 동생이 두 명 있다며 생계를 유지해야 하는데 자기가 일하지 않으면 생계유지가 안 된다며 자기 통장은 급여 통장을 쓸 수 없다. 아버지께서 보증을 잘못 서서 자기까지 신용불량자가 되어 자기 통장에는 압류가 걸려 입출금이 안 된다는 정황을 만들어놓고 할머니, 할아버지께 통장을 만들어 달라고 한다.

이어 통장 만드는 데는 돈도 들어가지 않고 은행도 여러 군데가 있기 때문에 신분증만 있으면 쉽게 만들 수 있다는 점을 악용해 통장 만들어주는 행위가 범죄행위인 줄 모르고 대부분 엄청난 실수를 한다.

보이스피싱 사기계좌로 등록되고 나서 경찰서에 조사를 받고 나서야 사기를 당했다는 사실을 알게 된다.

예방법: 자식들은 나이든 부모에게 통장 만들어주는 행위가 범죄행위라는 것부터 가르쳐야 한다.

7. 잘 아는 지인에게 통장 매입하는 방법

조직폭력배들이 주로 많이 쓰는 방법으로, 통장모집책으로 내공이 좀 쌓여야 이 방법으로 통장 매입할 수 있다. 돈이 급하고 입이 무겁고 믿을 수 있는 친구나 동생, 형님 등등 주위에 아는 지인들에게 통장 2개를 만들어주면 100만 원을 줄 테니 만들어 달라고 부탁한다.

지인이 통장 어디에 쓸 것인데 물어보면 사기범은 자기도 정확하게 어디에 쓰는지 잘 모르고 매입한 통장을 자기도 다른 사람에게 10만 원씩 더 붙여서 판매하는 것이니 분명 나쁜 데 쓰이기는 쓰일 것이라고 얘기한다.

지인이 통장을 만들어주는 사람은 어떠한 불이익을 받느냐고 물어보면 사기범은 자기가 시키는 대로 하면 경찰서 조사받고 나서 벌금이 100~150만 원 나오는데 자기가 준 돈으로 50만 원 쓰고 150만 원 벌금 내면 된다면서 유혹한다.

그리고 경찰서에서 조사받는 과정을 사고 났을 때와 똑같이 재현해서 교육을 시킨다.

지인은 통장을 3개 만들어주고 돈 200만 원을 받는다. 일주일 정도가 지나면 피해자의 계좌가 보이스피싱에 사용되었다며 조사를 받으러 오라고 경찰서에서 연락이 온다.

경찰이 "당신의 계좌가 보이스피싱에 사용되었는데 어찌 된 것이냐?"고 물어본다.

피해자는 그 전에 사기범과 알리바이를 다 계획하고 경찰에 조사를 받는 것이기 때문에 사기범이 가르쳐준 대로 핸드폰에 신용불량자도 대출해준다고 문자가 왔기에 어떻게 하면 되냐고 물으니 통장을 3개 만들어 달라고 해서 만들어준 것이라고 얘기한다.

사기범은 완전범죄를 하기 위해 자기가 가지고 있던 대포폰으로 피해자 핸드폰에 대출해준다는 문자를 날려주는 것도 사실이고, 이렇게 피해자가 경찰에 진술하면 벌금도 얼마 나오지 않고 솜방망이 처벌을 받는다는 결과를 알고 있기 때문에 잘 아는 지인에게 이런 방법으로 통장을 매입할 수 있다.

그리고 나서 두 달 정도 있으면 사기범 말대로 벌금이 50~100만 원 정도 나오고 벌금만 내면 불이익이 없다는 것을 알기 때문에 피해자 또한 아는 지인을 통해 통장 매입을 하기 때문에 범죄가 확산되는 것이다.

8. 소액대출 해준다는 광고 내고 통장 매입하는 방법

경마장이나 강원도 카지노 랜드 이런 사행성 도박장 부근에서 돈 잃은 사람들을 악용해 명함에 당일 소액 대출이라는 광고를 써놓고 불특정 다수에게 명함을 돌린다.

이에 돈 잃은 사람들이 지푸라기라도 잡을 심정으로 소액대출을 받기 위해 전화를 건다.

피해자: 광고 보고 전화 드립니다. 아무나 소액대출이 가능합니까?

사기범: 저희들이 개인 통장을 매입하고 있습니다. 통장 만들어주시면 1개당 30만 원 드리겠습니다.

피해자: 통장 매입해서 어디에 씁니까?

사기범: 신용불량자나 외국인 노동자 그리고 스포츠토토 인터넷 PC 포커 환전하는 데 쓰고 있습니다.

피해자: 통장 만들면 돈 바로 줍니까?

사기범: 당연하죠, 바로 드립니다.

피해자: 많이 만들어도 되나요?

사기범: 많으면 많을수록 좋은데 요즘에는 은행이 통합되어 하루에 2개 이상은 개통을 안 해줍니다.

피해자: 통장은 어떻게 만들면 됩니까?

사기범: 인터넷뱅킹, 텔레뱅킹 신청하지 마시고 카드, 통장 이렇게 만들어주시면 됩니다.

피해자는 통장 만드는 데 돈도 안 들어가고 돈이 급한 게 사실이니 신분증만 있으면 쉽게 통장을 만들 수 있기 때문에 통장을 개설하고 전화를 한다고 한다.

피해자는 통장을 만들어서 사기범에게 양도한다,

예방법: 대부분 돈도 주지 않고 돈 50만 원, 60만 원을 받더라도 이 돈은 찔끔찔끔 써서 어디 갔는지도 알 수 없고 결국 형사, 민사 처벌을 받아 걷잡을 수 없는 불이익을 받게 된다.

9. 학생증이나 주민등록증 위조로 통장 매입하는 방법

해외의 주민등록증 위조범에게 개당 30만 원을 주고 주민등록증을 위조하여 통장을 만드는 방법이다. 사기범 한 사람이 주민등록증을 30개씩을 위조하여 항공우편으로 위조된 주민등록증, 학생증을 받고 전국을 돌아다니며 통장을 만든다.

위조 주민등록증 1개에 통장 2개씩이므로 위조 주민등록증이 많은 만큼 통장을 만드는 데도 시간이 걸린다. 이렇게 만들어진 통장이 보이스피싱 대포통장으로 악용된다.

통장을 만들 때 허술한 은행 직원의 틈을 이용해 너무나도 쉽게 통장이 만들어진다.

개인통장을 만들더라도 본인인지 아닌지 지문을 통해 확실한 보안이 필요할 것이다.

1~9번까지 통장매입방법을 잘 읽어보셨습니까?

독자 여러분, 생각해보니 참 어이가 없을 것입니다. 당신들이 이런 상황에 처해 있다면 통장을 만들어주겠습니까? 아니면 만들어주지 않겠습니까?

범죄인지 모르고 실수한 행동이 나 자신은 물론 통장이 얼마에 거래되어서 어떤 방법으로 얼마나 수많은 피해자가 생기는지 느껴보시길 바랍니다.

통장을 만들어준 사람은 어떠한 처벌을 받을까요?

1~9번까지 하나라도 해당되는 사람은 형사, 민사 처벌을 받고 사기당한 금액에 50%까지 갚으라고 배상판결까지 내립니다.

다른 사람에게 통장을 양도·양수해서는 안 됩니다,

범죄인지 모르고 실수로 통장을 만들어 양도해도 형사 처분을 받게 되니 배우고, 익히고 느끼는 것만이 해결방법입니다.

힘든 경제에 두 번의 아픔을 겪는 일이 없었으면 합니다.

독자 여러분, 정말 지능범들이죠? 어디까지 도대체 한계인지 상상을 초월합니다. 이렇게 총책, 연구 팀, 통장모집책, 개인정보 빼내는 팀들이 모여서 얼마나 지능적으로 움직이며 어떠한 방식으로 얼마나 큰 피해를 입는지 꼭 지혜를 남겨두시고 나 자신은 물론 자녀들에게 강도 높은 교육이 필요할 것입니다.

보이스피싱 범죄 독자 여러분이 지금 이런 전화를 한 통 받았다 생각해보시고 나는 과연 통장에 돈을 입금을 안 할 것인지 상상해보시길 바랍니다.

1. 금융감독원인데 개인정보가 유출되었다는 보이스피싱

피해자에게 공공기관의 발신번호가 입력된 한 통의 전화가 걸려온다.

사기범: 근면은행입니다. ○○○ 고객님 되십니까?

피해자: 네.

사기범: 지난 ○○월 ○○일 신청하신 ○○○ 고객님 근면은행 카드 지금 발급되었는데 언제 몇 시쯤 방문하면 카드 받으실 수 있나요?

피해자: 나는 근면은행 카드 신청한 적이 없는데요?

사기범: 성함이 ○○○ 맞지요?

피해자: 네.

사기범: 주민번호 ××××××-×××××× 맞나요?

피해자: 네.

사기범: 근면은행 카드 신청하신 적 없다는 말씀이죠?

피해자: 네.

사기범은 요즘에 명의도용사건으로 이런 범죄가 자꾸 늘어가고 있는데 카드는 바로 폐기 시켜드리겠다, 경찰서에서 담당형사가 전화를 할 것인데 있었던 일을 그대로 얘기해서 수사에 협조 좀 해달라면서 전화를 끊는다.

사기범에게서 경찰서의 발신번호가 입력된 한 통의 전화가 온다.

사기범: ○○경찰서 수사계 ○○○입니다. ○○○씨 맞습니까?

피해자: 네.

사기범: 지금 ○○○씨 개인정보가 유출된 것 같은데 더 피해 입은 것은 없는지 금융감독원에서 전화가 갈 것이니 더 큰 피해가 일어나기 전에 금융감독원 직원이 시키는 대로 협조해주세요.

조금 더 조사하고 다시 전화 드린다며 공손히 전화를 끊는다. 조금 후 금융감독원이라며 전화가 온다.

사기범: 금융감독원 ○○○입니다. ○○○씨 맞습니까?

피해자: 네.

사기범: 주민번호 ×××××-××××××× 맞습니까?

피해자: 네.

사기범은 개인정보가 유출되어 돈이 빠져나가고 있는데 지금 당장 돈을 옮겨놔야 한다며 피해자를 혼란시킨다.

은행직원도 요즘 세상에는 믿을 수 없으니 아무한테도 얘기하지 말고 시키는 대로 해라면서 피해자 통장에 모아둔 돈을 사기범이 불러주는 대포통장 계좌로 이체를 시킨다.

돈이 많으면 많을수록 피해금도 늘어나는 법, 몇 회에 걸쳐 피해자 통장에 잔액이 없을 때까지 이체를 시키도록 유도한다.

피해금이 입금되면 여기서 부터는 인출대장이 알아서 한다.

단순하지만 30대 후반 40대, 50대 주부들이 가장 많이 당하는 보이스피싱이다.

자기 통장에 사기당할 돈이 없으면 사기당할 확률이 없겠지만, 돈이 많을수록 불안해서 사기를 잘 당한다.

개인정보가 유출되어 나의 계좌에 돈이 빠져나가고 있다는데 어느 누가 경찰, 은행, 금융감독원이 시키는 대로 안 하겠는가?

2. 추가로 대학에 합격되었다며 등록금 입금하라는 보이스피싱

대학 입시철을 맞이하여 피해자들이 전국 대학교에 입학원서를 넣는다.

경쟁률이 높은 대학교에 합격한 학생들을 제외한 예비 학생들을 노리는 보이스피싱이다.

해외에 있는 해커들이 대학교 홈페이지를 공격해 개인정보를 빼내거나 입학 서류의 개인정보를 사들여서 등록금 낼 시기에 전화를 건다.

예비 합격에 올라와 있는 학생들이나 학생들의 부모님께 발신번호를 ○○대학교로 사칭하여 전화를 건다.

사기범: ○○○ 학생 맞습니까?

피해자: 네.

사기범: 여기는 ○○대학교입니다. ○○○ 학생이 추가 합격이 되어 ○○ 대학에 입학할 수 있는 조건이 되는데, 만약에 합격이 된다면 열심히 다닐 수 있겠습니까?

피해자는 성적이 좋지 않아서 이것저것 따지고 고를 입장이 안 된다는 것을 알기에 이 학교를 다니기로 결심한다. 조금만 생각 좀 해보고 연락을 준다는 사람들도 있을 것이다.

사기범은 ○○○ 학생만 기다려줄 수 있는 현실이 못 되어서 죄송하다며 지금 추가 합격해서 연락을 기다리는 학생이 많이 남아 있으니 그럼 다른 학생에게 기회를 준다며 통화를 마치려고 한다.

피해자는 "아닙니다. 제가 열심히 ○○대학에 다니겠습니다."라고 한다.

사기범: 그럼 오늘 중으로 등록금을 입금해주셔야 합니다. 오늘 중으로 등록금이 입금되지 않을 경우 입학 취소될 수 있음을 알아주십시오.

그러면서 대포통장 계좌번호를 불러준다. 돈이 입금되면 총책에서 인출대장에게 전화를 건다. 자식이 합격했다고 하는데 어떤 부모가 등록금을 입금하지 않겠는가?

3. 결혼식 철을 맞이하여 신혼여행을 떠났을 때 허위로 납치 감금하고 있다는 보이스피싱

생의 한 번뿐인 결혼식, 아름답고 행복한 날이 아닐 수 없는 이런 날을 악용하여 싸늘한 분위기를 주는 보이스피싱 범죄가 늘어나고 있다.

요즘 결혼식을 끝내고 신혼여행을 갈 때에는 여행사에 예약하고 절차를 밟아 신혼여행을 떠난다.

해외에 있는 해커들이 여행사를 공격한다.

어떤 부부가 몇 날 몇 시에 비행기를 타고 해외 어디로 떠난다는 것을 사기범들은 미리 알고 있기 때문에 피해자들은 속수무책으로 당할 수밖에 없다.

출국시간 20분 전에 시어머니, 시아버지, 장모, 장인에게 전화를 건다.

비행기에 탑승했을 때는 핸드폰 전원을 꺼야 한다는 규칙을 악용하는 것이다,

사기범은 태국에서 딸하고 사위를 납치하고 있으니 살리고 싶거든 돈 3천만 원을 입금하라고 한다.

피해자는 태국으로 신혼여행 간 것도 맞고 해외에서 걸려온 국제전화도 일치하기 때문에 의심을 할 수 없을 것이다.

어머니가 사위, 딸에게 전화를 걸어본다. 사위와 딸 두 명 다 전화가 꺼져 있다고 나오고 어머니 핸드폰으로 동영상 하나가 전송돼 온다.

모자이크 처리되어 피투성이가 된 딸과 사위를 야구방망이로 죽여 버리겠다며 겁을 주고 있고 사위와 딸은 살려달라고 빌고 있는데, 꿈인지 현실인지 납치와 똑같은 재현을 한다.

경찰에 신고하거나 10분 안에 3천만 원을 입금하지 않으면 딸과 사위를 죽인다는 협박에 사기범이 불러주는 대포통장으로 3천만 원을 입금한다.

이런 경우 큰돈을 사기 당하기가 쉽다. 한 번 돈을 입금하면 통장에 잔액이 없을 때까지 사기를 당한다.

3천만 원을 입금하면 해외에 있는 총책들이 제일 먼저 알게 된다.

해외 총책이 한국에 있는 인출대장에게 ○○은행 ○○○계좌에 돈 3천만 원이 입금이 되었다고 출금하라며 지시를 내린다.

3천만 원을 입금한 피해자는 딸과 사위 목소리를 한번 들어보자며 사기범에게 사정사정한다. 이에 사기범은 피해자가 경찰에 신고하지 못하도록 전화상으로 시간을 끈다.

3천만 원 출금하는 데 15분이 채 안 걸리기 때문에 인출대장이 출금을 다했다며 총책에게 전화를 건다. 총책은 피해자에게 3천만 원을 더 보내라고 또 협박을 한다. 피해자가 도대체 왜 그러냐면서 돈 없다면서 살려달라고 사정을 한다. 가족이 담보로 잡혀 있는 사기라 통장에 잔액이 없을 때까지 사기를 당한다.

나중에 사기라고 생각했을 때는 이미 늦다. 지혜가 필요하다.

자기 자식이 납치당해 죽어가고 있는데 어느 부모가 돈을 입금하지 않겠는가?

사기를 당하지 않는 사람들은 똑똑해서 당하지 않은 것이 아니라 사기당할 돈이 없거나 이런 전화를 받아보지 못해서 그런 것이다.

4. 어려운 경제에 목돈이 필요해 대출 신청한 사람들에게 승인이 잘못 떨어졌다며 대출금을 잠시 반환해 달라는 보이스피싱

우리나라에는 대출사이트들이 너무 많다. 4금융, 3금융, 2금융, 1금융까지 하루에도 수백 건씩 대출이 이루어지는데 이것을 악용해서 어려운 사람들을 두 번 울리는 범죄가 늘어나고 있다.

피해자가 대출 서류를 넣고 대출 승인을 기다리고 있다.

해외에 있는 해커들은 대출 사이트를 공격해 대출 진행 중인 피해자들의 개인정보를 빼내고 대기하고 있다.

피해자에게 대출 승인이 떨어져 ○○금융에서 500만 원 대출을 피해자의 정상적인 통장으로 입금해준다.

피해자에게 대출 사이트 발신번호를 사칭하여 전화를 건다.

사기범: ○○금융입니다. ○○○ 고객님 맞으십니까?

피해자: 네.

사기범: 조금 전 ○○금융에서 승인된 500만 원 승인에 오류가 조금 생겨서 서류심사를 조금 더 해야 할 것 같습니다. 죄송하지만 다시 입금 좀 해주시겠습니까?

피해자는 처음부터 자기 돈도 아니었고 보내준 금융에서 다시 보내달라고 하기 때문에 서류심사에서 정상적으로 승인 떨어지는 데 얼마나 걸리느냐고 물으면서 입금 받을 계좌번호를 불러 달라면서 다시 사기범이 불러주는 대포통장으로 대출금 500만 원을 입금해준다.

자기 돈도 아닌데 주인이 돈을 보내달라고 하는데 어느 누가 돈을 입금해주지 않겠는가? 알아야 당하지 않는다.

5. 어린 자녀들을 허위로 납치·감금하고 있다며 돈을 보내라는 보이스피싱

어린 자식을 담보로 하는 정말 치밀한 범죄로서 납치 상황을 그대로 재현하고 자식과 교묘하게 연락이 안 되게 만들어놓는 부모의 심리를 이용하는 범죄이다.

밖에 놀러 다녀오겠다며 자녀가 집을 나선다. PC방을 가든 놀이터를 가든 오락실을 가든 학교 근처에 놀고 있을 때 사기범 두 명이 자녀에게 접근한다. 옷도 깔끔하게 차려입고 인물도 반듯한 젊은 남녀가 ○○게임 이벤트회사에서 설문지 조사를 나왔는데 설문지 조사를 해주면 최신 유행하는 게임기를 선물로 준다며 아무것도 모르는 어린이들에게 개인정보를 빼내기 위해 유혹한다.

자녀는 게임기에 빠져 갖고 싶은 생각에 아무 생각 없이 설문지 조사에 응한다.

설문지 조사 내용은 아버지 성함, 아버지 핸드폰 번호, 집전화, 어머니 전화번호, 자기 이름, 그리고 게임기를 주면 하루에 몇 시간씩 게임을 할 것인지 등등 어려운 것이 아니기 때문에 어린 자녀도 쉽게 적는다.

사기범은 게임기를 어린 자녀에게 주면서 관심을 끌며 휴대폰을 소지하고 있는지 물어본다. 부유한 동네에 가면 어린아이들도 핸드폰을 거의 가지고 다니기 때문에 이것을 차단하는 것이 사기범들의 포인트이다.

핸드폰에 오락게임을 업그레이드시켜준다며 다운되는 시간이 20분 정도 걸리니 핸드폰을 켜고 있으면 다운이 되지 않다며 전원을 끄라고 요구한다.

자녀는 전화기 전원을 끄고 사기범은 이 자녀에게 빼낸 개인정보를 해외에 있는 총책에게 전화를 해서 가르쳐준다.

총책은 해외에서 발신번호를 조작해서 자녀의 부모에게 전화를 건다. "○○○ 부모님이죠?" 아이를 데리고 있는데 아이를 살리고 싶으면 돈 3천만 원을 입금하라고 한다.

경찰에 신고하거나 쓸데없는 짓 하면 아이는 죽여 버린다고 협박을 한다.

자녀의 부모는 좀 전에 놀러간다고 나간 아이가 아니겠지 싶어서 전화를 끊고 아이의 핸드폰으로 전화를 해본다. 전원이 꺼져 있다는 안내 메시지에 마음이 불안하다. 그런 부모의 핸드폰에 마침 동영상이 하나가 도착한다.

옷을 다 벗겨놓고 피투성이가 되어 모자이크 처리되었지만 자식과 똑같은 목소리로 울고 불면서 집에 보내어 달라는 동영상이다.

총책은 다시 자녀의 부모에게 전화를 걸어 동영상을 보았냐면서 경찰에 신고하면 자식을 죽인다면서 온갖 협박이라는 협박을 다하며 불러주는 계좌로 돈 3천만 원을 입금하라고 한다.

입금이 되면 총책이 인출대장에게 전화를 해서 돈을 찾으라고 지시한다.

총책은 신고를 하지 못하도록 피해자 어머니와 계속 통화하고 그 틈을 타 인출 팀들은 계속 출금을 한다. 출금을 다 하고 나면 인출대장이 총책에게 인출이 다 되었다며 연락한다.

총책은 피해자 부모에게 3천만 원을 더 보내라고 또 협박을 한다.

한번 돈 보내기는 어려워도 두 번 세 번은 쉽듯이 피해자 통장에 잔고가 없을 때까지 다 보내고 나면 그때서야 보이스피싱인 줄 알고 후회한다. 사기라고 생각했을 때는 이미 늦다.

6. 카드론 피싱

해커들이 공공기관 포털사이트를 공격해서 은행 대표번호를 발신 조작해 불특정 다수에게 전화를 건다.

사기범: 이기동 고객님 핸드폰 맞습니까?

피해자: 네, 어디십니까?

사기범: 여기는 부산 ○○지점 ○○은행입니다. 저는 상담원 ○○○입니다. 고객님께서 2011년 저의 은행에서 대출해 가신 대출금 2억 원이 아직 상환되지 않고 있고 이자도 석 달 납부되지 않으셨는데 어떻게 되신

겁니까? 이렇게 되면 저희들도 형사, 민사 고발을 할 수밖에 없습니다.

피해자: 저는 대출한 적이 없는데요?

사기범: xxxxx-xxxxxxx 이기동 고객님 아닙니까?

피해자: 이기동이는 제가 맞는데 대출한 사실이 없다니깐요?

사기범: 대출하신 적 없다는 말씀이죠?

피해자: 그렇다니깐 몇 번을 얘기합니까?

사기범: 요즘 명의도용사건으로 대출 사기가 기승을 부리고 있는데, 가까운 경찰서에서 전화가 한 통 갈 것이니 불이익을 받지 않으려면 사건에 협조 좀 부탁드리겠습니다.

피해자: 아니, 협조는 해드리겠는데 잘못한 게 없는데 무슨 불이익을 받습니까?

사기범: 조사를 해보아야 하니 일단 다시 전화 드리겠습니다. 저는 상담원 ○○○였습니다.

피해자가 '무슨 일이지?' 하고 고민하고 있는 순간 112 대표번호가 발신 조작되어 또 다른 사기범 전화가 한 통 온다.

사기범: 이기동 씨 되십니까?

피해자: 네.

사기범: 여기는 ○○경찰청 지능팀입니다. 저는 경위 ○○○이구요. 조금 전에 ○○은행에서 전화 받으셨죠?

피해자: 네.

사기범: 조사를 간단하게 해야 하니 가까운 경찰서로 오시겠습니까? 아니면 전화 통화로 간단하게 조사 받으시겠습니까?

피해자: 전화로 간단하게 받겠습니다.

사기범: 요즘 개인정보가 유출되어 대출사기가 기승을 부리고 있는데

어디서 개인정보가 빠져나갔는지 확인 한번 해야 하니 협조 좀 부탁드리겠습니다. 혹시 신용카드 쓰고 있는 거 있습니까?

피해자: 네.

사기범: 어디 것 쓰고 있습니까?

피해자: ○○카드입니다.

사기범: 카드 앞에 보면 카드번호 16자리 있는데 그것 좀 불러주시겠습니까?

피해자: ××××-××××-××××-××××입니다.

사기범: 유효기간과 cvc 코드번호 좀 불러주십시오.

피해자: ×××× 유효기간이구요, cvc 코드번호는 ○○○입니다.

사기범: 카드 비밀번호도 부탁드립니다.

피해자: 카드 비밀번호도 가르쳐드려야 하나요?

사기범: 요즘 신용카드에서 개인정보가 대부분 빠져나가고 있어 빨리 수사를 시작해서 범인들 검거해야 하니 수사협조 좀 부탁드립니다.

피해자: ××××입니다.

사기범: 은행계좌 자주 쓰는 것 있습니까?

피해자: ○○은행이구요.

사기범: 계좌번호도 불러주십시오.

피해자: ○○은행 1234-1234-1234 통장주 이기동입니다.

사기범: 비밀번호도요.

피해자: ××××입니다.

사기범: 일단 저희들이 바로 조사해보고 다시 연락드릴 테니 불이익 받지 않으려면 계속 전화 받아주셔야 합니다.

피해자: 잘못한 게 없는데 무슨 불이익입니까?

사기범: 잘못이 있는지 없는지는 확인해봐야 하니 다시 전화 드리겠습

니다. 저는 지능팀 ○○○였습니다.

전화를 끊어버린다. 이제 카드론 대출 받을 수 있는 모든 정황을 만들어놓았다.

조금 전에 빼낸 이기동 개인정보로 사기범은 대포폰으로 카드론 대출을 받는다.

카드론 승인 시 본인 명의가 아니면 대출금을 입금해주지 않는 것을 노리고 자주 쓰는 계좌○○은행 1234-1234-1234 이기동 계좌로 카드론 한도 최고를 신청한다.

ARS 전화로만으로 본인 절차 없이 대출된다는 것을 노렸기 때문이다.

대출금이 입금되는 순간 다시 피해자에게 전화를 건다.

피해자는 대출하지도 않았는데 하며 불안에 떨고 있을 때 또 112로 전화가 한 통 온다.

사기범: 조금 전에 전화 드렸던 ○○경찰청 지능팀 ○○○입니다. 지금 상황이 심각합니다. 조금 전에 불러주셨던 ○○은행 1234-1234-1234 이기동 계좌에 범죄 수익금 천만 원이 입금되어 있는데, 그거 빨리 불러주는 계좌로 보내주시겠습니까?

피해자는 확인해보니 어디선가 모르는 천만 원이 입금되어 있는 것을 확인하고 자기 카드로 대출받았다는 것을 알지 못한 채 돈을 사기범에게 고스란히 보내준다.

이어 피해를 입었다는 것을 인지하고 경찰에 신고한다.

7. 펜션 피싱

사기범은 여름 휴가철을 맞이하여 성수기 때 분잡한 틈을 노린다.
인터넷에 올라와 있는 고급 펜션을 범죄 대상으로 삼는다.
그러고는 대포폰으로 펜션에 전화를 건다.

사기범: ○○펜션 맞습니까?

피해자: 네.

사기범: 방은 있습니까?

피해자: 방은 있는데 조금 있으면 성수기라 예약하지 않으면 방이 없
습니다.

사기범: 하루 자고 가는데 최고 큰 방으로 얼마입니까?

피해자: 큰 방, VIP 방은 50이고 일반은 40입니다.

사기범: 큰 방으로 하나 예약해주시고 ○월 ○○일 숙박하겠습니다. 계
좌 번호 하나 불러주십시오.

피해자: ○○은행 234-234-234 홍길동입니다.

사기범: 50만 원 입금할 테니 입금하고 전화 드리겠습니다.

그러고는 전화를 끊는다.
사기범은 요즘 사업하는 사람들이 입출금 거래내역 SMS 문자서비스
를 대부분 신청하고 있다는 것을 알고 이 정황을 또 악용한다.
허위 문자서비스를 보내 500만 원이 입금된 것처럼 주인을 속인다.
마침 주인 핸드폰 문자서비스에 이기동 이름으로 500만 원이 입금되
었다는 문자서비스를 받는다.
사기범은 주인에게 다시 전화를 걸어 "사장님, 제가 뱅킹을 잘못해서
50만 원을 이체해야 하는데 0을 하나 더 눌러서 500만 원이 입금되었
습니다. 확인 한번 하시고 50만 원 펜션 방값 빼고 450만 원 ○○은행

1235-1235-1235 이기동으로 좀 보내주십시오."라고 한다.

피해자는 문자를 보니 500만 원 입금된 것도 사실이어서 450만 원을 사기범이 불러주는 계좌로 입금해준다.

8. 명함 피싱

사기범들은 성매매 전단지를 구역을 정해놓고 모텔이나 자동차 유리에 꽂아놓는다.

일반 성매매 전단지가 아닌 피해자를 유혹할 수 있게끔 야시시한 그림에 외국인 아가씨랑 2:1로 성매매 할 수 있다는 감언이설로 불특정 다수 남성들을 유혹한다.

피해자: 이거 광고 보고 전화 드리는데 어떻게 하는 겁니까?

이때 남자가 전화를 받으면 조금 빡빡하겠지만 아름다운 목소리로 여자가 전화를 받는다.

사기범: 일단 위치가 어디십니까?

피해자: ○○동 차 안입니다.

사기범: 일단 서비스를 받으려면 호텔이나 모텔에 가서서 전화를 주십시오.

피해자: 외국인하고 2:1로 하는 서비스 지금 받을 수 있습니까?

사기범: 네, 받을 수 있습니다.

피해자: 얼마입니까?

사기범: 2:1 외국인 40분 코스 25만 원입니다.

피해자는 성매매를 평소 즐기던 사람이라 돈도 그리 비싸지 않았다고 생각했는지 바로 모텔로 가서 전화를 드린다며 방을 잡고 전화를 한다.

피해자: ○○동 ○○모텔 102호입니다. 조금 전에 전화했던 사람인데 외국인 2:1 서비스로 예쁜 사람으로 보내주십시오.

사기범: 요즘 단속이 심해서 저희 직원들이 택시를 타고 움직이고 있습니다. 장난전화도 많아 택시비 명목으로 5만 원 선입금해주셔야 합니다.

피해자: 무슨 성매매 하는 데 선입금도 있습니까?

사기범: 단속이 심해서 그런 것이니 이해 좀 해주십시오. 오면 실수 없이 드릴게요. 그냥 믿고 보내주세요. 이런 걸로 장난 안 합니다. 저희 장사하는 방법이 그런 것이니 이해 좀하고 그렇게 합시다.

일단 모텔도 잡았겠다 남자 혼자 모텔에 자고 갈 수도 없으니 벌써 모텔비 3만 원을 투자해놓았기 때문에 그러기로 결심한다.

피해자: 일단 계좌번호 불러주세요.

사기범: ○○은행 124-234-234 ○○○입니다.

피해자: 입금하고 전화 드릴게요.

돈을 송금하고는 다시 전화를 건다.

피해자: ○○○ 이름으로 5만 원 입금했으니 빨리 보내주십시오.

사기범: 잘 알겠습니다.

그러고는 전화를 끊는다. 15분 뒤에 입금한 손님에게 전화를 건다.

사기범: 고객님, 한 가지 문제가 생겼습니다.

피해자: 또 무슨 문제요?

사기범: 조금 전에 직원들이 ○○동에 일을 다녀왔는데 서비스해주고 20만 원 잔금을 못 받고 맞고까지 왔는데 외국인이라 대화도 안 되고 어려움이 있어 그러는데 20만 원 잔금 지금 입금해주시겠습니까?

피해자: 지금 장난합니까? 제가 지금까지 오만 성매매 다해보았는데 서비스받기 전에 돈 준적은 한 번도 못 봤소. 무슨 사람을 이렇게 쪼다 취급합니까? 모텔까지 잡아서 깨끗이 씻고 기다리고 있는데, 그리고 차비 명목으로 5만 원도 붙여주었는데 너무한 거 아니요?

사기범: 저는 직원이고 사장님이 그렇게 시키는데 어떻게 합니까?

피해자: 일단 사장 한번 바꾸어보소. 내가 사장에게 얘기할 테니.

사기범: 사장님은 지금 옆에 안 계시구요. 서비스 받으실 겁니까? 안 받으실 겁니까?

피해자: 받을 것이니 지금 모텔에 있죠.

사기범: 잔금 정리 안 되시면 아까 붙여주셨던 5만 원 재차 입금해드릴 테니 계좌 번호 불러주십시오.

피해자: 지금 5만 원이 중요한 게 아니라 무슨 장사를 이따구로 합니까?(하는 순간 수화기 너머로 다른 아가씨의 목소리가 들린다. '○○모텔 20만 원 잔금 처리되셨구요. 바로 지금 출발하겠습니다.'라고 하는 것이다.)

사기범: 지금 서비스가 많이 밀려 있으니 빨리 선택해주십시오.

피해자는 전화 통화하는 것을 들으니 무슨 장사하는 모양새를 갖춘 것 같아 나머지 20만 원 잔금을 친다. 이어 뒤늦게 사기라는 것을 안다.

하지만 쪽팔려서 경찰에 신고도 하지 못한다.

예방법: 일단 성매매는 불법이기 때문에 여러분이 통장을 안 만들어주면 이런 광고가 안 올라온다.

9. 메신저 피싱

중국에 있는 해커들이 홈페이지나 메신저를 공격해서 해킹한다.

늦은 시간 이렇게 해킹한 홈페이지에 홈페이지 주인인 것처럼 행세해서 접속한다.

그러고는 같이 접속해 있는 1촌이나 친구를 물색해서 범죄 대상을 삼는다.

사기범은 접속해 있는 친구에게 급한 일이 있는 것처럼 쪽지를 보내거나 1:1채팅 신청을 한다. 곤란한 일이 생겼는데 내일 점심때까지 해결해 줄 테니 100만 원만 빌려달라고 한다.

피해자는 그리 큰돈이 어디 있냐고 한다.

사기범은 정말로 급해서 그러는데 50만 원이라도 빌려 달라고 한다. 급한 일이 아니면 이렇게 늦은 시간에 돈을 빌려 달라고 하겠냐며 입장이 곤란하다고 얘기한다.

"내가 이런 거 가지고 실수 안 하는 거 안다 아이가?" 하면서 감언이설로 유혹한다.

피해자는 일단 통화부터 하자고 한다. "내가 지금 전화 걸게."

사기범은 "지금 전화 받을 입장이 못 되니 부탁 한번 하자. 내일 일어나는 대로 해결해준다."고 한다.

피해자는 어릴 때부터 절친이고 실수를 안 하는 친구인지 알기 때문에 사기범이 불러주는 계좌번호로 돈을 송금한다. 다음날 사기라는 것을 알고 경찰에 신고한다.

예방법: 돈거래를 할 때는 항상 본인과 통화가 된 후에 돈을 빌려주거나 받고, 요
즘 해커들은 해킹 기술이 뛰어나기 때문에 어느 물에 가는 줄 모른다. 이
것 또한 사람들이 통장을 만들어주지 않으면 이런 쪽지도 안 오고 아예
해킹 자체를 하지 않을 것이다.

10. 납골당 피싱

사기범들이 조용한 틈을 타 늦은 시간에 납골당을 찾아 부유한 집의
유골을 물색한다.
미리 준비하고 있던 연장을 가지고 자물쇠를 절단하고 유골을 훔친다.
그러고는 메모를 남겨놓는다.
유골을 찾고 싶으면 leekd80@hanmail.net. 메일에 연락처를 남겨놓
으라고 한다.
시체가 사라진 것을 알고 가족들은 유골을 찾기 위해 메일에 연락처
를 남겨놓는다.
이것을 보고 중국에 있는 사기범들이 전화를 건다.

사기범: 유골을 찾고 싶으면 돈을 3천만 원 입금하라. 경찰에 신고하는
순간 유골도 갖다 버리고 다시는 못 찾을 것이다.
피해자: 돈 3천만 원이 어디 있습니까? 그것은 아버지의 소중한 마지막
모습이니 돌려주십시오.
사기범: 내가 그런 사정까지 봐줘야 하나? 돈 3천만 원 준비 안하면 갖
다 버리고 나도 잠수 확 타버린다.

피해자: 알았어요. 돈 입금해 드릴게요.

사기범이 불러 주는 계좌로 돈을 입금한다.

예방법: 이런 전화가 오면 무조건 경찰에 신고해야 한다. 돈을 주든 안 주든 유골은 찾지 못한다. 무엇보다 여러분이 통장을 안 만들어주면 유골도 들고 가지 않을 것이고 유골이 없으면 이런 전화도 오지 않을 것이다.

11. 검찰청을 사칭해서 가짜 사이트로 유인하는 피싱

해커들이 포털 사이트를 공격해 개인정보를 총책들에게 넘긴다.
이어 또 불특정 다수의 피해자들이 범죄대상이 된다.

사기범: 여기는 부산 ○○은행 ○○지점입니다. 저는 상담원 ○○○입니다. 고객님께서 2011년 저의 은행에서 대출해 가신 대출금 2억 원이 아직 상환되지 않고 있고 이자도 석 달 납부되지 않으셨는데 어떻게 되신 겁니까? 이렇게 되면 저희들도 형사, 민사 고발을 할 수밖에 없습니다.
피해자: 저는 대출한 적이 없는데요.
사기범: ××××××-××××××× 이기동 고객님 아닙니까?
피해자: 이기동이는 제가 맞는데, 대출한 사실이 없다니깐요.
사기범: 대출하신 적 없다는 말씀이죠?
피해자: 그렇다니깐 몇 번을 얘기합니까?
사기범: 요즘 명의도용사건으로 대출 사기가 기승을 부리고 있는데, 가까운 검찰청에서 전화가 한 통 갈 것이니 불이익을 받지 않으려면 사건에 협조 좀 부탁드리겠습니다.

피해자: 아니 협조는 해드리겠는데, 잘못한 게 없는데 무슨 불이익을 받습니까?

사기범: 조사를 해보아야 하니 일단 다시 전화 드리겠습니다. 저는 상담원 ○○○였습니다.

피해자가 '무슨 일이지?' 하고 고민하고 있는 순간 검찰청 대표번호가 발신 조작되어 또 다른 사기범 전화가 한 통 온다.

사기범: 이기동 씨 되십니까?

피해자: 네.

사기범: 는 ○○경찰청 저는 담당검사 ○○○입니다. 조금 전에 ○○은행에서 전화 받으셨죠?

피해자: 네.

사기범: 조사를 간단하게 해야 하니 가까운 검찰청으로 오시겠습니까? 아니면 전화 통화로 간단하게 조사 받으시겠습니까?

피해자: 전화로 간단하게 받겠습니다.

사기범: 요즘 개인정보가 유출되어 대출사기가 기승을 부리고 있는데 일단 제가 불러주는 사이트로 접속해서 보안강화 서비스에 신청부터 해주십시오. 그래야 더 큰 피해를 막을 수 있습니다. 협조 좀 부탁드리겠습니다.

이미 해킹 프로그램이 깔려 있는 가짜 사이트 주소를 사기범이 불러준다. "www.co,kr 이리로 접속하여서 보안강화 서비스 팝업창이 뜰 것이니 등록부터 하시길 바랍니다."라며 전화를 끊는다.

피해자는 금융감독원과 똑같이 생긴 것을 보고 가짜 사이트로 들어가 사기범이 시키는 대로 보안카드 번호, 보안카드 번호 35자리, 이체 비밀번호, 통장 비밀번호, 인터넷 뱅킹에 필요한 개인정보를 모두 입력한다.

사기범은 해킹한 인터넷뱅킹 개인정보를 가지고 공인인증서를 재발급 받아 미리 준비해둔 대포통장으로 돈을 이체해 가버린다. 뒤늦게 사기라고 생각하고 경찰에 신고한다.

예방법: 보안카드 35자리를 전부 요구할 경우 이것은 100% 보이스피싱이다. 여러분이 통장을 안 만들어주면 이런 전화 자체도 안 올 것이다.

12. 파밍

'농사'와 '피싱'의 합성어로 악성코드를 심어서 돈을 가로채가는 신종 피싱이다.

피싱과 파밍의 차이점은 피싱은 전화로 가짜 사이트로 유인하지만, 파밍은 동영상, 공짜쿠폰, 동창회 모임, 음악 등 출처가 불분명한 메일이나 문자를 불특정 다수에게 유포시켜 스마트폰 노트북 컴퓨터에 악성 해킹 프로그램을 깐 다음 피해자들이 정상적인 뱅킹을 이용하기 위해 제대로 된 사이트에 들어가도 가짜 사이트로 들어가는 무서운 피싱이다,

가짜 사이트에 접속되면 보안강화 서비스에 신청해야 한다며 인터넷 뱅킹에 필요한 정보를 입력하게 한 다음 앞에서 본 것과 같이 가짜 사이트로 들어가도록 한 뒤 대포통장으로 돈을 가로채가는 그런 무서운 범죄이다. 돈이 사라지고 나서야 사기라는 것을 알고 경찰에 신고하지만 이미 늦다.

예방법: 보안 카드 35자리를 요구할 경우 일단 피싱이 100%이니 보안카드를 일단 랜더 보안 OTP카드로 바꾸어야 하고, 여러분이 통장을 만들어주지 않으면 이런 악성코드 안 심는다.

13. 스미싱

'문자서비스'와 '피싱'의 합성어로 핸드폰 문자에 악성코드를 심어 공짜 쿠폰, 경품 당첨, 무료동영상, 동창회 모임, 모바일 청첩장, 택배 배송 등 감언이설로 불특정 다수 고객들에게 유포시킨다.

이어 피해자들이 문자를 클릭하는 순간 핸드폰 소액결제에 필요한 주민번호, 핸드폰번호, 통신사를 입력하게 한 후 핸드폰 소액결제로 돈이 빠져나가 버린다.

더욱더 무서운 것은 이런 사기를 당하고도 바로 알지 못하고 한 달 뒤에 핸드폰요금 청구서가 날아와야 범죄 사실을 안다는 것이다.

사기범들은 소액결제로 얻은 돈으로 사이버 포커머니 아이템 등을 구입해서 재차 대포통장으로 환전해 돈을 챙겨간다.

예방법: 출처가 불분명한 문자는 클릭하지 말고, 일단 여러분이 통장을 만들어주지 않으면 이런 감언이설이 든 문자는 오지 않을 것이다.

14. 장기매매 피싱

사기범들은 장기 매매할 의사나 능력이 없음에도 불구하고 고속버스 화장실, 휴게소 화장실 등에 감언이설의 문자를 날린다.

이어 힘든 경제에 신장까지 팔아가면서 지푸라기라도 잡을 심정으로 어려운 처지에 있는 사람들이 또 범죄의 표적이 된다.

피해자: 광고 보고 전화 드리는데 이거 어떻게 하면 됩니까?

사기범은 혹시 경찰서에서 수사할 수 있을 것 같아 자기가 전단지를 뿌린 구역이 맞는지 어디서 광고를 보았냐고 물어본다.

피해자: 부산역에서 보았습니다.
사기범: 아~네. 뭐뭐 파실 겁니까?
피해자: 뭐뭐 사는데요?
사기범: 신장, 간, 안구 세 종류 매입하고 있습니다.
피해자: 신장은 얼마나 줍니까?
사기범: 건강상태가 좋은 것은 7천, 조금 떨어지는 것은 5천입니다.

피해자는 신장은 하나만 있어도 살아가는 데 지장이 없다는 것을 알기 때문에 신장을 팔기로 결심한다.

피해자: 신장 팔려고 하는데 어떻게 하면 됩니까?
사기범: 일단 건강상태가 어떤지 건강검진을 받아봐야 합니다.
피해자: 그럼 건강검진 받으려면 어떻게 하면 됩니까?
사기범: 건강검진 받는 곳은 대구이고, 장기매매 자체는 불법이기 때문에 저희들이 전문적으로 거래하는 병원이 있기 때문에 일단 병원 예약부터 해야 합니다.
피해자: 그럼 예약해주십시오.
사기범: 요즘 장난전화도 많고 신중하게 일을 처리해야 해서 건강검진비는 선입금해주셔야 합니다.
피해자: 건강검진비가 얼마인데요?
사기범: 모든 종합검사를 하고 진료를 마치는 데 200만 원입니다.
피해자: 뭐가 그리 비쌉니까?
사기범: 불법이기 때문에 보험이 안 되서 어쩔 수 없습니다.
피해자: 돈이 없어서 신장까지 팔려고 이러는데 그 큰돈이 어디 있습니

까? 신장 팔고 나면 거기서 빼 가면 되지 않습니까?

사기범: 정상적으로 거래가 끝나면 괜찮지만 저희 사비로 병원 예약해 놓았는데 약속을 펑크 내는 사람들이 있어 저희 사장님께 욕 엄청 먹고 요즘에는 이런 식으로 아니면 작업을 받지 말라고 합니다.

피해자: 돈 구하고 연락드리겠습니다.

그러고는 이리저리 돈을 빌려서 사기범이 불러주는 대포통장으로 입금을 한다.

예방법: '신장 삽니다'라는 광고는 99.9%가 사기이다. 신장 매매하는 자체가 불법이고 범죄행위이기 때문에 이런 마음이 드는 사람은 더 열심히 살길 바란다. 건강보다 더 훌륭한 재산이 어디 있는가?

혹을 떼려다가 혹을 하나 더 붙인다.

통장을 만들어주지 않으면 이런 광고가 안 올라온다.

15. 인터넷사기

21세기는 정보화 시대가 되면서 인터넷 중고 물품거래가 늘어나고 있다.

사기범들이 미리 준비한 대포폰과 대포통장으로 중고나라 사이트에 상품권, 자동차, 세탁기, 핸드폰, 내비게이션, 의류, 가방 등 물건을 팔 의사나 능력이 없음에도 불구하고 싼 가격으로 피해자들이 혹할 수 있게끔 광고를 올린다.

이어 피해자들이 물건을 사기 위해 쇼핑을 하다가 광고를 보고 전화한다.

피해자: 광고 보고 전화 드리는데 물건 팔렸나요?

사기범: 아직 안 팔렸습니다.

피해자: 시세보다 싼데 어디 이상 있는 물건 아닙니까?

사기범: 제가 돈이 급하게 필요해서 처분하는 것이니 하자 있는 물건은 아닙니다. 몇 명의 사람들이 산다고 전화가 왔긴 왔는데, 곧 정리되겠죠?

피해자: 그럼 거래는 어떻게 합니까?

사기범: 지역이 어디십니까?

피해자: 서울입니다.

사기범: 저는 부산입니다. 제가 그럼 KTX 열차에 퀵 화물로 서울역으로 보내드릴 테니 물건 보내면 물건 대금 50만 원 보내주십시오.

피해자: 네, 알겠습니다. 물건 보내고 전화 주십시오.

그러고는 사기범은 부산역에서 서울로 가는 퀵에 빈 상자를 택배로 보낸다.

그리고 물품 번호를 불러주기 위해 피해자에게 전화를 건다.

사기범: 조금 전에 물건 팔려고 했던 사람입니다. 지금 물건 보내기 위해 퀵 화물센터에 왔습니다. 부산역에서 2시에 출발하여 5시에 서울 도착입니다. 보내는 사람 홍길동, 받는 사람 누구로 할까요?

피해자: ○○○입니다

사기범: 계좌번호 불러 드릴 테니 50만 원 입금 좀 해주시겠습니까?

피해자: 물건 받고 해드리면 안 됩니까?

사기범: 아까도 얘기했듯이 지금 돈이 급해서 싸게 정리하는 것이니 부탁 좀 합시다.

피해자: 그래도 물건도 안 보았는데 입금하기가 쫌 안 그렇습니까?

사기범: 입장은 똑같습니다. 물건 보냈는데 입금 안 해주면 또 어떻게 합니까? 대구에 산다는 사람 거절하고 지금 이렇게 왔는데 3시간은 못 기다리니 대구 사람에게 팔겠습니다.

피해자는 너무 싼 물건을 놓치기 싫어 돈을 송금한다.

예방법: 인터넷으로 물건을 살 때는 항상 안전거래 사이트로 구매하고 카드로 구매하며, 현금으로 유도하는 행위는 사기범이 즐겨 하는 행동이니 조심해야 한다.

여러분이 통장을 만들어주지 않으면 이런 광고 안 올린다.

16. 운전면허 신분증 위조해준다는 사기

처음부터 운전면허나 신분증을 위조해줄 의사나 능력이 없는 사람이 인터넷이나 전단지에 신분증을 위조해준다고 광고를 올린다.

형사사건으로 기소중지 걸린 사람들 그리고 무면허로 면허정지인 사람들이 범죄의 표적이 된다.

이런 사람들이 인터넷 광고나 전단지를 보고 전화를 한다.

피해자: 광고 보고 전화 드립니다.

사기범: 네.

피해자: 운전면허증이 필요한데 만들어줄 수 있습니까?

사기범: 네, 만들어 드릴 수 있습니다.

피해자: 만드는 데 시간은 얼마나 걸리며 비용은 얼마나 들어갑니까?

사기범: 시간은 빠르면 1주일, 늦으면 10일 정도 걸립니다. 비용은 120만 원이구요.

피해자: 돈부터 드려야 하나요?

사기범: 돈부터 달라고 하면 서로 찝찝한 거래이니 일단 저희들도 중국에 물건을 부탁해야 하니까 서류비 명목으로 20만 원은 선입금 해주셔야 합니다.

피해자: 저도 운전면허증이 필요해서 부탁하는 것이니 다 만들고 나서 한꺼번에 120 정리해주면 안 되나요?

사기범: 그렇게 하면 서로 깔끔하겠지만 신분증 주문해놓고 찾아가지 않는 경우나 전화 통화가 안 되는 경우가 있어서요. 이 신분증은 저희들에게 필요 없는 물건이니 저희들만 서류비 그냥 20만 원 손해 보는 것입니다. 이런 일들이 있기 때문에 그런 것이니 그렇게는 안 됩니다.

피해자: 어떤 식으로 작업하나요?

사기범: 일단 제가 불러주는 메일에 증명사진 하나 면허증에 올릴 것 보내주시면 생년월일 또한 대충 몇 년생으로 해드리면 되는지 희망 년생을 적어서 보내주시면 정확하지는 않아도 근접하게는 맞추어 드릴게요. 10년씩, 20년씩 생년월일이 차이가 나면 들고 다니는 입장에서도 쪼금 찝찝하잖아요.

그리고 미리 준비해두었던 대포 메일을 불러준다.

사기범: leekd80@hanmail.net입니다. 이쪽으로 사진, 희망 주민 년생 보내주시고 서류비 20만 원은 이쪽으로 보내주십시오.

미리 준비해두었던 대포통장 계좌를 피해자에게 알려준다.
'○○은행 ○○○-○○○-××××홍길동'
사진 보내고 돈 입금하고 전화 달라며 전화를 끊는다.

피해자는 사진관에서 사진을 찍고 아까 불러주었던 메일로 사진 그리고 희망 년생을 적어 보낸다.

그러고는 20만 원을 입금하고 사기범에게 전화를 건다.

피해자: 사진, 돈 입금했습니다.

사기범: 잘 알겠습니다. 물건 깨끗이 만들어서 보내어 드릴게요. 주위에 신분증 만들 사람 있으면 소개 좀 많이 부탁드립니다.

일주일 뒤 물건을 다 만들고 나면 전화를 드린다고 전화를 마친다.

그리고 일주일 뒤 물건을 다 만들지도 않은 채 다 만들었다고 전화를 건다.

사기범: 물건 깨끗이 잘나왔는데 어디로 보내 드릴까요?

피해자: 벌써 다 만들었나요? 제가 있는 곳이 대구인데 택배로 보내주면 안 되나요?

사기범: 택배는 시간이 많이 걸려서 안 되고 고속버스 화물로 보내드릴게요. 대구 서부 정류장으로 보내 드릴까요?

사기범은 근처에 있는 고속버스터미널로 직접 간다.

그러고는 봉투에 공중전화 카드를 넣고 대구 서부 정류장으로 물건을 보내는 것처럼 화물택배를 신청한다.

그러고는 물품 번호를 받는다,

피해자에게 전화를 걸어 강남고속 ××××차량번호 운전기사 핸드폰번호 ㅇㅇㅇ-××××-××××라고 일러준다,

사기범: 서울 고속버스터미널에서 2시 출발, 서부 정류장 5시에 도착

입니다.

피해자: 네, 감사합니다. 물건 받고 전화 드릴게요.

사기범: 지금 잔금 100만 원 입금해주세요.

피해자: 아직 물건도 안 받았는데 물건 받고 입금해 드리겠습니다.

사기범: 저희들도 불법행위를 하는 것이라 물건 보내고 난 뒤에 100만 원 잔금 치지 않고 연락이 안 되는 경우가 종종 있어서요. 위에 사장님이 그렇게 하라고 하고 장사하는 방법이 이러니 어쩔 수 없습니다.

피해자: 그래도 물건도 안 받았는데 그 거래는 쫌 안 찝찝합니까?

사기범: 지금 물건 고속버스에서 다시 내립니다. 다른 곳에도 지금 빨리 물건 보내야 하니 어떻게 할까요? 차 지금 출발하려고 하는데.

피해자: 알겠습니다. 입금해드릴게요.

사기범: 어딜 가도 다 불법적인 거래는 이렇게 하는 것이니 그리 알고 계시면 됩니다. 물건 잘 나왔으니 다음에 신분증 위조할 사람들 소개나 시켜주시면 한 사람당 30씩 챙겨 드릴게요.

피해자: 알겠습니다. 저번에 그 계좌로 입금하면 됩니까?

사기범: 네.

그러고는 100만 원을 입금한다.

물건이 도착한 후에야 공중전화 카드가 온 것을 보고 뒤늦게 사기라는 것을 안다.

자기 자신도 신분증 위조 범죄를 저지르려고 했기 때문에 경찰에 신고하지도 못한다.

예방법: 인터넷에 신분증 위조해준다는 광고는 99%가 사기이다.

위조를 해준다고 한들 사문서 위조, 공문서 위조 행사 죄로 강력한 형사처벌을 받게 된다.

아예 처음부터 음주운전을 하지 말고 음주운전해서 면허 취소를 당했다 하더라도 대중교통을 이용해야 한다.

인출도구로 사용되는 통장이 없으면 사기에 착·발신으로 사용되는 대포폰이 없으면 신분증위조해준다는 광고 자체가 안 올라올 것이다.

절대 핸드폰이나 통장을 만들어주면 안 된다.

17. 일하러 갈 테니 경비나 택시비 붙여 달라는 피싱

여자들이 많이 쓰는 수법으로, 벼룩신문이나 인터넷 구인구직 광고에 아가씨들이 필요한 다방, 룸살롱, 노래방, 안마시술소 업소 사장들이 구인구직 광고를 낸다.

이런 업주들이 사기범의 범죄 대상이 된다.

일할 의사나 능력이 없는 아가씨(사기범)가 인터넷으로 대포통장 대포폰을 구입해서 대포폰으로 이런 광고를 보고 전화를 건다.

사기범: 광고 보고 전화 드리는데 일하는 아가씨 구했나요?

이런 업주들은 아가씨가 많으면 많을수록 이익이기 때문에 무조건 감언이설로 일을 하게끔 유혹한다.

피해자: 아가씨 못 구했습니다. 일은 해보셨나요?
사기범: 네, 거제도, 함안, 순천에서 일해보았습니다.

월급과 조건, 분위기 등을 물어보고 빚이 없다는 것을 강조한다.

다방 같은 곳에는 일단 빚이 없다는 이유만으로 업주의 부담이 80% 덜어진다는 것을 악용하는 것이다.

피해자가 빚이 없다는 아가씨의 말에 무조건 잘해줄 테니 같이 일하자고 꼬신다.

사기범은 가게 위치가 어떻게 되는지 물어보고 ○○라고 하면 제일 먼 곳을 부른다.

가까이 있다 하면 승용차를 가지고 데리러 온다고 하고 택시비도 많이 못 뜯어내기 때문이다.

그리고 옆에 친구도 한 명 같이 있다.

친구도 빚이 없고 같이 일하고 싶다는 정황을 만들어 업주의 마음을 부풀려놓는다.

피해자는 빚이 없는 사람이 한 명도 아니고 두 명이나 있다는 사기범의 감언이설에 이게 웬 떡이냐고 생각하며 있는 곳까지 모시러 간다고 한다. 그러면 왔다 갔다 시간이 많이 걸리니깐 자기들이 짐도 많고 하니 택시를 타고 간다고 한다.

그러고는 택시비를 내달라고 한다.

피해자는 알겠다며 꼭 같이 일하자며 잘해줄 테니 택시 타면 택시기사한테 전화를 바꾸어주면 정확한 가게 위치를 설명해준다고 전화를 마친다.

이제 이 사기범들은 사기 칠 정황을 모두 만들어놓는다.

그리고 30분 뒤 업주에게 전화를 한다.

사기범: 조금 전에 일하러 가기로 했던 사람인데 같이 있는 친구가 너무 멀다고 가까운 곳으로 가자고 그러네요. 죄송합니다.

이러면서 업주의 부풀었던 기대에 찬물을 끼얹는다.

그러면 피해자는 선불도 없고 두 여자를 놓치기 싫었는지 아가씨가 없어 지금 장사도 못하고 있는 상황이라 수단과 방법을 가리지 않고 가게로 오길 유혹한다.

피해자는 거기나 여기나 똑같은데 월급도 좀 올려주고 이쁜 드레스도 하나씩 사줄 테니 친구분과 같이 자기 가게에서 일하자고 유혹한다.

사기범: 저는 괜찮은데 친구가 택시 타고 그 먼 곳까지 갔는데 연락이 안 되든지 얼굴 못생겼다고 택시비 내주지 않으면 입장이 곤란하다며 그냥 가까운 곳에서 일하자고 합니다.

피해자: 내가 이렇게 통화가 잘되는데 연락이 끊길 이유라도 있습니까?

사기범: 일단 친구랑 얘기하고 다시 전화 드릴게요.

피해자: 친구랑 얘기 잘해서 같이 일하는 방법으로 합시다. 제가 잘해 드릴게요.

사기범: 일단 알았어요.

그리고 전화를 끊는다.
얼마 후 업주에게 다시 전화를 건다.

사기범: 친구랑 얘기했는데 택시비 먼저 입금해달라고 합니다. 그럼 거기서 일하겠다고요.

그리고 저희 옷이 많아서 세탁소에 있는데 찾으려면 20만 원 정도 들어가고 택시비, 세탁비 보내주세요. 지금 바로 출발하겠습니다. 택시비 30만 원, 세탁비 20만 원, 50만 원 좀 보내주십시오.

그러고는 이미 준비해둔 대포통장 계좌번호를 업주에게 가르쳐준다.

피해자는 어차피 빚도 없고 여자 한 명 소개소에서 데리고 와도 소개비 명목으로 100만 원을 줘야 하는데 그것도 한 명이 아니고 두 명이라는 감언이설에 손해 보는 장사가 아닌 것 같아 50만 원을 입금해준다.

그러고는 이 여자들을 본 사람들은 아무도 없다. 연락도 되지 않는다.

예방법: 이런 일은 신고도 하지 못한다. 일을 하러 온다고 하는 아가씨 들에게 있는 곳까지 데리러 간다고 했는데도 택시비 달라는 사 람들은 100% 사기이니 택시비나 세탁비를 입금하면 안 된다.
그리고 사람들이 통장을 만들어주지 않으면 이런 일하러 온다는 전 화도 안 온다.

18. '마이너스대출 가능합니다' 라고 수수료 가로채가는 보이스피싱

대출해줄 능력이나 의사가 없는 사기범이 문자나 메일을 통해 불특정 다수 피해자들에게 "○○은행 과장입니다. 누구나 마이너스 대출 가능합 니다."라고 유포시킨다.
그러면서 상담을 원하는 분은 통화 버튼을 누르라고 하고 문자를 보 낸다.
이어 신용불량자나 급전이 필요한 서민들이 범죄의 표적이 된다.
대출을 받기 위해 상담을 신청하면 통화버튼을 누른다.
피해자가 광고를 보고 전화하면 사기범은 "지금 상담전화가 많아서 잠 시 후 금융기관에서 전화가 갈 테니 잠시만 기다려 달라."고 한다.
이어 사기범은 미리 준비하고 있던 인터넷 무선전화로 발신 조작해서 1588-×××× ○○은행 대표번호를 띄워서 조금 전에 전화 왔던 피해자에 게 전화를 건다.

사기범: ○○은행입니다. 저는 상담원 ○○○입니다. 마이너스대출 건 때 문에 전화 드렸습니다. 대출 받으실 건가요?
피해자: 네.

사기범: 근로소득 원천징수 영수증과 재직증명서를 보내주시면 당일 3
천만 원에서 5천 만 원까지 대출해 드리겠습니다.

피해자: 직업이 없는데요.

이 사람은 서류를 마련할 수 없다. 다시 전화를 드린다며 전화를 끊
는다.

○○은행 ○○○ 과장이라면서 피해자에게 또 전화가 한 통 온다.

사기범: 조금 전에 상담했던 ○○○ 과장입니다. 대출 안하실 겁니까?

피해자: 근로소득 원천징수 영수증이 없는데요. 저는 직업이 없어서 서
류준비를 못 할 것 같습니다. 직업이 없으면 대출 받을 수 없
나요?

사기범: 그럼 대출에 필요한 서류를 저희 쪽에서 준비해 드릴 테니 서류
값 200만 원만 보내주세요.

피해자: 돈이 없어서 대출하는 사람이 그 큰돈 200만 원을 어떻게 구
합니까? 대출 받고 나서 제가 대출 나오면 드릴 테니 후불제로
하면 안 되나요?

사기범: 혼자 하는 일이 아니고 지점장부터 몇 명이 하는 일이고 저희들
도 일하는 규칙이 이러니 서류비 선불로 입금해주셔야 합니다.

피해자: 서류비만 드리면 대출 확실히 되는 것 맞습니까?

사기범: 저희들도 은행 직원인데 그런 말도 안 되는 거짓말을 하겠습니
까? 그 뒷감당을 어떻게 하려구요. 사장님이나 불법 대출했다
고 말하지 마십시오.

피해자: 지금 돈이 없고 내일 이리저리 돈을 빌려서 200만 원 맞추어볼
테니 내일까지 기다려주십시오.

피해자는 다음날 힘들게 돈을 이리저리 구해서 사기범이 불러주는 대포통장으로 돈을 입금한다. 이어 돈을 보낸 후 연락이 되지 않아 경찰에 신고한다.

> 예방법: 공공기관 대출 시 은행에서는 절대 대출 명목으로 수수료를 원하지 않는다. 수수료를 요구하는 대출은 100% 사기이다.
>
> 이것 또한 통장을 만들어주지 않으면 대출해준다는 광고 자체가 안 올라올 것이다.

19. 카드 복제(업소용)

피해자가 룸살롱이나 고급술집 그리고 다른 사람에게 양도를 해서 비밀번호를 가르쳐주며 심부름을 시킨다.

술을 다 먹고 계산할 때 카드 계산을 하면 카드명세표가 집으로 날아오기 때문에 마누라에게 들통 날까 싶어서 현금 결제하기로 마음을 먹는다. 그리고 술집은 현금계산하면 또 많은 금액을 할인해주기 때문에 이런 정황이 많이 일어난다.

이런 사람들이 범죄 표적 대상이 된다.

술집 웨이터에게 체크카드나 현금카드, 신용카드를 주면서 비밀번호 ××××이니 술값 계산하게 돈을 찾아오라고 시킨다.

이어 위장취업을 하고 있던 계획된 사기범 웨이터가 손님에게 카드를 건네받고 현금지급기로 가는 도중 화장실에 들러서 엄지손가락만한 스키머 카드 복제기로 카드정보를 빼낸 뒤에 손님이 원하는 금액을 찾아서 카드와 현금을 손님에게 갖다 준다.

손님은 자기 카드가 복제된 사실을 전혀 알지 못한다.

몇 달 후 사기범들은 대포통장이 구해지는 순간 복제된 카드로 이체를 해버린다.

요즘 웬만해서는 카드에 입출금 거래가 있는 순간 핸드폰에 거래내역 문자가 뜬다는 것을 알고 있기 때문에 큰돈을 사기 치려면 대포통장이 준비되어야 한다.

피해자는 무엇이 잘못되었는지 알 수도 없고 신고를 해도 카드를 잘못 쓴 본인 과실로 인해 보상을 받을 수도 없다.

예방법: 타인에게 비밀번호를 가르쳐주면서 돈을 찾아오라는 행위는 절대 하지 말고 설마가 사람 잡는 일이 일어난다.

주위 사람 또한 믿을 수 없듯이 항상 가까운 사람을 조심해야 한다.

평소에 비밀번호를 가르쳐주고 돈을 찾아오라고 심부름 시킨 사람들은 지금 빨리 은행으로 가서 비밀번호를 바꾸고 카드도 바꾸기 바란다.

사기범이 대포통장을 구하는 순간 엄청난 돈이 자고 일어나면 사라져버린다.

통장을 만들어주면 안 된다는 것부터 명심하라.

20. 카드 복제(현금지급기용)

사기범이 보안이 허술한 아파트 단지나 고속도로 휴게실 현금지급기의 현금 카드 밀어 넣는 입구에 새끼손가락만 한 카드정보 빼는 기계를 설치해놓는다.

현금지급기 박스 옆에 보이지 않는 새끼손톱만 한 무선 캠도 설치해놓는다.

그리고 그 주위에서 차량에 앉아 아이패드나 무선 노트북을 통해 피해자들이 현금카드를 쓰기만을 지켜보고 있다.

피해자들이 은행에 현금지급기 이용하러 들어오면 현금지급기에 카드 복제기가 설치되어 있는지도 모른 채 자기의 카드를 밀어 넣는다.

사기범들은 피해자들이 누른 비밀번호를 노트북 아이패드로 훤히 바라보고 있다.

그리고는 장부에 차례대로 비밀번호를 정리해놓은 다음 계속해서 다른 피해자들의 카드정보를 빼낸다.

빼낸 정보는 카드 복제를 해서 6개월 뒤 대포통장을 준비해서 시간이 깊은 밤 현금지급기를 통해 계좌이체를 한 뒤에 돈을 인출해버린다.

자고 일어난 뒤에야 돈이 사라진 것을 알고 경찰에 신고를 해보지만 어디서부터 무엇이 잘못되었는지는 알 수도 없고 사기범들을 잡을 수도 없다.

예방법: 현금지급기에서 은행 일을 볼 때는 항상 옆에 누가 없어도 손을 가리고 비밀번호를 누르는 습관을 들여야 하며, 카드 밀어 넣는 입구가 다른 현금지급기와 다른지 확인하는 센스가 필요하다.

정보가 빠져나간 뒤에는 이미 후회를 해도 늦다. 피해금도 돌려받을 수도 없다.

지금 내 현금카드가, 내 체크카드가, 내 신용카드가 복제되어 있을 수도 있다.

사기범에게 대포통장이 모아지는 순간, 자고 일어났을 때 엄청난 돈이 사라진다.

일단 통장 만들어주는 행위가 범죄행위인 줄만 알면 된다.

시스템 자체를 모르면 무조건 당하게 되어 있다. 그리고 당했을 때는 이미 늦다.

보이스피싱이 검거하기도 힘들고
줄어들지 않는 이유

보시다시피 조직들 하나하나 따지고 보면 아무것도 아닌 것 같지만 개인정보 빼내는 팀, 통장모집 팀, 인출 팀, 보이스피싱 연구원 팀, 총책이라는 다섯 개 조직이 뭉치면 대한민국을 흔드는 이런 엄청난 범죄가 발생한다.

국내에 들어와 활동하고 있는 개인정보 빼내는 팀들, 통장모집 팀, 인출모집 팀들은 경찰 검찰에서도 단속하고 검거하기가 힘이 든다.

왜 힘이 들까? 개인정보 빼내는 팀들과 해커들은 추적이 불가능한 서버를 두고 해외에서 범죄를 하기 때문에 검거할 생각조차 할 수 없고, 이벤트 게임회사에서 설문조사 나왔다고 어린아이에게 전화를 끄라고 하며 개인정보를 빼내는 사기범들은 설사 어른들이 이런 현실을 목격하더라도 게임기를 파는 잡상인인 줄 알지 범죄자인 줄은 절대 모를 것이다.

만약 증거가 확실해서 경찰에 잡히더라도 이 사기범들은 대부분 전과도 없고 설문지 조사를 해주면 돈을 준다고 해서 아무것도 모르고 설문지 조사만 해준 것이라고 하며 오리발을 내민다. 검거도 힘들뿐더러 이런 하범들은 모르는 게 사실이고 잡아봐야 솜방망이 처벌로 풀려나기 마련이다.

1. 통장모집책 검거가 힘든 이유

검거하면 백이면 백 전부 오리발이다. 통장을 만들어준 피해자를 소환해서 조사하면 너무 힘들어서 인터넷 광고 보니 통장 1개를 만들어주면 30만 원씩 준다고 해서 만들어주었는데 돈도 받지 못하고 자기도 사기 당했다, 사기꾼 좀 잡아달라며 오히려 도로 화를 내고, 신용불량자도 대출해준다고 해서 신용등급 올려야 한다며 통장 만들어 달라고 해서 만들어주었지 범죄 하라고 만들어준 것이 아니라며 자기도 피해자라고 억울하다는 사람, 어린 학생들은 용돈이 필요해서 나쁜 데 쓰이는 줄 모르고 만들어주었고, 노숙자 또한 춥고 배고파서 통장 만들어주면 밥 사준다고 해서 만들어주었다고 한다.

범죄에 쓰일 줄 모르고 통장을 만들어주는 사람들이 80%이면 20%는 범죄에 쓰일 줄 알고 통장을 만들어주었음에도 불구하고 사건이 드러나 경찰조사를 받으면 조사 받기 전 사기범들과 알리바이를 다 계획해놓았기 때문에 경찰 조사에서 범죄에 쓰일 줄 모르고 통장을 만들어 준 80% 사람들과 똑같이 오리발을 내민다.

사건 자체도 너무 미비하고 계획적으로 알리바이를 만들어 경찰조사를 받기 때문에 솜방망이 처벌을 받고 풀려난다.

정말 아무것도 모르고 통장을 만들어준 사람들만 피해를 입는 것이 대다수이고 통장모집책 대장을 검거하는 일은 주위 사람이 신고해주지 않으면 검거하기가 불가능하다.

우리나라에서 한 해 보이스피싱 피해건수는 작게는 만 명 많게는 17만 명, 피해금액은 1,100억이라고 한다. 1,100억을 대포통장으로 출금하려면 대포통장 2만 개가 필요하다.

통장 1개당 1일 출금한도가 600만 원으로 정해져 있기 때문에 통장 1개당 600만 원의 피해자가 생긴다고 생각하면 된다. 그리고 통장은 1회용이기 때문에 한번 쓴 통장은 완전범죄를 위해 바로 폐기해버린다. 2만 개의 대포통장 중 명의당 통장을 2개 정도를 만드니까 만 명이 아무것도 모른 채 이익 없이 통장이 범죄에 쓰이는지 모르고 통장을 만들어준다는 얘기가 된다.

보이스피싱 사기당하는 사람이 한해 17만 명, 이 사람만 피해자가 아니고 범죄에 쓰이는지 모르고 통장을 만들어준 만 명, 이 사람들도 형사처분으로 인해 벌금을 내야 하니까 피해자이기는 마찬가지이다. 보이스피싱 범죄를 수사해봤자 총책, 연구원 팀, 실질적으로 상선들은 해외에 있기 때문에 검거는 생각조차 할 수 없고, 아무것도 모르는 통장 만들어준 피해자만 두 번 울리는 결과가 된다.

2. 인출모집책 검거가 힘든 이유

중국 사람들이 일하는 조직 중 제일 위험 부담이 크고 사고가 많이 나는 팀이다.

인출대장은 총책의 최고 측근이며, 이 인출대장을 검거해야 하는데 확실한 세뇌를 받고 계획적으로 움직이기 때문에 검거하기란 쉬운 일이 아니다.

인출대장을 제외한 2~3명 인출 팀 직원들은 중국 사람이지만 한국에 대학을 다니기 위해 온 유학생으로 돈만 찾아주면 쉽게 돈을 벌 수 있다는 인출대장 말에 아르바이트하기 위해 돈을 찾아주다가 검거되는 것이 대다수이다.

직원들 또한 인출대장의 인적사항을 알지 못하기 때문에 알고 있는 정보는 대포폰 번호가 전부일 것이다.

인출할 때 직원들에게 출금하러 갔다 오라며 카드를 주면서 시킨다.

혹시 인출하는 과정에 경찰에게 검거될 수 있다는 현실에 인출대장은 항상 긴장하며 돈을 잘 찾아오는지 주위에서 감시한다.

돈을 찾는 직원이 출금하다가 경찰에 체포되면 인출대장은 직원을 버리고 도망을 가버린다. 그래서 아무것도 모르는 제2의 피해자만 생기며 검거하기가 쉬운 것이 아니다.

3. 대포통장의 문제점

사기란 갚을 능력이나 변제할 의사가 없으면서 재산상 이득을 취하는 것이다.

대포통장으로 인한 사기 또한 완전범죄를 위해 갚을 능력이나 변제할 의사가 없으면서 재산상 이득을 취하는 것이다.

우리나라에서 일어나는 사기 사건은 하루에도 무궁무진하다. 하지만 일반사기는 피의자(사기범)가 누군지 알 수 있어 형사 처분으로 고발할 수 있다. 고발하면 피의자가 누구인지 알기 때문에 합의로 변제받을 수 있다. 또한 사기범을 검거할 수 있어 똑같은 피해를 줄일 수도 있다. 하지만 대포통장으로 인한 사기는 피의자가 누구인지 알 수 없어 항상 수사는 원점이며 제2의 피해자가 계속 늘어난다는 것이다.

보이스피싱뿐만 아니라 21세기는 정보화 시대이기 때문에 인터넷이 생기고 난 후부터 대포통장으로 인한 인터넷 사기도 기승을 부리고 있다.

중고 물품 판다며 광고 올려놓고 대포통장으로 돈만 가로채가는 범죄, 다양한 대포통장으로 인한 범죄.

이 범죄는 시간이 흐른 지금도 계속 기승을 부리며 피해자들을 두 번 울리고 있다.

대포통장과 대포폰만 있으면 인터넷에 무슨 사기라도 칠 수 있는 그런 세상이다.

대포폰과 대포통장은 또 인터넷상으로 너무 쉽게 구입할 수 있다.

정부에서 여러 대책을 마련해왔지만 보이스피싱뿐만 아니라 사기범죄가 사라지려면 모든 사기에 피해금을 가로채가는 도구로 사용되는 대포통장이 사라져야 한다.

4. 보이스피싱 대책

보이스피싱 사기가 활기를 치면서 이것은 단순한 사기가 아니라 전국에 있는 수많은 사기범들에게 일자리를 제공한 것이나 다름이 없다.

계획적으로 몇 년 동안 범죄가 이루어졌기 때문에 통장만 구하면 쉽게 돈 벌 수 있다는 통장모집책들이 전국으로 확산되어 수많은 피해가 늘어나고 더욱더 지능화된 방법으로 통장을 매입하고 있다. 예전에 통장모집책 대장을 하고 있을 때 경험한 일이다.

장사든 사업이든 사기범들이든 누구나 이익 없는 거래는 하지 않을 것이다.

대포통장 1개가 생산되는 가격은 30만 원, 도매와 소매가격을 거치면 60만 원에서 70만 원이 된다. 통장모집책 대장이 전국에 있는 통장을 60~70개 매입해서 인출대장에게 넘겨주는 마지막 가격이 100만 원이다.

통장모집책 직원들은 하루에 1개만 통장 매입을 해도 돈이 30만 원인데 돈을 벌기 위해 수단과 방법을 가리지 않고 더욱더 치밀하게 지금 이 순간에도 통장을 매입하고 있다.

통장을 매입하면 할수록 수많은 피해자가 배로 일어난다는 얘기가 된다.

범죄에 쓰일 줄 모르고 통장을 만들어준 사람은 전자금융거래법 위반으로 형사 처분을 받아 피해를 입고, 그 통장으로 인해 누군가 보이스피싱 사기를 통해 또 피해를 입는다는 사실 모든 국민 그리고 나라에서 알아야 할 것이다. 인출대장들이 나에게 종종 이런 말을 했다. 대포통장이 없어서 보이스피싱 일을 못하고 있다며 대포통장을 더 좋은 가격으로 물건 값을 쳐줄 테니 다른 인출모집책에게 팔지 말고 자기에게 팔아달라고 말이다.

그만큼 사기범죄에 있어 대포통장은 심장이며 없어서는 안 될 도구이다.

대포통장을 뿌리 뽑아야만 보이스피싱뿐만 아니라 우리나라에서 성명 불상의 사기가 사라질 것이다.

지금까지 나라에서 여러 가지 대책 방안을 발표했음에도 불구하고 계속 피해가 일어나는 것은 대책이 아니라 보이스피싱 종목만 바꾸어주며 더욱더 지능범죄를 만들어준 결과만 가져다준 것이다.

대포통장이 사라지지 않는다면 보이스피싱이나 각종 유사한 사기들도 사라지지 않으며 더욱더 지능화된 보이스피싱 사기로 똑같은 피해만 입으며 소 잃고 외양간 고치는 그런 결과를 줄 것이다.

5. 대포통장이 사라지려면

일단 독자 여러분은 통장 만들어주는 행위가 범죄행위라는 것만 알면 된다.

통장 얘기만 나와도 '아, 저 사람 사기꾼'이라고 인지가 되어 있어야 한다.

자기가 무심코 만들어준 통장이 다른 사람은 물론이고 다른 누군가는 몇 배의 고통이 따른 다는 것을 잊지 말아야 한다.

자녀들에게 그리고 나이 많으신 어른들에게 강도 높은 교육이 필요할 것이다.

이것을 공감하지 않으면 사기범들에게 통장이 준비되는 순간 내 체크카드가, 내 현금카드가, 내 신용카드가 비밀번호까지 위·변조되어 자고 일어났을 때 돈이 사라져버리는 순간이 머지않아 다가온다. 내 경험상 확실하다.

6. 장물 취득

스마트폰이 열풍이 일면서 대포통장만큼이나 사회적으로 이슈가 되고 있는 것이 스마트폰 분실이다.

한 개에 100만 원 이상씩이나 하는 고액의 핸드폰을 잃어버리면 그 누구라도 스트레스이고 짜증나는 일일 것이다,

하루에 1,800대씩 사라지는 스마트폰은 도대체 어디로 간 것일까?

잃어버리기만 하면 전화 연락도 되지 않고 찾을 수 없는 이유는 무엇일까?

범죄자들이 실제 100% 스마트폰을 훔치거나 습득하는 정황이니 내가 이 정황이면 어떠한 선택을 할까? 그리고 예방법은 무엇일까?

스스로 자가 진단해보기 바란다.

한번 잃어버린 핸드폰은 98% 이상 찾을 수 없다.

왜? 스마트폰은 순금 3돈의 가치가 있기 때문이다. 순금은 현금이란 말이 있듯이 스마트폰을 가지고 다닐 때는 항상 스마트폰이 아닌 순금 3돈이라는 생각하고 생활하기 바란다.

지금 이 시간에도 더욱더 지능화된 수법으로 누군가 여러분의 스마트폰을 노리고 있다.

① 불특정 다수 피해자들에게 전화기 배터리가 없는데 전화 한 통만 쓰자고 핸드폰 훔쳐가는 범죄

초등생, 여중생, 여고생, 여대생, 가정주부, 고령자, 장애인 등 일단 사리분별이 흐릿한 사람이나 운동신경이 없는 여자들이 범죄 대상이 된다.

범죄자는 처음부터 스마트폰을 훔칠 목적으로 이런 사리분별이 흐릿한 고령자나 운동신경이 없는 여자들에게 접근해서 "핸드폰 배터리가 없

어서 그러는데 급하게 전화 한 통만 쓰자."고 공손히 부탁한다.

　피해자는 상대를 보니 얼굴도 평범하게 생겼고 진짜 급한 일이 있는 것 같고 전화 한 통에 큰돈이 들어가는 것도 아니기 때문에 도와주려는 마음에 긍정적인 마음으로 전화기를 쓰라고 범죄자에게 핸드폰을 내민다.

　범죄자는 피해자가 내민 핸드폰 기종, 회사명, 색깔 등을 감정한 후 전화를 거는 척한다.

　스마트폰마다 회사명, 색깔, 기종마다 스마트폰 매입 가격이 다르기 때문에 이왕 훔치는 거 제대로 된 값어치가 나가는 최신 유행 폰으로 훔쳐간다. 범죄자는 스마트폰을 보는 순간 얼마짜리라는 것을 인지하고 고급 핸드폰이면 바로 전화를 거는 척하면서 튀어버린다.

　피해자는 "도둑이야!" 하면서 소리를 쳐도 5초 만에 사라진 범죄자를 잡을 순 없다.

　핸드폰 분실 정지를 신청해도 핸드폰 단말기 값이며 고스란히 피해를 입게 된다.

　　예방법: 밤이나 낮이나 될 수 있으면 핸드폰을 주머니나 가방 속에 넣어 다니며 범죄자의 눈에 전화기를 노출시켜서는 안 된다.

　　이것을 노출하는 순간 범죄자에게 강도와 절도의 표적이 된다.

　　전화기를 빼앗기 위해 시작한 행동이 성폭력 같은 강력 범죄로 이어질 수도 있다.

　　모르는 사람이 전화 한 통만 쓰자고 하면 그때그때 분위기나 느낌에 따라 다르겠지만 되도록 "죄송합니다. 핸드폰 요금이 밀려서 발신이 되지 않습니다." 라고 하는 센스도 있어줘야 핸드폰 분실이나 강력 범죄를 예방할 수 있다.

　　내가 빌려주는 것은 핸드폰이 아니라 순금 3돈이라고 생각하면 된다.

② 불특정 다수 피해자들에게 접근하여 오토바이로 핸드폰 날치기 하는 범죄

범죄자들이 훔친 오토바이로 2인 1조가 되어 오토바이를 타고 범죄 대상을 물색한다.

대부분 사람이 많이 다니지 않는 깊은 밤, 전화 통화하면서 걸어가는 사람이나 스마트폰을 들고 걸어가는 사람이 표적이 된다.

피해자가 통화하면서 전화 내용에 집중하고 있을 때 2인 1조 오토바이 날치기범들이 전화기를 가로채 달아나 버린다.

핸드폰 분실, 정지 신청을 해도 핸드폰 단말기 값이며 고스란히 피해를 입게 된다.

출발은 전화기를 빼앗기 위해 시작한 행동이 강력 범죄로 이어질 수도 있다.

예방법: 대부분 늦은 시간이나 깊은 밤, 새벽 등에 일어나는 범죄이기 때문에 취객들도 범죄 대상이 된다.

손에 핸드폰을 들고 있는 순간 범죄자들에게는 핸드폰이 아니라 현금 40~50만 원으로 보이기 때문에 핸드폰을 빼앗기 위해 시작한 것이 으슥하고 인적이 드문 우범지역이면 강도 그리고 피해자가 여성이면 성폭력 범죄까지 일어나는 것이다.

될 수 있으면 늦은 시간에 손에 핸드폰을 들고 다니지 말고 사람이 많이 붐비는 곳으로 다니기 바란다.

손에 들고 있는 것은 핸드폰이 아니라 현금이라는 것을 명심해야 한다.

③ 찜질방에서 불특정 다수 피해자에게 핸드폰을 훔쳐가는 범죄

찜질방에서 사우나나 찜질을 하기 위해 온 손님들이 범죄 표적이 된다. 전국에 무궁무진한 찜질방이 스마트폰 절도범들의 범죄 장소가 된다. 범죄자들이 핸드폰을 훔칠 목적으로 찜질방에 입장한다. 이 사람들은 처음부터 목적이 찜질이 아니라 스마트폰을 훔치기 위해 찜질방에 들어가는 것이다.

늦은 시간 수면에 취해 있는 사람 그리고 취객들이 수면실에서 핸드폰을 옆에 두고 수면을 취하고 있을 때 범죄자들이 이런 피해자들을 범죄 대상으로 물색한다.

범죄자는 이리저리 분위기를 살피다가 깊이 잠들어 있는 것 같으면 핸드폰을 훔쳐서 달아나 버린다.

피해자는 자고 일어나서 핸드폰이 없어진 것을 알고 분실, 정지 신청을 해보아도 핸드폰 단말기 값이며 고스란히 피해를 입게 된다.

> **예방법:** 스마트폰 분실 범죄가 많이 일어나는 장소인 것만큼 신경을 바짝 써야 한다. 될 수 있으면 핸드폰은 옷장 속에 넣어두고 귀중품 보관실에 맡겨두는 것이 맞다. 중요한 전화를 받아야 할 곳이 있다고 생각하는 사람은 전화기를 손에 꼭 쥐고 다니는 센스가 필요하다.
> 머리맡에 두고 잠을 자는 것은 스마트폰이 아니라 순금 3돈이라는 생각을 꼭 해야 한다.

④ 게임방(PC), 학교 교실, 학원, 병원, 지하철 등 사람이 많이 있는 곳에서 핸드폰을 훔쳐가는 범죄

아는 사람이 더 무섭다는 말, 설마가 사람 잡는다는 말이 있듯이 게임방에서 게임을 하다가 잠시 화장실에 다녀왔는데 핸드폰이 사라져 버린다.

학교 또한 책상 위에 올려두었던 핸드폰이 잠시 자리를 비운 사이에 사라져 버린다.

학원이나 회사, 버스, 지하철 등도 마찬가지다.

가방이나 주머니에 넣어둔 것도 소매치기해서 훔쳐가는 세상인데 눈앞에 보이는 스마트폰을 범죄자가 그냥 놔두는 것이 오히려 이상한 정황이다.

이렇게 잃어버리고 나서 다른 핸드폰으로 전화를 했을 때 전화기가 꺼져 있는 것은 잃어버린 것이 아니라 누가 훔쳐간 것이다.

예방법: 이렇게 핸드폰을 분실했다고 해서 직장 동료나 같은 반, 학교 친구들을 의심할 수도 없다. 확실한 물증도 없으면서 의심하는 행동은 정말 잘못된 행동이기 때문이다.

책상 위에 올려놓은 것은 스마트폰이 아니라 순금 3돈이라고 생각하면 될 것이다. 그렇기 때문에 범죄자가 아닌 일반 사람이라도 견물생심이라고 순금 3돈이 눈에 보이는데 그 누가 그것을 지나치겠는가?

핸드폰을 잃어버리고 전화를 해보아도 핸드폰이 꺼져 있는 이유는 잃어버린 것이 아니라 훔쳐 갔기 때문이다. 설사 주웠다 하더라도 사람 마음이란 눈앞에 돈이 보이는데 돌려주기란 쉬운 일이 아니다. 괜히 소지품 관리 잘못해서 직장동료, 학교 친구, 가까이 있는 사람 의심하지 말고 자기 소지품은 자신이 잘 관리하는 센스가 범죄 예방법이다.

⑤ 나이트클럽, 클럽, 유흥업소에서 훔쳐가는 범죄행위

나이트클럽이나 클럽, 소주방, 유흥업소에서 술을 마신 취객들이 범죄 대상이 된다.

피해자들이 핸드폰을 업소에 두고 와도 술이 깨서 다음날 전화를 해 보면 전원이 꺼져 있고 전화기를 찾을 수 없다.

부킹하러 다니면서 테이블에 핸드폰을 올려두면 업소에 일하는 사람은 물론이고 오고 가면서 손님들까지 핸드폰을 훔쳐가 버린다.

소파에 떨어져 있었던 것은 스마트폰이 아니라 순금 3돈이고, 테이블에 올려놓았던 것은 스마트폰이 아니라 순금 3돈이기 때문이다.

예방법: 스마트폰이 현금화가 쉽게 되면서 범죄자가 아닌 일반 사람까지 범죄를 저지르는 사건사고가 늘어나고 있다.

핸드폰을 하나 줍거나 훔치는 순간 2~3일 일당을 하기 때문이다. 클럽이나 나이트 업소에 갈 때는 꼭 웨이터를 통해 보관하는 습관, 그리고 중요한 전화를 받을 때가 있어서 핸드폰을 가지고 있어야 할 경우에는 손에 들거나 주머니에 항상 넣고 다니면 범죄를 예방할 수 있다.

⑥ 택시 승객들에게 핸드폰을 습득하거나 훔치는 범죄

택시를 타는 손님들 모두가 범죄 대상이 된다. 요즘에는 스마트폰이 돈이 된다는 것을 택시기사들이 알고 처음부터 핸드폰을 줍거나 훔치기 위해 위장취업까지 해가면서 범죄를 하는 조직들이 늘어나고 있다, 강력 범죄 전과가 없고 면허증만 있으면 쉽게 택시회사에 취직할 수 있다는 점을 악용해서 회사에 취직할 경우 회사에서 영업용 택시도 한 대 주겠다, 그리고 휘발유가 아닌 가스라서 연료비도 싸겠다 오전에는 하루 종일 집에서 잠을 자며 시간을 보내다가 밤 11시부터 새벽 늦은 시간까지 취객을 노린다. 이렇게 좋은 직업도 없을 것이다. 일반 사람들은 아예 승차거부를 해서 택시를 태워주지도 않는다. 왜? 목적은 택시 요금이 아니라 핸드폰을 줍거나 훔치는 것이기 때문이다. 업소가 많이 밀집되어 있는 곳에 취객들만 골라서 손님을 태운다. 그러고는 손님이 택시에 앉아서 잠이 들거나 만취해 정신을 차리지 못하고 있으면 가방이나 주머니를 뒤적거리면서 핸드폰을 찾는다. 찾은 핸드폰을 택시 의자 밑이나 보조석 밑에 전원을 꺼놓고 던져놓는다. 그것을 던져놓는 이유는 목적지에 도착했을 때 손님이 핸드폰을 찾는 경우가 있어 그 핸드폰이 택시기사 주머니에 있으면 절도범으로 꼼짝없이 몰리기 때문이다. 혹시 일어나서 핸드폰을 찾더라도 핸드폰이 보조석 밑에 떨어져 있으면 자신이 술이 만취되어 떨어뜨렸을 수도 있기 때문에 대부분이 자기 과실을 인정한다. 대부분 피해자들이 목적지에 도착해도 핸드폰을 찾지 않고 내리기 때문에 집에 들어가 핸드폰이 없어진 것을 알고 전화를 해보면 전원이 꺼져 있을 것이다. 잃어버린 것이 아니라 훔쳐갔기 때문이다. 고스란히 할부금은 물론이고 피해를 입게 된다.

예방법: 전문적인 택시 범죄 조직이 늘어나고 있다. 택시기사가 아닌 스마트폰을 훔치기 위한 범죄자들이다. 택시기사에게는 무조건 스마트폰이 노출되면 안 된다.

택시를 탈 때는 핸드폰은 항상 가방이나 주머니에 넣고 뒷좌석에 타야 범죄를 예방할 수 있다. 그리고 택시에서 내릴 때는 귀중품이 있나 없나 한번 둘러보고 내리는 센스가 꼭 필요하다.

⑦ 핸드폰 매장을 차려놓고 허위 신고 후 장물로 파는 범죄 사기범들이 돈이 필요한 바지사장을 물색한다.

사기범: 좋은 건수가 하나 있는데, 돈 필요하면 바지 한번 서라.

바지사장: 뭐하는 일이고? 조건은 어떻게 되는데?

사기범: 휴대폰 대리점을 내줄 테니 사업자는 니 앞으로 하고 대리점에 핸드폰을 팔기 위해 SK텔레콤, LG U+, KT 통신사에 스마트폰 여신 잡아서 받아오면 그것 도둑맞았다고 하고 팔아먹으면 된다.

바지사장: 꼭 도둑맞았다고 해야 될 이유가 있나? 그냥 팔아먹으면 안되나?

사기범: 그렇게 되면 핸드폰을 장사할 의사나 능력이 없는 사람이 계획적으로 핸드폰을 팔아먹은 것이 되어 사기죄로 형사 처분을 받아야 한다. 니 징역 가고 싶나?

바지사장: 징역가고 싶은 사람이 어디 있노?

사기범: 그렇기 때문에 도둑놈이 들어와서 도둑맞은 정황을 만들 것이니 니는 사업자만 니 앞으로 내면 된다. 할 끼가? 말 끼가?

바지사장: 돈을 얼마 챙겨줄 건데?

사기범: 징역 안 가는 조건으로 2천만 원 챙겨줄게.

바지사장: 진짜가?

사기범: 당연한 거 아니가?

바지사장이 구해지면 CCTV가 없고 허름한 곳에 대리점을 하나 내고 한두 달 장사하는 모양새를 갖춘다. 그러고 나서 SK텔레콤, LG U+, KT 통신사에 핸드폰 신형 기계를 많은 양을 확보해놓고 범행 D-day를 잡는다.

사기범은 또 다른 범죄자를 물색해서 핸드폰 집에 들어가서 핸드폰만 훔쳐오면 300만 원을 준다며 핸드폰이 어디에 있는지 그리고 핸드폰 집 사장하고는 얘기가 다 되었으니 핸드폰만 훔쳐서 가지고 오면 된다고 감언이설로 유혹한다.

또 다른 범죄자는 하루 일당이 300만 원이라고 하는데 안할 이유가 없다. 그리고 핸드폰이 어디에 있는지도 알고 핸드폰 사장과 얘기도 다 되었다고 하고 절단기 하나만 들고 자물쇠 하나만 끊으면 쉽게 핸드폰 매장에 들어갈 수 있게끔 고의로 바지사장이 허술하게 문단속을 해놓는다.

다른 범죄자: 핸드폰만 가지고 오면 돈 바로 주는 겁니까?

사기범: 그래, 당일 바로 준다.

다른 범죄자는 핸드폰을 훔쳐서 사기범에게 갖다 준다. 스마트폰은 부피도 작아서 200대, 300대씩 되더라도 쇼핑백 15 보따리면 되기 때문에 몇 번에 걸쳐 핸드폰을 사기범에게 주고 돈 300만 원을 받고 사라진다.

바지사장은 다음날 핸드폰 매장에 도둑이 들었다고 신고한다.

경찰에서 있었던 정황을 그대로 조사받고 결국 핸드폰 매장 문을 닫고 만다. 앞서 계획한 대로 알리바이가 딱 맞아떨어져서 사기로 형사 처분은 면하고 LG U+, SK텔레콤, KT 통신사에게 핸드폰 여신을 잡아준 물건 값은 민사 재판으로 끝이 나는 것이다.

사기범은 장물을 처분하고 바지사장에게 돈 2천만 원을 주고 다른 또 바지사장을 물색한다. 물건을 여신 잡아준 통신사들만 고스란히 피해를 입게 된다.

예방법: 이런 계획된 범죄는 통신사에서 민사재판을 걸어 봐도 바지사장은 잃을 것이 없는 사람이기 때문에 털어도 먼지 하나 나오지 않는다. 통신사에서는 개업한 지 얼마 되지 않은 매장에는 물건을 많이 주지 않는 것이 예방법이다. 악순환의 연속이 반복되기 때문에 사기라고 생각했을 때는 이미

늦다. 더욱더 지능화된 수법으로 법망을 피해갈 것이다.

⑧ 핸드폰 대리점을 터는 범죄

범죄자들이 인적이 드물고 경계나 보안이 허술한 핸드폰 대리점을 물색한다. 예전에는 금은방, 보석방 등 귀금속 가게가 범죄 표적 대상이 되었는데, 그런 곳은 보안 시스템이 잘되어 있기 때문에 보안이 허술한 핸드폰 대리점들이 범죄 대상이 된다. 범죄자들은 마스크와 장갑, 모자를 착용하고 손에 망치, 절단기 등으로 문을 부수고 2~3분도 채 되지 않아 핸드폰 대리점에서 스마트폰을 훔쳐서 도망간다. 다음날 핸드폰 대리점 주인이 경찰에 신고하지만 검거할 확률이 매우 희박하다.

> 예방법: 대리점 진열대 위에는 될 수 있으면 핸드폰 기계를 올리지 말고 모형 기계를 올려야 범죄 표적 대상에서 제외될 수 있다. 핸드폰 광고하기 위해 새벽에도 불을 환하게 켜놓고 핸드폰을 비추고 있으면 범죄자들에게는 "이거 순금이니 다 가지고 가라." 이런 정황밖에 되지 않는다. 고급기종 핸드폰 기계는 되도록 가게에 많이 두지 말고 개통할 수 있는 물량만 보관해 두어야 큰 피해를 막을 수 있다.

이렇게 지능화된 수법으로 당신의 핸드폰을 노리고 있다.

왜? 누구나 쉽게 현금화할 수 있기 때문이다. 쉽게 현금화할 수 있으니 범죄자가 아닌 10대 학생, 청소년, 대학생, 직장인, 주부들, 40대, 50대 할 것 없이 대한민국 사람 모두가 스마트폰 절도 범죄를 하고 있다.

현역 군인, 업소 종사자, 간호사, 영화감독, 택시기사, 회사원, 요리사, 학원 강사, 미용사, 보안업체, 대리운전 등의 직업을 가진 사람까지도 범죄에 가담해서 핸드폰을 훔치거나 습득하고 있다. 하루에 1,800대씩이나 말이다.

이렇게 절도, 강도 등으로 습득한 스마트폰은 인터넷 사이트 분실폰 습득 매입, 출장 매매, 스마트폰 매입, 전단지, 전국 어디서나 15분 안에 매입할 수 있다는 광고를 보고 누구나 쉽게 장물을 처분할 수 있다.

가격은 상태에 따라 20~40만 원에 거래되어 1선에서 죄를 범하는 절도, 강도, 습득한 사람이 2선에서 핸드폰, 중간 매입하는 사람을 통해, 3선에서 한국 총책을 통해 한 번 더 매입해서 마지막으로 조선족, 한국을 통해 외국 보따리상이나 군산항, 인천항, 부산항을 통해 필리핀, 대만, 홍콩, 중국으로 밀반입되어 케이스만 바꾸어 끼워서 유심 칩만 바꾼 뒤 외국인들에게 정상적으로 비싼 가격에 불티나게 팔려나간다. 없어서 못 팔지경이라고 한다. 그만큼 물량이 많이 필요한 현실이다.

2011년까지 경찰청에 핸드폰 분실 신고 건수는 33만 대, 2012년 10월까지 분실 신고 건수는 55만 대에 달한다. 2013년, 2014년에 이어 한 대에 100만 원씩 5조 5천억이 사람들이 피해를 입은 결과이다.

이렇게 스마트폰 범죄가 확산되는 것은 누구나 타인의 핸드폰을 손쉽게 장물로 처리해서 현금화할 수 있기 때문이다.

그리고 분실, 도난당한 핸드폰은 제3자가 사용할 수 있게 만든 통신사와 제작사의 과실도 없다고는 볼 수 없다.

일단 사람들은 자신이 들고 다니는 핸드폰이 전화기가 아니라 순금 3돈이라는 것을 꼭 명심해야 한다. 자기 자신부터 자기의 소중한 물건을 챙길 수 있어야 범죄를 막을 수 있다.

그것보다 더 중요한 것은 통신사나 제작사에서는 핸드폰을 얼마나 예쁘게 만들어서 얼마나 작은 모양으로 얼마나 좋은 기능으로 얼마나 많이 파는 것도 중요하지만, 자기 회사에서 만든 핸드폰이 분실, 도난 되었을 때 다른 제3자가 사용하지 못하도록 만드는 것이 가장 큰 예방법이다.

이것이 지켜지지 않으면 스마트폰 범죄는 절대 사라지지 않는다. 도난 장물인 핸드폰을 샀을 때 제3자가 사용할 수 없는 물건이면 핸드폰을 조직적으로 매입하지 않는다. 왜? 무용지물인 핸드폰은 쓸모가 없기 때문에 유통망이 없다.

왜? 매입하는 사람이 없기 때문이다,

분실, 장물 스마트폰이 아무 장치 없이 유심 칩만 바꾸어 다른 누군가가 사용할 수 있게끔 만든 제조사, 개통해준 통신사의 과실이 있기 때문에 끊임없이 무궁무진한 스마트폰 범죄가 기승을 부리는 것이다.

스마트폰뿐만 아니라 IT강국인 우리나라에서는 새로운 기종의 핸드폰은 계속 만들어질 것인데, 이것이 지켜지지 않는다면 스마트폰 범죄는 늘어났으면 늘어났지 줄어들지 않을 것이다.

이것이 늘어난다는 것은 피눈물 흘리는 국민이 늘어난다는 것이다.

정부, 국민 그리고 은행에서는 억울한 피해자가 생기지 않도록 제 역할을 해주길 바란다.

⑨ 위조신분증으로 핸드폰 개통하는 방법

해커들이 SK, KT, LG 통신사 홈페이지를 공격해서 신용불량자가 아닌 핸드폰 할부로 개통이 가능한 사람들의 개인정보를 해킹한다.

이 해킹한 개인정보를 들고 신분증, 운전면허증을 감쪽같이 위조한다.

이 위조된 신분증으로 핸드폰을 개통한다. 한 사람당 핸드폰이 할부로 4대가 개통된다는 점을 악용하는 것이다. 핸드폰 대리점에서는 사기범 신분증이 위조되었는지는 전혀 알 수 없다. 이런 유사한 범죄가 계속 기승을 부리자 통신사에서도 예방법을 마련하기 위해 핸드폰이 신규 개

통되면 기존에 쓰고 있던 핸드폰으로 문자를 날려준다. '핸드폰이 신규 개통되었습니다. 감사합니다.'

자신도 모르는 사이에 핸드폰이 개통되면 피해를 입기 때문에 사전에 피해를 예방하기 위한 통신사의 예방법이다.

본인이 핸드폰을 개통하지 않았는데 이런 문자가 올 경우 바로 통신사에 신고하면 범죄를 예방할 수 있기 때문이다.

일요일을 제외한 평일, 토요일까지는 통신사에서 핸드폰이 신규 개통된다. 그렇기 때문에 평일과 토요일에 범죄를 하러 대리점에 가면 문자가 발송되기 때문에 범죄를 할 수 없다. 위조된 신분증 원주인이 문자를 받고 신고하기 때문이다. 불경기에 열심히 사는 열심히 일하는 핸드폰 대리점이 범죄 표적 대상이 된다.

평일에는 일하느라 핸드폰 구입을 하지 못하고 일요일에 시간을 내어 핸드폰 쇼핑하는 사람이 많이 있다. 이런 사람들에게 핸드폰을 팔기 위해 유동인구가 많은 일요일 핸드폰 가게 문을 여는 대리점도 늘어나면서 신분증 위조 범죄도 늘어난다.

사기범은 위조된 신분증을 들고 핸드폰을 개통하기 위해 대리점으로 간다. 사기범은 지금 위조된 신분증이 핸드폰 몇 대까지 할부로 개통되는지 알고 있는 상태이다. 최고 유행하고 장물로 넘겨도 돈이 많이 되는 최신 핸드폰을 할부로 산다.

핸드폰 개통하기 위해서는 신분증과 통장 계좌번호만 있으면 쉽게 개통할 수 있는 점을 악용하는 것이다.

위조된 신분증으로 며칠 전 통장까지 개설해놓은 상태이니 위조된 신분증, 대포통장까지 꺼내 본인인 것처럼 행세해서 핸드폰을 할부로 산다.

피해 대리점 직원이 오늘은 일요일이라서 핸드폰이 개통되지 않는데 내일 오시면 안 되는지 묻는다. 그래도 이런 직원들은 좀 현명한 편이다.

사기범: 장사를 해서 평일에는 시간이 나지 않아 일요일에 시간을 내서 온 것인데 그럼 어떻게 하면 되죠?

피해 대리점 직원은 핸드폰 파는 것이 목적이기 때문에 신분증 확인도 했겠다, 손님을 놓치기 싫어서 절차를 밟아서 서류 작성을 한다. 핸드폰을 먼저 가져가고 받을 수 있는 연락처를 하나 달라고 한다.

사기범은 미리 준비하고 있던 대포폰 전화번호 010-××××-××××를 가르쳐준다. 다음 날 개통되기 전에 전화를 달라고 한다.

피해 대리점 직원은 스마트폰 개통하는 방법을 가르쳐주면서 그럼 다음 날 오전 9시쯤에 개통될 것이니 전화해서 자기가 시키는 대로만 하면 핸드폰을 바로 쓸 수 있을 것이라고 한다.

사기범은 "그럼 내일 전화주세요."라면서 할부로 산 핸드폰을 들고 사라져버린다. 그런 다음 또 다른 핸드폰 대리점에 개통하러 간다.

피해 대리점 직원은 다음날 전화를 하지만 사기범은 전화를 받지 않는다. 이미 핸드폰을 들고 간 상태이기 때문에 피해를 입지 않으려고 경찰에 신고해도 위조된 신분증이어서 사람을 찾을 수도 없고 보상 받을 수도 없다. 고스란히 본인인지 정확하게 확인하지 않은 핸드폰 대리점 주인, 아르바이트생이 돈 몇 푼 더 받으려고 하다가 일주일 일당을 사기당해 버린다.

예방법: 계획적으로 작정하고 사기 치러 온 사기범들을 이길 순 없다. 그렇다고 서비스 차원에서 영업하는 사람들이 고객들을 검은 눈으로 색안경을 끼고 바라볼 수도 없다. 신분증 위조는 마음만 먹으면 너무나도 감쪽같고 신분증만 보아서는 위조된 신분증인지 제대로 된 신분증인지 알 수 없다. 본인인지 아닌지 확인하기 위해 은행이든 핸드폰 대리점이든 지문 인식기

를 달아서 본인인지를 꼭 확인해야 한다. 그리고 서약서에는 사인보다 지장을 찍어야 한다.

※ 렌터카 사업을 하고 있는 사장님 그리고 아르바이트생에게
　꼭 필요한 지혜

요즘 차를 빌려주는 렌터카 사업이 늘어나고 있다. 운전면허증만 있으면 쉽게 차를 빌려준다는 점을 악용하여 전문적인 차량 절도 사기범죄가 기승을 부린다.

범죄자들은 차량 밀반입, 장물, 차량 매입에 이어 절도까지 전문적으로 치밀하게 계획을 한다.

그리고 일선에서 차량을 훔치는 팀들이 위조된 운전면허증을 준비해 놓고 렌터카회사를 방문한다. 신분증, 운전면허증도 너무 정교하게 위조되어 전문가들도 감별하기 힘들 정도로 정확하게 만들어져 있다.

사기범들은 여행이 목적이 아니라 장물로 팔아넘기는 것이 목적이기 때문에 싸구려 차보다는 고급 세단이나 중형 고급차들이 범죄 대상이 된다.

피해자: 어떤 차를 원하십니까?
사기범: ○○○ 차 있습니까?
피해자: 네, 있습니다.
사기범: 그걸로 2~3일 탈 것입니다. 현금으로 할 테니 좀 싸게 해주십시오.
피해자: 하루에 10만 원씩 20만 원인데 현금으로 하신다고 하니 2만 원 빼드릴게요.

사기범: 감사합니다.

사기범은 현금으로 계산한다. 그리고 위조된 신분증을 꺼내 보여주고, 대포폰 전화번호도 가르쳐준다.

피해자는 렌트하는 절차를 밟고 서류작성 후 차를 한번 훑어보고 연료나 상처난 곳을 설명하며 차를 사기범에게 넘겨준다.

사기범은 차를 몰고 인적이 드문 곳에 가 있다가 늦은 시간 전문가가 와서 GPS 위치 추적 장치를 철거하고는 완전범죄를 저지른다. 그리고 차량 번호를 떼고 장물 매입하는 업자에게 자동차를 넘겨주고 돈을 받는다.

피해자는 2박 3일이 지나고 나서야 차가 오지 않고 연락이 되지 않자 뒤늦게 경찰에 신고를 한다. 신고를 해도 차는 찾을 수 없고 이런 차들은 군산항, 인천항, 부산항을 통해 중국, 필리핀, 대만, 몽골 등으로 밀반입되어 팔려 나간다.

차 한 대를 분실하면 다섯 달 벌어놓은 목돈이 사라져 버린다. 그때는 후회한들 이미 늦다.

예방법: 차를 렌트해줄 때는 지문 인식기를 통해 본인인지 아닌지 확인부터 해야 하고 렌트할 때 서류작성 후 무인을 하나 받아놓는다. 그리고 렌터카 대리점끼리 통합 사이트를 하나 개설해서 저질인 손님들, 매너가 없는 손님들을 확인할 수 있도록 하고, 며칠에 걸쳐 그리고 하루 동안 렌트를 1대 이상 하는 사람들은 거의 100%가 범죄자일 가능성이 높으니 경계해야 한다. 사기라고 생각했을 때는 이미 늦다.

점점 지능화된 수법으로 렌터카를 노리고 있다.

※ 고급 카메라를 대여해주는 업체 사장님 그리고 아르바이트생이
  알아야 할 지혜

  요즘 문화생활이 크게 늘어나면서 신분증만 있으면 대여해주는 업체
가 늘어나고 있다.

  카메라 대리점이 또 표적 대상이 된다. 고급 카메라는 가격이 비싸기
때문에 목돈을 들여서 구입은 할 수 없고 신분증만 있으면 하루에 2~5
만 원만으로 쉽게 대여가 가능하다는 점을 악용한다.

  전문가도 구별하기 어려운 위조 신분증을 들고 장물업자와 계획이 다
된 상태에서 카메라 대여점에 사기를 치기 위해 들어간다. 문화생활보다
는 비싼 가격에 돈을 만 원이라도 더 받아야 하기 때문에 카메라 렌즈며
기종까지 고급을 렌트한다.

피해자: 뭐 찾는 기종이라도 있습니까?

사기범: 제가 사진 찍는 것이 취미라서 먼 거리에서 정확하게 찍어야
        할 장비가 하나 있어야 하는데, ○○○렌즈, ○○○카메라, 받침
        대 있습니까?

피해자: 네, 있습니다.

사기범: 이틀 정도 쓸 건데, 대여비는 얼마입니까? 현금으로 계산할 테
        니 좀 싸게 해주십시오.

피해자: 하루에 5만 원, 이틀에 10만 원인데 9만 원 해 드리겠습니다.

  그리고는 렌탈에 필요한 서류 작성을 위해 신분증, 핸드폰 번호를 가
르쳐 달라고 한다.

  사기범은 미리 준비해온 위조된 신분증, 대포폰으로 서류에 작성한다.

그러고는 카메라 대리점을 빠져나온다.

사기범은 장물업자에게 물건을 처분하고 돈을 받는다.

피해자는 이틀이 지나도 연락이 없고 카메라를 가지고 오지 않자 계약서 서류상에 전화번호로 사기범에게 전화를 해본다. 사기범이 전화를 받는다.

피해자: ○○○ 고객님, 여기는 카메라 렌트해주는 곳입니다. 오늘까지 카메라 반납해야 하는데 언제쯤 가게에 들르십니까?

전화를 안 받으면 사기로 바로 경찰에 신고하기 때문에 시간을 끌기 위해 전화를 받아준다.

사기범: 여행이 길어지면서 카메라를 3일 정도 더 써야 할 것 같은데, 3일 뒤 대리점에 카메라 반납하면서 잔금 드릴게요. 전화를 드린다는 게 깜박해서 죄송합니다.

피해자: 아닙니다. 그럼 3일 뒤에 가게에서 뵙겠습니다.

3일 뒤에 전화를 받지 않아 경찰에 신고를 한다. 경찰에 신고를 해도 이미 카메라는 찾을 수 없다.

예방법: 신분증이 있기 때문에 안심하고 대여해주는 시절은 지났다. 핸드폰 또한 무궁무진한 대포폰으로 인해 통화가 된들 무용지물이다. 비싼 카메라는 렌즈 하나에 500만 원씩 하는데, 이런 사기 한 번 맞으면 두 달 번 돈 고스란히 사기를 당하게 됩니다.

카메라 렌즈 대리점끼리 통합 사이트를 하나 개설해서 하루에 같은 사람이 한 번 이상 렌트할 경우 의심해봐야 하고, 렌트할 때는 지문 인식기로 본인 확인절차부터 밟고 서류상에 무인 하나 받아놓는 센스가 있어야 예방할 수 있다. 사기라고 생각했을 때는 이미 늦다. 더욱더 지능화된 수법으로 여러분의 대리점에 있는 고급 카메라를 노리고 있다.

선량한 사람들이 몰랐다는 이유로 항상 피해를 입는다.
알아야 당하지 않는다.
정부에서는 억울한 서민들이 없도록 도와주기 바란다.